滄狼行
卷16
美人心計
指雲笑天道

目錄

CONTENTS

第一章

劍術宗師

楚天舒眼中光芒一閃一閃，似乎是在判斷勝負的機率。
李滄行雖然一直沒有暴氣，但體內早已氣息流轉，
他與楚天舒交過手，深知他天蠶劍法的可怕，
在這狹窄的小舟上放手一戰，
他沒有任何把握能戰勝這位劍術宗師。

李滄行嘆了口氣：「楚前輩，你已經滅了她的巫山派，殺了那麼多人，按說大仇也已經報了，何苦又要趕盡殺絕？」

楚天舒厲聲道：「不行，屈彩鳳還沒死，這事就不算結束。就像冷天雄不死的話，你殺再多的魔教走狗也不算報仇。」

李滄行咬了咬牙：「前輩，我當年在長沙時就跟你說過，屈彩鳳是被人矇騙，受人利用，一時糊塗才做下錯事，當年落月峽正道中人死傷慘重，我師父也死於此役，後來屈姑娘認清了真相，迷途而返，一直跟我到處打擊嚴世蕃和魔教，若非如此，嚴世蕃又怎麼會處心積慮地拉上伏魔盟和你們共滅巫山派呢。前輩，我們的首要對手是魔教和嚴世蕃，若是跟屈彩鳳再打下去，只是無意義的自身消耗，最後只會讓嚴世蕃更高興。」

楚天舒的一頭白髮在海風中飄揚，聲音卻變得冷酷起來：「這麼說來，**這回重出江湖的，不止你李滄行，連那屈彩鳳，也是想要出來重建巫山派了？**」

李滄行點了點頭：「正是如此，我希望前輩能跟屈姑娘放下仇怨，至少先聯手解決了冷天雄再說。」

楚天舒突然放聲大笑起來：「李滄行，你這算盤打得不錯嘛，你們新立幫派，立足未穩之時，就想要跟我休戰罷兵，等到以後羽翼豐滿的時候，再跟我翻臉開戰，對不對？」

李滄行慨然道：「前輩，我們絕無此意，我也一直在勸屈姑娘，讓她放下仇恨，不要跟你永遠這樣廝殺下去，如果您能拿出前輩的風範，先退一步，我一定會做好屈姑娘的工作。」

楚天舒冷笑道：「這就是了，屈彩鳳也不肯跟我握手言和，即使你李滄行也沒有辦法讓她放下仇恨，以你跟她的關係尚做不到這點，又怎麼可能說服我跟她就此講和呢？好了，李滄行，我也不想騙你，現在魔教的實力比起屈彩鳳要強大了許多，我就是要對付，也肯定是先滅屈彩鳳，你如果想要幫她跟我作對，那儘管放馬過來便是。」

李滄行劍眉一挑：「前輩，上次你滅巫山派時，我還顧慮到跟你以前的關係，顧慮到我們曾經同為正派俠士，並肩作戰過的情分，沒有直接跟你起了衝突，巫山派數萬人的慘死，你出力甚多，但畢竟主謀是嚴世蕃而並非前輩，此事就算過去，只是以後你若是想再對屈姑娘下手，我絕不會答應。」

楚天舒點點頭：「滄行，我喜歡你這點，光明正大，堂堂正正，不來虛的，即使是對手，我也會對你有足夠的敬意。以後的事以後再說，只說這東南之事，**你有把握消滅毛海峰，立足於浙江福建兩省嗎？」**

李滄行正色道：「毛海峰的這橫嶼島情況，我已經查得一清二楚，他自以為這島固若金湯，三面環海，大明現在水師打不過他，而唯一通向陸地的一面又有漲退潮的掩護，白天退潮時，這十里的沙地泥濘難行，而且極易受到島上敵軍的列陣攻擊，戰船若是晚上想趁著漲潮時上去，又會擱淺，他剛才說得很清楚，自認為靠這個就可以萬無一失了。」

楚天舒微微一笑：「可聽你的意思，好像有辦法能破解嘛。」

李滄行點點頭：「此乃軍機，楚前輩，考慮到你我現在的關係，具體的打法我不能向你透露，因為你有可能會幫毛海峰，到時候你我就是戰場上的死敵，這點還請你諒解。」

楚天舒白眉動了動：「滄行，你如何認定這回我就一定會幫毛海峰？如果是這樣的話，你又何必要來找我說這麼多？」

李滄行的神情變得堅毅起來：「因為我不能理解前輩先前在巫山派的作法，更不能理解在我心中俠義為先的楚前輩，居然會為了一己私利跟倭寇勾結，所以我必須向您當面問個清楚，看看是不是有讓您回頭的可能？」

楚天舒的眼中凶光一閃：「回頭？**什麼叫回頭？難道讓我放棄跟魔教，跟屈彩鳳的仇恨，就叫回頭嗎？**李滄行，你知道我的所有秘密，也知道我為了復仇付出了怎麼樣的代價，要我放手，除非殺了我才有可能。」

李滄行嘆了口氣：「前輩為復仇所作的犧牲，我完全可以理解，也是充滿了敬意，但你不能因為自己的仇恨，就去殘殺無辜的百姓，更是與異族勾結，淪為漢奸。」

楚天舒一下子激動了起來，尖細的嗓音盡顯無疑：「你說誰是漢奸？」

李滄行大聲回道：「與倭寇勾結，為了一己私利而引賊入侵，這不是漢奸是什麼？前輩，**無論怎麼復仇，大節是不能丟的，這是一個人的立身之本。**」

楚天舒平復了一下情緒，抗聲道：「連作為宰相的嚴嵩父子都跟倭寇勾結，我這又算得了什麼？」

李滄行斷然道：「不對，前輩怎麼能把自己與嚴嵩父子那樣的奸賊混為一談？他們為了自己的私利，早就不惜出賣自己的靈魂，賣國求榮，**難道前輩認為，要打倒他們和他們所支持的魔教，就得變得跟他們一樣嗎？**」

楚天舒被李滄行這凜然的正氣所震懾，半晌無語，久久，才嘆了口氣：「滄行，**江湖爭霸，所需要的是實力**，是兵馬錢糧，你空談理想，卻沒有實力，也是不行的，我如果不把毛海峰拉過來，那他就會跟嚴嵩父子合作，只會壯大魔教的實力，你就不明白這個道理嗎？」

李滄行冷笑道：「這次台州之戰，我已經逼冷天雄立誓退出東南，三年內不得再支持倭寇，所以接下來，我要做的是消滅毛海峰，徹底掃清東南的倭患。」

楚天舒聞言道：「那毛海峰也是個血性漢子，以前他誠心跟著汪直和徐海接受招安，結果卻是被朝廷欺騙和背叛，李滄行，如果換了是你，難道會不奮起反抗？就這麼坐以待斃嗎？」

李滄行堅定地搖搖頭：「我同樣也被朝廷背叛和欺騙過，我也恨極了嚴嵩父子和那個昏君，但無論如何，**我不會勾結外虜，來屠殺無辜的百姓，洗劫他們的錢財，把他們賣往異邦為奴隸**，這種報復手段超過了作為一個人的良知和底限，只憑這一點，我也必殺他。」

楚天舒冷冷地說道：「你殺不殺毛海峰，我並不關心，但現在我和毛海峰已經約定合作了，他開出的條件很優厚，可以給我帶來急需的銀兩，也能助我迅速地在浙江和福建兩省打開局面，建立一個穩固的後方，李滄行，我不會把我的命運交給別人掌握，你想要這裡，我也想要，既然你不肯入我洞庭幫，又盯上了我想要的地方，那你我之間就是敵非友，一戰在所難免。」

李滄行哈哈一笑：「原來說了半天，是楚前輩自己不想把浙江和福建相讓，我本以為我消滅了毛海峰後，可以跟楚前輩合作，看來現在是沒這個可能了。」

楚天舒眼中殺機一現，周身的紫氣也開始微微地流動，上下打量著李滄行：「幾年前你的武功已經非常了得，我想勝過你也非易事，現在幾年過去了，想必你的武功已經更上一層樓，在橫嶼島上的時候，我是真心想讓你加盟我們洞庭幫，你也知道我的情況，以後無嗣，這洞庭幫遲早也是你的，可你看起來已經完全被那個妖女所迷惑，打定主意要與我為敵，那我自然是寸步不讓。」

李滄行澄清道：「我消滅毛海峰跟我和屈姑娘的關係是兩回事，楚前輩，我說過，你們之間的恩怨我會盡力勸和，實在不行，也只有兩不相幫，但你若是對屈姑娘主動出手，那我也只有助屈姑娘一臂之力了。」

楚天舒冷笑道：「就你這態度還叫兩不相幫？屈彩鳳來找我麻煩，你兩不相幫，如果我攻擊屈彩鳳，你就要助她對我，你早就已經和屈彩鳳站在一起了，不用跟我說這種鬼話。李滄行，**知道我為什麼不能讓你在福建和浙江放手發展嗎？就是因為在我眼裡，你現在已經敵我難料，隨時可能轉變**，我說過，我楚天舒的命運只會掌握在自己的手裡，不會指望別人的良心發現，不要說你，就是伏魔盟來跟我爭奪這兩省，我一樣會跟他開戰。」

李滄行咬了咬牙：「你跟我不惜開戰，卻願意和那毛海峰做朋友，難道倭寇比我更講道義，更值得你信任？」

楚天舒點點頭：「不錯，拋開他是倭寇的這一點，只說毛海峰現在的情況，他背叛了嚴世蕃，胡宗憲和大明官軍也是必殺他而後快，他的日子並不算好過，伏魔盟各派不敢也不屑跟他合作，**能幫他對付朝廷和魔教的，只有我洞庭幫**。而且，也只有我洞庭幫現在還能幫他搞到貿易所需要的絲綢和茶葉，離了我，他只能等死。只有跟我合作，才能維持自己作為倭寇首領的地位，所以他是不可能背叛我的，而你李滄行，**只衝著你跟屈彩鳳的關係，加上你拒絕我的招攬，我就不可能信你。**」

李滄行正色道：「楚前輩，我最後一次問你，如果我執意要消滅毛海峰，你是不是也要跟我刀兵相見？」

楚天舒的毫不遲疑地回道：「不錯，你如果就此罷手，不再過問東南沿海之事，我可以跟你商量，浙江那裡我不去，可是你得把福建讓給我，而且毛海峰集團，你不得攻擊，不然就是對我洞庭幫宣戰的行為。」

李滄行長長地嘆了口氣：「如果我消滅了毛海峰，以後照樣可以跟前輩合作海外貿易，只要你能放過屈彩鳳，甚至我可以給出比毛海峰更多的讓步和利益，楚前輩，你就不能再考慮一下嗎？」

楚天舒冷笑道：「滄行，我縱橫江湖一世，現在已經不再奢望別人這種廉價的許諾了，你現在實力不足，正處發展時期，自然什麼許諾都可以亂開，等你在福建浙江站穩腳跟後，亦可以翻臉不認帳，李滄行，我從來不低估你的能力，以你的本事，現在就有這麼多高手追隨，這東南一帶又可以通過發達的海外貿易迅速積累財富，我若是把此處拱手相讓，只怕三年之後，你的實力就會反超我。」

李滄行遺憾地道：「前輩，你就這麼信不過我的人品和承諾嗎？」

楚天舒厲聲道：「除了自己，我誰也不信。李滄行，我已經夠給你面子了，若不是看在你我有緣，在落月峽又是一起流過血，死過親人的份上，就是那浙江之地，我也不會讓給你。這是我最後的底限，不會再讓一步。」

隨著楚天舒的聲色俱厲，海上一個大浪湧起，打了過來，砸在二人所在的這條小船上，可是本該被捲上浪端的這條小舟卻是穩如泰山一般，李滄行和楚天舒二人渾身上下被淋得濕透，卻各自使出千斤墜的功夫，把這小船在這驚濤駭浪中定得紋絲不動。

李滄行嘆了口氣：「前輩，我喜歡你的這種光明正大，所以我也不會瞞你，毛海峰，我必須要消滅，當年我在東南留下的遺憾就是讓毛海峰逃脫，給了他反過來為禍東南百姓的機會，這個錯誤是由我當年一時的心慈手軟所導致的，這次我一定要彌補，不管怎麼說，毛海峰我一定要消滅，即使和前輩反目成仇，我也在所不惜。」

楚天舒的眼中殺機一現，周身紫氣一陣浮現，他手中拿著的干將劍也不安坐地在劍鞘裡開始跳動，隨著劍身一次次地跳出劍鞘，又重新插回，這柄春秋名劍上的寒光和殺氣交相輝映，照得李滄行的臉上一道道的光影痕跡。

李滄行的周身還是沒有任何動靜，他平靜地說道：「前輩，你是想在這小舟之上跟我放手一戰嗎？」

楚天舒眼中光芒一閃一閃，似乎是在判斷勝負的機率，隨著他心念的流轉，他身上的紫氣忽濃忽淡，可是那柄干將劍卻漸漸地平穩下來，不再蠢蠢欲動，他一直虛抓的手也放了開來。

李滄行雖然一直沒有暴氣，但體內早已氣息流轉，他與楚天舒交過手，深知他天蠶劍法的可怕，在這狹窄的小舟上放手一戰，他沒有任何把握能戰勝這位劍術宗師。

楚天舒眼中的紫芒慢慢地退去，沉聲道：「李滄行，今天我不跟你動手，你再好好考慮一下跟我為敵的後果，我想你是個聰明人，應該會做出理智的判斷。」

李滄行道：「前輩，你是覺得以你現在的實力打敗我的黑龍會是有把握的，至少這個把握比在這個小舟上與我一對一的交戰要來得大，對嗎？」

楚天舒眼角跳了跳：「滄行，有些大家心知肚明的事，說出來就不好了，一個月內，我會率眾馳援橫嶼島，到時候，看你有沒有實力來說服我了。」

李滄行向楚天舒拱了拱手，朗聲道：「楚前輩，你我想法差異太大，無法取得共識，**誰更有道理，只有手底下見真章了**，一個月後，橫嶼見！」

小船緩緩地行進，最後穩穩地靠在岸邊，楚天舒二話不說，身形一動，幾個起落便消失在岸邊的樹林裡。

李滄行嘆了口氣，回頭看了眼遠處十里外煙鎖霧繞的橫嶼島，眼中精光閃爍，向五里外的寧德縣城發力奔去。

縣城大門早已洞開，原本應該在城門口巡視盤察的軍士們也跑得一個不見，對面就是橫嶼島，此地的百姓早已養成了避難的習慣，一旦發現對面島上的倭寇開始大規模集結，便會集體逃離縣城。

這回台州之戰時，毛海峰帶著幾千人北上，寧德的父老鄉親們都彈冠相慶，沒想到不到一個月，毛海峰竟帶著更多的人回來，於是本地的百姓們被迫再一次逃離，城裡幾乎是空無一人的狀態。

李滄行緩步走在空蕩蕩的大道上，青石板的大街，踩在腳下有一種異樣的感覺，那一塊塊的石頭彷彿能滲出絲絲的血淚，控訴著倭寇的凶殘，以及百姓們對於倭寇之亂無能為力的悲哀。

李滄行腳步停了下來，在他身側的一處小酒館，大門敞開著，這和城中家家戶戶門戶緊閉上鎖的情況完全不一樣，酒館中，陰暗的角落裡，坐著一個戴著黑色斗蓬的人，光線幽暗，看不清他的臉。

李滄行大踏步走進小酒館中，呼嘯的北風吹得酒館門前的那面「酒」字大旗東搖西晃，透過兩個城門肆虐於城中的大風捲起滿街的落葉，飄得滿天都是，可奇怪的是，這個小酒館中卻沒有飄進一片枯葉。

酒館門口的空氣，隨著李滄行的緩步而入，就像被異物進入的水面一般，蕩起了絲絲的漣漪，而這道無形的氣牆，才是把街上的一切隔絕於外的原因，李滄行的周身漸漸地騰起了一層紅色的真氣，淡淡地，卻又恰到好處地把這股如牆的氣勁擋在身外三寸之處。

李滄行走到那個黑衣斗蓬客的對面，大馬金刀地坐下，那人抬起了頭，一張沒有任何生氣的青銅面具展現在李滄行的面前，配合著他那一頭黑白相間的頭髮與眉毛，**可不正是久違了的黑袍?!**

李滄行拿起面前的一碗酒一飲而盡，烈酒入喉，腹中似火燒一般，李滄行哈哈一笑，抹了抹嘴脣上殘存的酒滴：「好酒，想不到在這寧德縣城中，竟然也可以喝到七月火。」

黑袍冷冷地說道：「你就不怕我在這酒裡下毒？」

李滄行搖搖頭：「你沒這必要，如果你想殺我，趁著我現在一個人出來的時候，帶著你的眾多手下圍攻我就是，用不著費這麼大勁。」

黑袍看著李滄行渾身上下濕透的衣服，眉頭一皺：「你是從橫嶼游回來的嗎？怎麼濕成這樣！」

李滄行微微一笑：「今天你可是我見到的第二個戴著青銅面具的傢伙了，我這一身濕淋淋，也是拜前一個戴青銅面具的傢伙所賜。」

黑袍冷笑道：「原來是楚天舒，看來你跟他談得不是很順利啊。」

李滄行眼中寒芒一閃：「你又是怎麼會知道我易容改扮，來了這橫嶼島？」

黑袍平靜地說道：「現在台州城外的那個天狼，根本就是個西貝貨，他能騙得了別人，可騙不過我黑袍，如果我所料不錯的話，你應該是找那個東洋人假扮的吧。」

「所以你就尾隨我來了橫嶼？你就這麼確定我會在這裡嗎？」

黑袍笑道：「李滄行，你我這麼熟，就不用說這種話了，這回你在台州做得不錯，但倭寇只消滅了一半，上泉信之完蛋了，毛海峰還在，如果你不徹底消滅毛海峰，又怎麼會甘心呢，所以你留下柳生雄霸假扮你，你本人一定就會來這裡，我就正好在這寧德縣城中恭候大駕了。」

李滄行咬了咬牙：「可你又怎麼能肯定我一定會走這寧德縣城？我可以從海上來回。」

黑袍一動不動地緊緊盯著李滄行：「你不會走海路回去的，我雖然不知道你是怎麼混進橫嶼島的，但你顯然不可能以同樣的方式逃出，這寧德是從橫嶼回浙江的必經之路，所以我就在這裡等著你。今天正好全城的百姓出逃，也省得我再費勁去城門口看你了。」

李滄行又給自己斟了一碗酒，一口下肚，體內的酒氣如烈火一般燃燒著他的小腹丹田，這股熱氣隨著他全身流轉的天狼真氣，從每個毛孔裡逸出，把身上濕淋淋的衣服漸漸地烘乾，看起來他渾身絲絲地冒著熱氣，原本緊貼在身上的濕衣服上的大塊水漬，也在迅速地消退。

李滄行放下酒碗，道：「我知道，這回我在東南大戰倭寇，你是不可能視而不見的。說吧，你這回找我，又有什麼事？」

黑袍眼中閃過一絲耐人尋味的光芒：「李滄行，你這回在台州的表現，實在出乎我的意料之外，本來以為以上泉信之的勢力之大，沒個一年半載，你是無法消滅掉他的，**沒想到你居然可以一戰平定整個浙江的倭寇勢力**，所以我接到消息後非常震驚，就親赴浙江想看看你，沒想到撲了個空，這回總算是見面了，我想聽聽你下一步的計畫。」

李滄行冷冷地說道：「計畫？你應該很清楚我的計畫吧，我來這裡就是刺探那毛海峰的防備情況，為大軍攻擊橫嶼島打前哨的。」

黑袍搖搖頭：「情況起了變化，你對付毛海峰自然是得心應手，可是那楚天舒若是全力相助，恐怕你便沒有絕對的把握了吧？你剛才說今天見的第一個青銅面具人，除了這位洞庭霸主，還能有誰呢？」

李滄行對黑袍的情報能力絲毫不懷疑，他既然在這裡等了自己這麼久，想必今天自己和楚天舒小船上的對峙，也早已盡收眼底了。

他淡淡地道：「怎麼，**你覺得我對付不了楚天舒？**」

黑袍微微一笑：「楚天舒的洞庭幫要比你強了許多，如果他全力援救毛海峰，以你現在的實力，只怕打他不過，不如我們作個交易，我出手助你對付楚天舒的洞庭幫，如何？」

李滄行哈哈一笑：「黑袍，你是無利不起早的人，絕不會平白無故地幫我忙，說吧，這回你想要什麼？」

黑袍「嘿嘿」一笑：「上次你說要獨霸東南的貿易，我回去後越想越不對勁，但當時我沒想到你能這麼快就平定上泉信之，所以你在浙江打下來的江山，我不好意思再奪取，只是這福建嘛，我不能讓你一人獨占，還有，海上貿易的好處，我也得抽四成才行。」

李滄行心念一轉，突然放聲大笑起來，震得小酒館的房梁上一陣灰塵散落。

黑袍冷冷地看著李滄行，等他笑完，才開口道：「怎麼，我的這個提議太苛刻了嗎？如果沒有我的相助，你打不過楚天舒，可是什麼也得不到啊。」

李滄行表情變得嚴肅起來：「黑袍，你怎麼知道我就打不過楚天舒了？」

黑袍先是一愣，繼而也大笑起來：「滄行，你雖然打贏了台州之戰，但也未免過於自信了，我看過你的戰例，用的是各個擊破的戰法，而且有戚家軍配合，台州一帶你們是主場作戰，地形盡在掌握，可是打這橫嶼島，情況就完全反過來了。

「我雖然不太懂軍事，但也能看到這島三面環海，只有一道淺灘通向陸地，明朝水師打不過倭寇的，從海上攻擊不可能，若是要徒步穿越這十里長的淺灘，只能大白天退潮的時候行動，如果是你的武林高手打頭陣，對付普通的倭寇還可以，但若是對付同樣武藝高強，嚴陣以待的洞庭幫高手，只怕就會是難上加難。」

李滄行摸了摸自己的鼻子：「所以你就料定了我只能找你幫忙，答應你提出的這個條件？」

黑袍點點頭，眼中透出一絲得意的神色：「除此之外，你還有別的選擇嗎？我要的其實也不多，幹掉毛海峰後，福建這裡我也要開分舵，海外貿易分我四成，大頭還是歸你。」

李滄行冷笑道：「黑袍，你就這麼確定楚天舒一定會傾洞庭幫之力來救這毛海峰？如果你是楚天舒，會這樣做嗎？」

黑袍道：「當然會，就衝著不讓你在這裡坐大，以後成為自己的勁敵，我也會這樣做的，**你們在船上吵翻，是為了屈彩鳳吧**，我挺奇怪為什麼他在船上沒有跟你動手。」

「不錯，我跟楚天舒確實是因為屈彩鳳而鬧得不愉快，他也一定會幫助毛海峰，但他不會像你說的那樣，全力率部下來援救。」

黑袍瞳孔猛的收縮了一下，疑道：「你又有何自信說這話？楚天舒為人果斷狠絕，既然意識到你以後可能會成為巨大威脅，又對這海外貿易志在必得，怎麼可能不出全力與你對抗？」

李滄行微微一笑：「很簡單，**因為冷天雄不會給他全力抽身的機會**。這回我跟冷天雄達成協議，他三年內不得來東南沿海，所以只會把精力轉向湖廣一帶，洞庭幫必然是首當其衝，到時候楚天舒只怕要全力對付冷天雄，哪還可能盡起洞庭幫的精銳，來與我爭奪這橫嶼呢？除非他的湖廣老家不要了。」

黑袍聽得眼中精光一閃再閃，嘆道：「這麼說來，你跟那冷天雄達成休戰協議，讓他的勢力退出四個省分，就是**考慮到讓冷天雄對付楚天舒的後手了**？」

「不錯，正是如此，東南一帶的海外貿易可是巨額財富，過於誘人，無論正邪各派，只要有志於逐鹿天下的大派，都不會眼睜睜地看著它落入我手的，魔教已退，楚天舒和接下來的伏魔盟，乃至丐幫，甚至英雄門和神農幫都可能染指這裡，**我必須讓魔教騰出手來，對這些門派形成威脅，加以牽制才行**。黑袍，你是不是也想來跟我爭奪東南呢？」

黑袍冷笑道：「看不出你年紀不大，卻有如此城府，我還真是小瞧了你，也許跟你合作是個錯誤，你現在就能算計冷天雄和楚天舒，以後我未必能制得住你。」

李滄行冷哼一聲道：「其實從一開始，你就恨不得除掉我而後快，一直以來，你通過各種手段控制我，利用我，即使是現在，你也不會真的除掉我，原因很簡單，**你需要我手中的太祖錦囊，這是你我合作的基礎**，如果殺了我，那你的皇帝夢也會跟著太祖錦囊的下落一起，灰飛煙滅了。」

黑袍恨恨地道：「李滄行，你別太得意了，楚天舒的為人我再清楚不過，他就算不帶大批的主力，也會像冷天雄那樣，帶上幾百精銳高手上島助守，到時候你一樣會非常頭疼，要知道，在這個時節攻擊橫嶼，你只能在白天退潮的時候正面強攻，不可能再像你在台州時候那樣取巧設伏了。」

李滄行點了點頭：「不錯，是會有損失，甚至這個損失還不會小，但跟能肅清倭寇，在福建浙江建立起自己的勢力相比，還是值得的，黑袍，我知道你說這麼多就是想分一份好處，**看在你我合作的基礎上，我也可以給你每年一百萬兩的銀子，權作你起事的本錢，和你我間同盟的誠意，如何？**」

黑袍猛的一拍桌子，面前酒碗上的酒水給震得直沖房頂，如一道水箭般，居然把屋頂生生地擊出了一個大洞，房頂的碎瓦斷木如暴雪般在兩人之間紛紛落下。

李滄行面無表情地看著黑袍惡狠狠的眼神，一言不發。

黑袍怒道：「李滄行，你是不是當我是丐幫的公孫豪？一百萬兩一年就能打發要飯花子了？你打通海外貿易後，每年的所得何止千萬，就分我這點？」

李滄行嘴角勾了勾，道：「每年千萬以上的收入，是嚴世蕃勾結倭寇能得到的，我就算平定了倭寇，能以官軍的身分護航抽成，每年所得也不過只有幾百萬兩，分你一百萬已經很不錯了。」

黑袍反問：「你費盡心思，就為了每年在這裡賺點護航的收入？嚴世蕃可以每年賺上一兩千萬，你為什麼不行？」

李滄行朗聲道：「因為嚴世蕃為了賺錢不擇手段，他可以跟倭寇勾結，攻擊沿海的城鎮，擄掠大明的百姓賣到日本為奴隸，他可以指使自己的手下貪墨朝廷的稅銀，他可以把朝廷的絲綢暗中偷出來和倭寇作交易。這些事情我做不到，東南平定之後，皇帝肯定急著指望東南這裡的貿易收入，如果我們跟嚴世蕃那樣不擇手段地狂撈，只會引起他的注意力，到時候想發展都難了。」

黑袍厲聲道：「李滄行，你可別忘了我們的目的，你自己也說過，我們最終的目的就是要推翻那個昏君，**你是不是昏了頭，還要把錢送給這昏君？**」

李滄行分析道：「這個昏君有了錢，不會整軍備戰，只會去修他的宮殿，要麼就是打賞方士，給自己煉那些長生不老的仙丹，嚴世蕃看到這些白花花的銀子，一定會想盡辦法中飽私囊，**我們等於是丟了根肉骨頭，讓兩隻惡狗嘶咬搶奪，這怎麼會是壞事呢？**」

黑袍咄咄逼人的氣勢一下子消失不見，猶豫地道：「當真會如此嗎？可我們總歸是少了這麼多錢啊。」

李滄行道：「**錢不是最重要的，最重要的是人心**，浙江和福建一旦被平定，百姓只會心向我們，到時候不用錢也可以招收大量的軍隊，反觀昏君，他多了一筆錢，卻不會增加官員和百姓的福利，也不會整軍訓練，這樣只會讓上下更加離心離德，黑袍，你現在手上的存款，也不至於非要盯上這每年幾百萬兩銀子的收入吧。」

黑袍咬牙問道：「那你要多久才能起兵？從三年前開始，你就一再地給我許諾美好的前景，卻不行動，讓我如何能信你？」

「平定倭寇後，我需要兩三年的時間經營東南，一旦我在這裡徹底站穩了腳跟，到時候就是你我聯手打天下的時候。」李滄行平靜地道。

黑袍長身而起，眼中寒光一閃而沒：「那我就等著你的好消息，不過你還是先想想如何能對付楚天舒和毛海峰吧，別把小命送在了橫嶼島上，那可就不好玩了。」

李滄行微微一笑：「會如你所願的。」

兩個半月之後，橫嶼島對岸的寧德縣城。

一身黃色勁裝，黃巾蒙面的李滄行，與全副披掛的戚繼光並肩而立，四隻眼睛炯炯有神，看著遠處的橫嶼島。

自從半個月前戚繼光所部奉命從浙江進入福建以來，寧德縣城便成了戚繼光的臨時行營所在地，城內的百姓自從上次全城逃難之後，已經被福建巡撫游震得異地安置，這位游巡撫同時八百里急報上書朝廷，聲稱福建軍力不足，希望調在浙江台州一戰中名震天下的戚家軍來援。

戚繼光是在一個多月前接到的朝廷調令，比李滄行預計的時間足足晚了一個多月，趁著這段時間，戚繼光回到義烏重新招募了三千士兵，並加以突擊訓練。

這些義烏礦工是天生的優秀士兵，入伍不過一月，就把鴛鴦陣法和狼筅六式學得精熟，即使武藝高強的李滄行，也驚詫於這些士兵訓練速度之快。

至於李滄行的黑龍門，在他離開的這段時間內，柳生雄霸一直很順利地帶人到上泉信之供出的各個藏寶地點挖寶藏。

有一次上泉信之企圖玩花樣，故意指了一處設有機關埋伏的地點，若不是柳生雄霸反應過人，只怕便遭遇到陷阱，回來後的柳生雄霸二話沒說，直接切了上泉信之兩根手指頭，以後上泉信之再也不敢存心思害人了。

一個多月的時間，上泉信之分埋於四處的一千三百多萬兩銀子全部被取了出來，李滄行回來後，又切了他兩根腳指頭，他也再說不出一處藏寶地點來，想來應該是全吐乾淨了，這時李滄行才把這上泉信之轉交給浙江巡撫譚綸，由譚綸將此賊秘密看押，而那份與嚴世蕃勾結的口供也重做了一份，交給譚綸，以備不時之需。

有了這筆錢後，李滄行分給戚繼光七百萬兩，以作為他招募新兵，賞賜將士的軍需，此外，也給他存了足夠的銀兩去打點朝中的清流派重臣們。

李滄行自己留了六百萬兩，花三十萬兩撫恤獎賞台州一戰中的部眾們，這些江湖男兒一下子拿到幾百兩銀子，個個喜笑顏開，尤其是看到傷者和戰死者也都獲得了豐厚的賞賜，更是堅定了跟著天狼走會前途無量的想法。

這回來福建，所有人都二話不說跟了過來，甚至還有些人招來要好的朋友與師兄弟，黑龍門的部眾，兩個月內擴展了將近一倍，達到將近三千人。

眼看著這寧德縣城內外星羅棋布，比起三個月前足足要多出一倍有餘的營帳，戚繼光長長地嘆了口氣：「我部終於有萬人了，想我戚繼光從軍多年，終於可以指揮萬人部隊，換了三年前，那可是想都不敢想的事啊。」

李滄行微微一笑，說道：「說起來還得感謝這些倭寇，若非他們如此難纏，我等也不會有擴軍掌兵的機會。戚將軍，橫嶼島就在對面，這回你有什麼好的打法嗎？」

戚繼光眉頭皺了起來：「天狼，這兩天我都在思考這個問題，十天前俞將軍的水師來援，海戰沒有占得上風，現在已經退回了廈門，我們此戰只有走這淺灘一條路了，只是這十里長的淤泥之地，要在兩個時辰內迅速通過，還要冒著對面岸上的箭雨與火槍的洗禮，實在不是一件容易的事，這回只怕還需要你的部下打前鋒，殺開一條血路了。」

李滄行的劍眉略一揚：「只能如此了，島上現在有數百洞庭幫的高手上島助守，我並不擔心毛海峰的手下，只是這些高手卻非常難對付，如果守在灘頭，只怕我們也只有強攻一途了。」

戚繼光轉頭看了李滄行一眼：「你的兄弟們個個都是武功高手，輕功遠遠強於普通士兵，一邊行進，一邊還要為大軍開路，前面的人走路時要背一束草，碰到淤泥無法行走的地方需要邊走邊放，這樣可以為後面的士兵開路。」

李滄行點點頭：「謹遵戚將軍將令，我等就是拼殺到最後一人，也一定會為大軍打開一條通道的。」

戚繼光重重地拍了拍李滄行的肩膀：「退潮的時間只有兩個時辰，你部三千人開路，大軍六千在後面跟進，全軍萬人的性命，還有島上給倭寇擄掠的三千多百姓，就拜託你啦。」

李滄行的眼中寒光一閃：「交給我吧！」

第二章

同生共死

錢廣來做出一副痛心疾首的表情，道：
「我能擋在前面當肉盾，別跟我搶。」
鐵震天道：「胖子都去了，哪能扔下我老鐵呢。」
裴文淵道：「同生共死吧，回營地挑出可靠的兄弟，
命都交給你了，天狼！」

與戚繼光分手後，李滄行匆匆地趕到了自己的營地。黑龍門三千人的規模，占了方圓四五里的營地，錢廣來、裴文淵等五人，則把各自的部下分為五軍分別管理。

由於這些人以前都是各大門派的弟子，過慣這種集體生活，加上這半年左右一直是進行軍事化的訓練，平時的行軍打仗也見慣了戚家軍的嚴整有序，除了練兵之法與這些正規軍還不一樣外，其他如行軍、宿營、巡邏之法皆與戚家軍一般無二了。

營地中的黑龍會弟子們也都換上了明軍的衣甲列隊巡邏，這幾個月來，李滄行獨特的身形和氣場，讓這些高手們耳熟能詳，人人都對李滄行點頭行軍禮，從他們謙恭且充滿敬意的眼神中，可以看出這些刀頭舔血的江湖漢子對李滄行是由衷地佩服，把他看成了自己的偶像一般。

李滄行信步直入中軍帥帳，這裡比其他的帳篷更寬大，更氣派，帥帳前，一面大大的「郎」字帥旗迎風飄揚，**這是李滄行這幾個月來給自己起的一個化名：郎行，台州參將，浙江省副總兵戚繼光的部下，是李滄行現在的官方正式身分。**

裴文淵、錢廣來、鐵震天與不憂和尚和歐陽可都在帥帳中，對著橫嶼島的沙盤冥思苦想，柳生雄霸則雙手抱著村正妖刀，倚在門口冷眼旁觀，一聽到李滄行的腳步聲，所有人精神皆為之一振。

李滄行摘下蒙面的黃巾，道：「大家辛苦了，今天觀察這橫嶼島的地形，可有何破敵良策？」

歐陽可嘆了口氣：「想來想去，只有正面強攻一途了，若是能在夜晚退潮時攻擊當然是最好，可這些天退潮都在白天，我們的一舉一動便要暴露在敵軍的眼皮底下，很難隱藏。」

不憂和尚也質疑道：「天狼，我們並不是怕死，只是這樣從暴露的開闊沙灘上強攻，那倭寇的火槍和弓箭會給我們造成巨大的傷亡，這樣拿人命往裡填，值得嗎？」

錢廣來接口道：「弓箭和暗器還好說，就是那火槍很麻煩，無論是大木盾還是鐵甲，包括護體氣功，在五十步的距離內給打到的話，都完全無法抵擋，而且那些倭寇在大白天的時候可以三段擊，想要伏下身子躲子彈只怕也不是容易的事，這傷亡肯定少不了，搞不好要付出四五百人的代價呢，我們起兵之初，每個兄弟都是非常寶貴的，你可一定要想好了。」

鐵震天抽著旱煙袋，火苗照亮他那張沉毅的老臉，道：「天狼，我看你這回還是聽胖子的話吧，大夥兒來打倭寇都沒得說，也不怕死，但這樣頂在前面給人當活靶子，實在是沒那必要，我們畢竟是來助戰的，戰後官兵們可以升官封賞，而我們卻沒什麼好處，何況，再多的錢也買不來自己的命，天狼，依我看，還是讓官軍打頭陣吧，我們可以躲在他們後面，接近了以後再施展輕功衝到前面跟倭寇廝殺，給後續部隊爭取時間。」

裴文淵一直凝神盯著那塊沙盤，若有所思，對眾人熱火朝天的討論，他卻是一言不發。

「文淵，你怎麼看？」李滄行轉向裴文淵，問道。

裴文淵思索道：「我一直在想，如果正面強攻損失太大，可不可以想辦法從側面或者地底迂迴？我們這三千多人裡，精通地行之術的也有四五百個兄弟，完全可以從地裡行動，或者也可以考慮找些水性好的兄弟，乘小船從側面摸過去，正面我們虛張聲勢，吸引敵軍的注意即可。」

此話一出，在場眾人個個雙眼一亮，就連柳生雄霸也微微地點了點頭。

李滄行嘆了口氣：「文淵，你是用了心的，只是我在橫嶼島觀察多日，這個辦法行不通。」

裴文淵臉色微變，撫了一下自己的長鬚：「哦，難道倭寇對這個戰法也有防備？只是地行之術並不是挖地道，他們如何可防呢？」

李滄行正色道：「這裡不同於內地的土壤，由於被海水浸泡，所以異常鬆軟，完全不是我們在中原內地可以隨便穿行的那種硬土，人在裡面行動，會被淤泥纏身，而且土裡有許多堅硬鋒利的貝殼會劃傷身體，我試著穿行過，只走了不到一百步就難以為繼，只能出土回到地面了。」

眾人一聽，都倒吸一口冷氣，李滄行的武功之高，大家都知道，若是連他都只能走個不到百步，那尋常的高手們能走上二三十步，就算奇蹟了。

李滄行繼續說道：「除此之外，還有一點麻煩的地方，因為土質過於鬆軟，因此在土裡穿行的時候，會顯出一道明顯的痕跡，即使潛在五尺以下，在上面也能看得清清楚楚，所以在攻島搶灘的時候，我們若是用這一招，敵軍一眼就能看個真真切切，倭寇的暗器裡有那種鑽地爆炸的雷火彈，只要扔到土裡，行土行術的人無法察覺，更無法抵擋和閃避，即使再高的武功，也會被炸得屍骨無存。」

裴文淵的臉色變得煞白：「居然還有這種事，是我疏忽大意了。天狼，如果不走土行的話，派些水性好的兄弟從側面坐小船摸過去，如何？」

李滄行搖搖頭：「此法亦不可行，倭寇在海上有絕對的優勢，他們平時也多是駕著小船從那橫嶼島上攻擊大陸，到時候退潮，小船要離了那道沙梁足有幾百步遠，完全就是在海上與倭寇的船隊搏鬥，文淵，你覺得我們的水師現在在海上能打得過倭寇嗎？」

錢廣來恨恨地道：「聽說朝廷在東南一帶訓練水師也算是花了鉅款，一大半的軍費都用在了這水師戰船的建造之上，可是前一陣子俞大猷的水師過來，卻被倭寇的艦隊打得大敗，擊沉十餘條大船，死者上千，真不知道他們是怎麼練的，該不會也被各級貪官汙吏貪墨了這造船的經費吧。」

鐵震天忍不住罵道：「無商不奸，無官不貪，大明已經是爛到骨子裡了。」

不憂和尚「阿彌陀佛」了一聲：「大家說得太絕對了點，俞將軍一向有名將之稱，他打不過倭寇，應該是有隱情的。」

李滄行微微一笑：「海戰很複雜，遠不是陸上作戰這麼簡單，風向、水文、暗流都會對作戰造成決定性的影響，我曾經以前上過汪直的黑鯊號，在海上與陳思盼的艦隊，還有西班牙人大戰過，深知其中的奧妙極深，非幾十年的老水手不能駕馭。這些倭寇終日橫行於海上，操縱戰船如同熟練的騎士駕馭馬匹一樣，可以人船合一，俞將軍雖然一直很努力，但水師不是只有船就能打勝仗的，還要多年的訓練才行，即使訓練好後，在這橫嶼島附近的海面與熟悉此地的水文、地理、風向的倭寇作戰，還是吃虧不少，所以這戰打輸再正常不過。」

歐陽可道：「原來如此，這麼說來，按天狼你的意思，我們在海上無法與倭寇對抗了？」

李滄行表情凝重道：「雖然我不想承認這一點，但這樣的事情無法改變，到時候我們要考慮的，是如何不讓駕著小船的倭寇在海面上射箭放槍，給我們造成太大的傷亡，而不是到海上跟倭寇作戰，那純粹是送死。」

柳生雄霸開口道：「天狼，既然如此，那只剩下正面強攻一條路了，何不像剛才大家商量的那樣，讓戚家軍頂在前面，我們隨後跟進呢？我看戚家軍也都是些不怕死的好漢，並不會因此而退縮的。」

李滄行立即否決了：「不行，這些人雖然不怕死，但是沒有武功，這一仗的關鍵就在於進入火槍射程之內，也就是兩百步的距離，如何能在這段距離內儘快地衝上前去，與倭寇形成纏鬥，這才是最重要的事。

「而且還有一件事，那就是倭寇不會在那裡放了槍後就等著我們攻擊，這回他們有洞庭幫相助，這些洞庭幫的高手和倭寇中刀法高強的悍匪，一定會在我們使輕功的時候反衝擊，跟我軍形成短兵相接的局面，阻止我軍的迅速接近。

「戚家軍的士兵陣形熟練，作戰不怕死，與倭寇作戰是沒有問題的，但他們畢竟不是武林高手，在這種爛泥地上也無法迅速列陣，陷入一對一的單打獨鬥時，是打不過那些洞庭幫高手的，前鋒如果戰局不利，甚至戰敗的話，我們後面的人只會給擠作一團，到時候連輕功都無法施展，白白成為倭寇弓箭和火槍的靶子，最後仍然是保不住自己的性命。」

說到這裡，李滄行抬起頭，目光緩緩地掃過每個兄弟的臉上，正色道：「大家都是我最好的兄弟，在我最需要各位相助的時候，你們都二話不說地來幫助我，這份恩情，我天狼永世銘記。

「黑龍門初創不易，我比各位更不希望有任何一個兄弟在此戰中受到傷害，但要打仗總得有犧牲，縮在後面也並不能讓我們的傷亡減小，十里的爛泥海灘，若是前方戰敗，只怕我們所有人都要死無葬身之地，所以只有我們打頭陣，付出犧牲，才能為全軍的勝利創造條件。

「這戰我不勉強各位的參與，也不想驅趕著眾家兄弟上戰場，如果誰不願意參加，我天狼絕不會有任何不滿，打頭陣的不需要太多，五百人足夠，只需要自願參加的，不勉強任何人。我是肯定要衝在最前面的。」

柳生雄霸的臉上沒有任何表情，話語中透出一份堅定：「算我一個。」

歐陽可哈哈一笑：「天狼，你還沒幫我報大仇，我可不能看你先死，算上我們夫妻吧。」

不憂和尚用力地點點頭：「我也去。」

錢廣來做出一副痛心疾首的表情：「我能擋在前面當肉盾，別跟我搶。」

鐵震天哈哈一笑，拍了拍錢廣來的肩膀：「胖子都去了，哪能扔下我老鐵呢。」

裴文淵嘆了口氣：「沒啥說的，同生共死吧，我們這就回營地挑出武藝高強，忠誠可靠的兄弟，命都交給你了，天狼！」

李滄行的眼中淚光閃閃：「多謝！」

與此同時，橫嶼島上的那座石製城堡，天守閣外的欄杆上。

毛海峰正與戴著青銅面具的楚天舒並肩而立，四隻眼睛炯炯有神地盯著十餘里外大陸上星羅棋布的營帳，一隊隊在海灘上巡邏，盔明甲亮，士氣高昂的明軍士兵們，更是讓這兩人眉頭深鎖，說不出話。

良久，楚天舒才嘆了口氣：「戚繼光所部果然名不虛傳，比起大明各地的衛所兵要精銳得多，而且看起來他們連勝之下，士氣高昂，毛首領，只怕這一戰並不好打啊。」

毛海峰咬牙切齒地說道：「我在花街和他們交過手，戚家軍確實比普通的明軍要強了許多，而且那戰裡他們還用了一種叫狼筅的大毛竹作戰，我們那一戰有些措手不及，但這還不是最關鍵的，如果只是戚家軍，我至少可以自信在這海灘上擋住他們，畢竟我們的水軍還是有絕對的優勢。」

楚天舒眼中閃過一絲笑意：「毛首領，你最擔心的，還是天狼所率的黑龍會手下吧。」

毛海峰點點頭：「不錯，戚家軍雖然精銳善戰，但畢竟只不過是一幫義烏礦工訓練而成，並不是武藝高強之輩，長於戰陣和組織，而短於個人武藝，如果一對一的較量，不用說楚先生的洞庭幫高手，就是我這裡的刀手和忍者，也能占有優勢，這橫嶼島與大陸相連的沙粱又長又窄，根本無法列陣，他們如果想要正面突破的話，我看只有讓黑龍會的人打頭陣，爭取靠著這些武功高強的人，在前面殺出一條血路來。」

楚天舒搖搖頭：「我如果是天狼，絕對不會這樣硬拼，他也是剛剛開始建立自己的勢力，還處於起家階段，這時候每一個手下都是非常珍貴的，弄不好一戰下來就會傷亡過半，再想招募這麼多對他忠心耿耿又武藝高強的手下，可就困難了。」

毛海峰轉頭看向了楚天舒：「楚幫主，我知道你對這個天狼的底細一清二楚，以前我多次向你問過此人的師承來歷，你都推說要遵守與此人的約定，不肯透露半個字，現在大敵當前，天狼也不會對你我手下留情，你是不是也應該把此人的身分向我透露，也許我能想到些對付他的辦法呢？」

楚天舒眼中寒芒一閃，沉聲道：「毛首領，**人在江湖，信義為本**，截止到目前為止，我很確信這天狼沒有出賣過我，對外人公開過我的身分，而我也不應該主動毀約，將他的身分告訴別人，此人身分非同尋常，對我想要圖謀的大事也有極大的幫助，即使這回因為毛首領，我要跟他刀兵相見，也不想現在就公開他的身分，影響日後可能的合作。」

毛海峰那張滿是鬍碴的臉立即一沉：「楚幫主，你這是什麼意思，**這一仗不是他死，就是我們活，沒有第三條路，你難道還想要手下留情？**」

楚天舒眼中殺機一現：「不，我既然在湖廣省吃緊的時候也帶著幫中精英過來，就是想要跟天狼決戰的，**此戰絕不可能放水**。但天狼的本事我知道，如果他攻擊不成，折損了大半手下，也許就會知難而退了。」

毛海峰搖搖頭：「這個人我很清楚，以前在雙嶼島上就是一根死腦筋，百折不回，即使剩下一個人，也一定要完成他的任務，這回他跟戚繼光聯手，肯定是要滅我們而後快，戚家軍也是拼上了老本，六千人的部隊全部進入福建，不把我們消滅是不會回頭的，如果天狼在這一戰敗了，那他在東南以後根本就無法立足，你所說的大事自然也無法繼續。」

楚天舒微微一笑：「不會的，以前天狼確實固執得很，但那是因為他只有單身一人，即使死了，也不過是他一個人的事，現在不一樣，他有了這麼多的手下，嘗到了一呼百應，可以操縱和掌握千百人生死的好處，我想現在的天狼，應該不會再像十年前的那個楞頭青一樣，衝動地為了自己的理想而丟掉自己和手下的性命了。」

毛海峰哈哈一笑：「楚幫主，也就四年前，這個天狼在我們雙嶼島上的時候，仍然是不惜性命，而且當年他為了一個出賣自己的錦衣衛同伴，都願意以死相拼，這次攻擊無論勝敗，他都會有大批的手下，或者說兄弟戰死，**你就這麼肯定他能放下恩仇，知難而退？**」

楚天舒的眉頭一皺：「你這樣說倒是有道理，也罷，無論如何，這回我都會全力助你，不會手下留情的，天狼若是識相，肯主動撤退當然最好，他若是死戰不退，那說不得只好取他性命了。」

毛海峰滿意地道：「楚幫主這樣說就對了，現在跟你合作，以後也會跟你長期合作的，是我毛海峰，你圖的大事，我雖然沒有過問，但料來也不會是什麼光明正大的事，不然你老人家也不會跟我們這些海上男兒做朋友了，天狼這人滿嘴仁義道德，跟你老並不是一路人，你就是跟他合作了，以後也不會愉快的。」

楚天舒微微一笑：「毛首領說得有理，下面我們商量一下這具體的打法好了，你是說最近的天氣，退潮的時候都是在白天？」

毛海峰正色道：「不錯，每天退潮的時間只有三個時辰，大約是從拂曉的卯時到上午的午時，這段時間要穿越十里的海灘，這可不比尋常的陸地，退了潮的海灘極為泥濘，而且遍布了歷次攻島時戰死的明軍屍體，三個時辰只怕不夠他們走過來的。」

楚天舒眉頭一皺：「可是黑龍會的高手們可不是普通的明軍，他們有輕功，可以提氣縱躍，一個時辰左右就能跑到前面。」

毛海峰點了點頭，伸手一指灘頭：「楚幫主請看，我們已經在灘頭布下了鐵釘陣，又插了數百支尖木樁，還挖了一丈寬的深溝，這些招數對付明軍不成問題，但是如果是天狼手下的那些高手，自然可以飛躍過來，對付他們的最好武器是火槍，但火槍的擊發和裝填需要時間，依我看來，一百步的距離上開槍，也就是三四槍的時間罷了，這之後，需要高手貼上去，跟他們近身搏鬥，以爭取時間。」

楚天舒點點頭：「我帶來的這三百手下，個個都是隨我征戰多年的老部下，不僅武藝高強，而且精於小隊配合作戰，即使和魔教的總壇衛隊相比也毫不遜色，天狼個人雖然厲害，但老夫自信可以對付得了他，到時候一陣纏鬥，你只需要集中攻擊後面的明軍即可。」

毛海峰笑道：「楚幫主，這橫嶼島攻防戰的成敗，就全交給您老啦。」

楚天舒沒有接這話，他的白眉被穿閣而過的海風輕輕地吹起，眼光則落在了遠方的海灘上，喃喃地自語道：

「天狼，**你真的有傳說中這麼厲害嗎？**」

第二天的拂曉，卯時。

寧德縣的海灘灘頭，密密麻麻的大軍已經集結，全副武裝的戚家軍士兵們，個個神情堅毅，目光炯炯有神。

一面繡著「戚」字的大旗，高高地在海灘上飄揚著，兩百面戰鼓也一字排開，四百名赤裸著上身，體型健碩的漢子，手拿大鼓槌，站在鼓邊，海風吹拂著他們的鬚髮，而隆起的肌肉則隨著粗重的呼吸聲此起彼伏，即使是這嚴冬的季節，也無法冷卻他們心頭火一般的熱情。

戚繼光騎著一匹全身沒有一根雜毛的雪白戰馬，將袍大鎧，立於沙灘上，對著前方一身黃衣，黃巾蒙面的李滄行，鄭重其事地行了個軍禮，沉聲道：「郎將軍，此戰勝敗，全看你們的這五百壯士能不能為全軍殺開一條血路了，戚某代全軍將士為你們壯行。」

李滄行哈哈一笑，一把扯下蒙面的黃巾，那張稜角分明，英武過人的臉露了出來，今天李滄行沒有戴人皮面具，**他知道自己要面對的會是現在這個世上最優秀的劍客楚天舒，他需要自己的感覺無比地靈敏**，即使戰死沙場，也不要以一具戴著面具的屍體離開人世。

李滄行接過身邊一名軍士端過來的烈酒，一仰脖子，一飲而盡，腹中如火焰般燃燒。

他擲碗於地，豪氣干雲地說道：「想不到在這江南民風柔軟之地，竟然也能喝到如此烈酒，戚將軍，你在軍中從來都是嚴守軍法，禁止飲酒，今天我出征之時卻以烈酒壯行，天狼不破敵陣，誓不歸還！」

戚繼光跳下馬，拉住天狼的雙手：「天狼，千萬不可大意，戚某在這裡親自為你擂鼓助陣，等你的好消息！」

這時，海邊突然傳來一陣激動的叫聲：「退潮了，退潮了！」

李滄行的雙眼中神光一閃，衝著戚繼光點了點頭，轉頭奔向海邊那道隱隱浮現出來的淤泥通道。

戚繼光大叫道：「傳令，擂鼓助戰！本將要親自為天狼將軍助威！」

李滄行跑到海邊，站在大軍最前方的，是五百名一身黃衣打扮的黑龍會弟子，錢廣來、裴文淵和等五人已經各自帶領自己的一百名部下，整裝待發，只有柳生雄霸一身劍士裝束，頂著高高的髮髻，抱著妖刀村正，一個人站在海邊。

這五百人都是錢廣來等人在自己的部下中精挑細選找出的一流高手，雖然明知此去異常凶險，但連日來的大勝和倭寇們橫行東南，燒殺搶掠造成的慘狀，早已經把這些俠士們刺激得怒火中燒，個個都爭相報名，五百人很快就挑選完成，只等今日一戰。

李滄行站在隊伍的前方，向眾人點了點頭，轉過身來，對著遠處的戚家軍一揮手，站在戚家軍前面的一名將官，正是那義烏礦工首領陳大成，看到李滄行的動作後，心領神會，指揮著手下們急速向著淺灘海道奔去。

錢廣來微微一愣：「天狼，不是我們打頭陣嗎，怎麼讓軍士們先行？」

李滄行笑了笑，用手一指這些軍士：「胖子，你看他們都帶了什麼。」

眾人定睛看去，只見這些軍士們除了武器裝備外，人人在背上都負了一束半人多高的稻草，用麻繩緊緊地捆著，前面的士兵走到淺灘海道上，就迅速地扔下稻草，然後向前繼續進發。

裴文淵笑道：「原來戚將軍早有準備，這海灘泥濘，不便行走，就讓軍士們負著這些稻草扔下，人走在上面，就不至於腳陷在淤泥裡了。」

李滄行點點頭：「不錯，我跟戚將軍商議過，我們最後要面臨惡戰，對方也是高手，以逸待勞，如果我們的人衝在最前面，不僅和後面的大軍會脫節，而且平白無故地會在這片爛泥地裡浪費大量的體力，不利於我們最後的行動，所以前面的路，就由軍士們負草填平，而最後的一里路，我們再衝在最前面。」

說話間，幾百名軍士已經進入了這片海中淺灘，而一里多的淤泥路面已經被稻草填平，前面已經扔過稻草的軍士繼續向前走，後面背著稻草的軍士們，則用接力的方式，把背著的稻草用手傳遞，送到最前方去。

這樣一來，走在最前的軍士們每走個一兩步，就正好能接到後面傳過來的新稻草，再扔到自己的前方泥地之中，趁著兩捆稻草過來的間隙，順便再把腳下的稻草重重地踩上幾腳，以免打滑不穩。

天邊已經泛起了魚肚白，海灘上的火把一片明亮，宛若一條長龍似的，而灘上的戰鼓聲震天動地，就連那寧德縣城裡的不少駐守衛所兵，也都紛紛地站上了城頭，齊聲吶喊，為渡海遠征的勇士們助威。

歐陽可眉頭一皺：「天狼，我雖不通兵法，但也知道進攻的時候要偃旗息鼓，以達到進攻的突然性，可是我們現在這樣鼓聲震天地大舉向前，不是明著告訴倭寇們，我們已經在進攻了嗎？」

鐵震天也面色凝重地點了點頭：「歐陽說得對，天狼，這可是與兵法不符合啊，一般不是要潛行到敵營前再攻擊嗎？」

李滄行搖了搖頭：「隱蔽接敵是兵法的常識，但是在這裡，我們根本無法做到，海上進攻是不可行的，攻擊橫嶼的道路只有這麼一條，而且退潮的時間也就是這幾個時辰，敵軍早就嚴陣以待了，**我們是無法隱蔽接近的，與其如此，不如大造聲勢，做出堂堂之陣，大舉進攻的樣子，以震懾敵膽。**」

不憂和尚笑道：「原來如此，天狼，那我們什麼時候出發呢？」

李滄行看了一眼四周平靜的海面，沉聲道：「不急，再等會兒，等他們鋪到離橫嶼還有四裡地時，我們再出發，到時候大家施展輕功，從將士們的肩頭踩過去。」

柳生雄霸突然開口道：「天狼，**你是怕地底裡有埋伏嗎？**」

李滄行點了點頭：「不錯，對方也有不少高手，毛海峰手下更是有一些忍者精通地行之術，退潮之前這條通道是在海面以下，他們無法穿行，可是退潮之後，這裡就成了一片淺灘，我們在這裡鋪路前進的時候，不排除會有些忍者和地行高手會提前潛伏在淤泥裡，等我們與敵正面交手的時候再突然殺出，前後夾擊，打亂我們的陣形。」

柳生雄霸哈哈一笑：「所以要等鋪到離敵四里左右的時候，我們再過去檢查一下地裡有沒有活人是嗎？」

李滄行眼中神光一閃：「不錯，不過大隊人馬等到只剩二里時再動，離敵四里時，我和柳生過去就行，胖子，你在這裡帶隊，一見到我發信號，你們就出動。」

錢廣來的胖臉上肥肉抖了抖：「那你一切當心。」

裴文淵的眼光如炬，落在遠處，這時候，戚家軍已經向前鋪了三里左右了，海中的通道上出現不少散亂各地的屍體，早已爛成一堆枯骨；有些屍體上還插著幾支弓箭，還有些衣甲上則有著一個個的小洞，明顯是被鐵炮所洞穿，越往前去，這樣的屍體越多，且多是頭向著大陸方向。

裴廣淵嘆了口氣：「想必這些就是前幾次進攻橫嶼失敗戰死的官軍吧。」

不憂和尚高宣佛號：「阿彌陀佛，罪過，罪過。」

鐵震天看著戚家軍的軍士們一面向前走，一邊把屍體搬到草堆通道的兩邊，免得這些屍體擋了前進的通道。也許是受了這些屍體慘狀的影響，剛才還熱火朝天，幹勁十足的軍士們，聲音也明顯低落了不少。

鐵震天問：「為什麼這些屍體全都是頭朝大陸方向，而不是向著橫嶼呢？」

李滄行的雙目如電，回道：「因為他們是前方戰敗，想要向回逃跑，卻被倭寇從後面和海上追殺而死的，所以我們今天**只能前進，不能後退**，不然結果就跟他們一樣。」

李滄行說這話時，神目如炬，臉上的表情寫滿了不可質疑，無可阻擋的堅定與執著，海風吹拂著他頭巾後逸出的披肩長髮，而他那斬釘截鐵的語氣，更是讓眾人心中一凜。

錢廣來皺了一下眉頭：「從這些屍體的情況來看，攻擊他們的敵人只怕不是從淺灘上追殺過來的，而是來自於海上。」

李滄行點了點頭：「不錯，淺灘本就難行，這些人又是奪路而逃，就是倭寇想要從淺灘上過來追殺，也不可能越過後面的人殺到前面，他們中槍的部位多是側面，應該是倭寇乘了小船從海上射箭放槍所導致，胖子，你是不是想說我們進攻的時候也要注意這種情況？」

錢廣來沉重地說：「不錯，天狼，敵軍除了正面抵擋外，也一定會在激戰的時候從側面乘小船攻擊我們，倭寇的鐵炮手我們都見識過，雖然這些人武功不行，但是鐵炮威力巨大，就是我們這些人的護身真氣也根本無法抵擋，這種情況如何應對？」

李滄行老神在在地道：「放心吧，我已經做好安排，一會兒我們只管正面廝殺就是，不用分心。」

說話間，戚家軍的軍士們鋪草路已經差不多到了五里開外，李滄行虎目中神光一閃，轉頭對柳生雄霸點了點頭，二人心意相通，身形同時飛起，向著前方的戚家軍將士們的行軍隊列飛去。

李滄行的話遠遠地從空中飄了過來：「胖子，這裡就交給你了，現在就可以步行出發啦，我們先走一步，前方會合！」

戚家軍將士們寬闊的肩膀成了李滄行和柳生雄霸最好的借力對象，二人提氣縱體，落腳之處踩在軍士們的肩頭，這些軍士們給踩得向上微微陷了幾寸，腳面處沒入淤泥之中，但很快就隨著二人的離開自己而重新恢復了原狀，甚至連手上傳遞稻草的工作也沒有停歇下來。

幾十個起落之後，李滄行和柳生雄霸落到了整個隊伍的最前方，打頭的幾個軍士紛紛向二人行軍禮致意，李滄行擺了擺手，示意他們繼續手上的工作。

這時天已經濛濛亮，淺灘外四里多的盡頭處，灘頭的敵軍已經開始集結，黑壓壓的一片人影中，星星點點的火光，正是點燃的鐵炮導火線，看起來至少有著兩百挺鐵炮在嚴陣以待。

倭寇們抽出的太刀，一閃一閃地泛著寒光，雖然他們沒有像平時那樣瘋狂鼓噪，但這股殺氣，卻是隔了幾里路都能感覺得到。

李滄行和柳生雄霸抽出了各自的兵刃，閉上眼睛，緩緩地向前方慢步而行，他們一腳深一腳淺地踩在這泥濘的淤泥之中，可是絕頂的輕功卻讓他們的雙足沒有完全地陷進去，如履平地一般。

如此這般，二人向前走了一百多步，突然，兩人不約而同地睜開了雙眼，李滄行手中的斬龍刀上冒出一陣紅氣，脫手而出，去勢如流星一般，徑直地鑽進前方十步左右的泥地之中，只聽一聲悶哼從地下傳出，斬龍刀瞬間從地底回來，血槽上一滴鮮紅的血液已經化為一汪碧芒，閃閃發光。

柳生雄霸哈哈一笑：「終究還是讓你快了一步，想不到你練成了御刀之術。」

他的話音未落，腰間的脅差脫鞘而出，右手的村正妖刀幻起一陣刀氣，在脅差的刀柄處一擊，脅差帶著破空之聲，鑽進十五步外的淤泥中。

一聲巨響過後，一顆蒙著黑布的人頭騰空而起，而一股血泉高高地噴上了半空之中，在這塊給炸開的泥地中，一具無頭的黑衣屍體，手裡還緊緊地握著兩把苦無。

柳生雄霸上前幾步，撿起了落在地上的脅差，內力一震，脅差上的血滴被真氣蒸發得無影無蹤，他把脅差的刀柄在身上的衣服上擦了擦，一如剛出鞘時的那樣明亮刺眼，再若無其事地放回自己腰間的刀鞘中。

就在這一瞬間，李滄行耳朵突然一動，剛才二人憑著對殺氣的感知，偵察到兩個躲在地下的忍者，他們的龜息之法雖然厲害，但是那種掩飾不住的殺氣，即使是身處地下兩尺之處，又隔了十幾步遠，仍然無法躲過兩大絕世高手的感知。

剛才這一下出手，瞬間取了兩人的性命，兩聲劇烈的心跳和沉重的呼吸聲，從三十步外清楚地傳進李滄行的耳中。

李滄行和柳生雄霸幾乎同時做出反應，身形向前飛去，而兩把絕世兵刃則在空中劈出了幾道刀波，轟向出聲的那處地面。

「轟」「轟」「轟」，強烈的氣勁爆炸聲和慘叫聲不絕於耳，地裡冒出幾道血泉，三四顆人頭滾了出來，而十餘道黑色的身影則從泥地裡破土而出，剛一出地面，雙手就連連揮出，打出點點寒芒，襲向了空中的李滄行和柳生雄霸。

李滄行哈哈一笑，手中的斬龍刀突然變得勢如千鈞，緩慢地連畫出三個大圈，由外到內，那幾十枚射向自己的寒芒和兩枚黑漆漆的雷火彈，如同被一個巨大的漩渦所捲入，本來洶洶的來勢一下子給化解於無形。

這些暗器都在空中自行旋轉起來，去勢也越來越慢，竟然像是被斬龍刀吸附在身上一般，而刀頭上，那兩枚黑色的雷火彈卻是在滴溜溜地旋轉著。

剛才逃出來的十餘名身影都是甲賀家的精銳上忍，這回甲賀半兵衛帶了主力去攻新河城，剩下一半左右的部下卻是跟著上泉信之一起行動，最前面安排了兩個中忍潛伏，結果這兩人的功力不足，給李滄行和柳生雄霸遠遠地就感知到，十幾步外就被擊殺。

這些潛伏於後的上忍雖然功力高過中忍不少，但也不免心驚，一下子也被兩大高手察覺，這一通爆氣攻擊，直接斬了五六人，剩下的十餘人畢竟是精銳的上忍，出地之餘還能以暗器反擊，情急之下，連看家的雷火彈都用上了。

只是魔高一尺，道高一丈，李滄行的兩儀劍法講究的就是四兩撥千斤的以柔克剛之術，加之他現在武練經已通，內力早達化境，以斬龍刀使出兩儀劍法，吸附這些暗器，實在是輕鬆自如。

十餘名黑衣上忍的眼中閃現出深深的恐懼之色，他們做夢也沒有想到世上有如此的武功，能這樣輕而易舉地化解自己如暴風驟雨般的暗器攻擊，甚至連那威力巨大，碰撞即炸的雷火彈也在刀尖上跳起舞來卻不爆炸。

李滄行眼中殺機一現，怒吼道：「還給你們！」手腕一抖，一道紅色的刀波在空氣中如同閃開了滔滔大浪，把這幾十枚暗器連同那兩枚雷火彈一起打了回去。

這十餘名黑衣上忍這時候才如夢初醒，拼命地向後躍起，可是他們的輕功又怎麼能快得過這迅捷破空的暗器，前面兩個人身上瞬間就釘滿了各種忍鏢，剛要張嘴慘叫的時候，那兩枚雷火彈卻是不偏不倚地鑽進這兩張血盆大口之中。

兩聲巨響後，其他忍者們身上未及發出的雷火彈紛紛被引爆，震天動地的響聲此起彼伏。

漫天的煙塵中，除了海底淤泥那種帶著鹹味和魚腥氣的特有味道外，還有著濃濃的血腥味，就連這片煙塵也被這十幾名忍者的斷肢殘體染成了一片血色，將李滄行和柳生雄霸弄得滿身都是。

李滄行喃喃地道：「不自量力。」對著身後看得目瞪口呆的軍士們道：「這裡安全了，大家繼續向前。」

這些軍士們如夢初醒，繼續向前方鋪起草堆來。

百餘步外，淤泥裡一下子鑽出二十幾個黑衣忍者，頭也不回地向後奔逃，更遠處，地面開始變得扭曲起來，幾十條地壟向著對面橫嶼的方向急速地通行，顯然是那些藏身於地底的忍者知道這回不可能躲過李滄行和柳生雄霸的探測，與其在地裡等死，不如提前跑路了。

李滄行和柳生雄霸對視一眼，哈哈大笑起來，大踏步地向前走去，這回二人基本上確信，地底中應該不會再有忍者的存在了，不過為防萬一，兩人仍然是屏氣凝神，靠著絕頂高手遠超常人的嗅覺和感知力，來判斷前方的淤泥中是否還有敵軍的忍者潛伏。

如此一來，二人又向前走了兩里多的路，眼看離橫嶼已經不到兩里了，地底的敵人似乎已經清理乾淨，再沒有任何殺氣出現，李滄行身後響起一陣密集的腳步聲，很輕，似乎是用腳尖點地的輕功提縱之法，李滄行不用回頭，也知道一定是錢廣來他們跟上來了。

錢廣來的聲音傳了過來：「哈哈，滄行，幹得漂亮啊，我們在後面遠遠地看到，也是拍手稱快呢。」

李滄行微微一笑：「地底的敵人已經清除了，接下來就是要正面強攻了，胖子，一會兒看我的動作，我伏地時，你們就要跟著迅速趴下，我躍起時也得跟著躍進，明白嗎？」

裴文淵笑道：「是當年落月峽之戰大破那烈火老魔的火槍手嗎，我等照著當年公孫大俠和司馬大俠的做法便是，只要近到百步之內就可以全力衝擊。」

李滄行搖搖頭，阻止道：「不可，那些倭寇的鐵炮比起老烈火的那些火器可要強上了許多，百步距離即可洞穿軍士的鐵甲和我們江湖高手的護體真氣，而且他們還有一種戰法，名叫**三段擊**，就是把鐵炮手分成三隊，輪流擊發，前面放槍的人則後退裝彈，周而復始，威力無窮。」

歐陽可皺了皺眉頭：「那鐵炮的威力我們前一陣都見識過，我們的傷亡多數是由此物造成的，確實厲害，無論是護體真氣還是鐵布衫硬功都無法抵擋，天狼，這麼說，我們不能直接全力衝擊了？」

李滄行點頭道：「正是如此，各位，只怕這一仗，我們會付出比以前各戰加起來都要慘重的傷亡，如果我倒下了，你們就跟著柳生前進，柳生若有不測，胖子和文淵頂上，以此類推，身邊不管是什麼同伴倒下，都不要去救助，繼續向前躍遷攻擊，直到最後一人為止。」

眾人眼中都露出堅定的神色：「放心吧，看我們的。」

李滄行的目光落在後面不憂和尚的臉上：「不憂，我跟你說的事，不要忘了。」

不憂雙手合十，微微一笑：「你就等著瞧吧。」

離橫嶼只有一里不到的距離了，天色已經發亮，對面的一切都看得清清楚楚。

兩三百名戴著陣笠的火槍手排成了三排，前面一排的臥倒，第二排的跪立，最後一排的則站著，把槍架在前一排人的肩頭以作瞄準，兩百多杆鐵炮身上，導火線正在燃燒著。

這兩百多挺鐵炮黑洞洞的炮口，指向了前行的黑龍會高手們，鐵炮手身邊站著三個領頭的隊長，全都是滿臉橫肉，髮髻朝天的倭寇，高高地舉著倭刀，隨時準備擊發。

李滄行貓下了腰，所有身後的同伴們跟他一樣，也立即蹲了下來，腳下帶著海腥味的氣息鑽進眾人的鼻子裡，令人欲嘔，大家卻顧不得這些，都照著李滄行的吩咐一起趴到了地上，開始向前緩緩地爬行。

越來越近了，三百步，二百步，一百五十步，李滄行的眼裡，那些倭寇鐵炮手們眼中，帶著殺意的光芒不停地閃現，他深吸一口氣，一躍而起，身邊的柳生雄霸也跟他一起行動，像個彈簧似地從地上瞬間彈起，雙足狠狠地在泥地上一蹬，身形頓時就向前飄出了五六丈遠。

第一個倭寇隊長的手中戰刀狠狠地落下：「以該！」

第一排臥倒著的倭寇鐵槍手們幾乎同時扣響了扳機，百雷擊落般的轟鳴聲震撼著所有人的耳膜，遠處煙霧繚繞之中，火光點點，李滄行甚至可以清楚地看到幾十枚黑壓壓的鉛子，以極快的速度向著自己這裡飛過來。

李滄行低吼一聲「落」，身形一下子伏倒在淤泥之中，一絲青煙從他眼前不到三尺的地方騰起，卻是一枚鉛子重重地擊在他面前一兩步之處的泥中，彈起的鉛子擦過他的頭皮，他能感覺得到那火辣辣的鉛味。

身後響起了十幾聲悶哼之聲，雖然跟著李滄行衝鋒的黑龍會弟子們個個都是高手，但畢竟人的速度快不過子彈，仍然是有些人中彈倒下，痛苦地翻滾起來，他們在來之前都有過準備，即使翻滾，也都是直接滾到淺灘邊上的水裡，以免擋住後面同伴的前進道路，一個浪頭打來，李滄行清楚地看到剛才還碧藍的海水，已經變得腥紅一片。

李滄行咬了咬牙，槍響暫時告一段落，他吼道「起」，雙手向地面一拍，身子凌空而起，再次向前飛出三丈遠。

槍聲再起，這回李滄行清楚地發現，那些火焰的高度比起剛才明顯高了一些，顯然是因為這次擊發的乃是蹲射的那些鐵炮手，而非第一批臥射的。

李滄行的身形迅速地落在泥地裡，一顆貝殼劃過他的臉頰，鋒利的邊緣在他那練過十三太保橫臉的臉上留下了一道白印子，蒙面的黃巾也狠狠地給切開了一道口子，李滄行顧不得這些，因為他聽到身後又是十幾聲悶哼響起。

李滄行只稍待了瞬間，便再次長身而起，向前衝出五六步遠，這回他死死地盯著那第三排舉著倭刀的倭寇隊長，他的嘴剛剛一動，李滄行便大吼道「落」，他的身軀重重地墜入淤泥之中，身後已經一片黑色，看不出多少黃衣的黑龍會弟子們，如同倒下的麥浪一般，隨著李滄行的動作，再次狠狠地撲在了泥中。

鉛彈帶著淒厲的風聲，從李滄行的頭上兩三尺處不停地飛過，有些低射的鉛彈打在李滄行面前幾步之遙的地方，甚至打得一些貝殼和螃蟹凌空而起，那些鹹腥的貝類與螃蟹的液體，濺得李滄行滿臉都是，只不過這回的味道又帶了三分的火藥味。

李滄行一咬牙，再度向前躍進，這回他看得真切，最後一排的鐵炮手們正急匆匆地向前舉槍，剛放過槍的鐵炮手則從人群縫隙中向後退，去重新裝彈，訓練有素的倭寇們從左邊退後，從右邊前進，倒也是絲毫不亂，可見他們平時對於這套三段擊的陣法早已是駕輕就熟了。

但李滄行這回還是奔出了十餘步，這下離倭寇們已經不到一百步了，他的心開始跳得很厲害，因為**他敏銳的鼻子似乎嗅出了一絲不同尋常的味道**，不是那種淤泥和海底生物的鹹腥味，而是一股邪惡的毒腥氣，一如當年白蓮教總舵中那些煉製藥人的毒缸，他立即大吼道：

「當心毒物！」

前方四十多步的淤泥裡，突然現出一大片點點綠豆般的光芒，一片令人恐怖的「嘶嘶」聲鑽進眾人的耳朵裡，那些黑色的淤泥裡，如同被耕過，撒下種子的泥土一般鬆動了起來，只不過**這回鑽出淤泥的不是莊稼的新芽，而是一大片五顏六色的毒蛇，綠豆芒般的亮光，則是這些毒蛇吐出的信子**。

這些蛇都是三角頭，一看即是劇毒，牠們吐出的信子，冒出一片肉眼難辨的淡黑色氣息，腥臭難聞，讓人聞到就不自覺地想要嘔吐。

李滄行厲聲喝道：「前方有蛇陣，大家屏住呼吸！」

這些蛇看起來足有幾百多條，而且還源源不斷地從地底鑽出，鐵炮的轟鳴聲一刻也沒有停過，這些蛇大概受了轟鳴聲的刺激，變得異常地狂躁，紛紛地豎起身子，高昂著頭，擺出一副攻擊的姿態。

有幾條周身青黑的蛇，更是與其他蛇有所不同，牠們的頸子處長得如同人的巴掌那麼寬，這些蛇嘴裡噴出的那種氣體，與其他蛇噴出的淡黑色顏色不一樣，一片墨染般的烏黑，這幾朵黑雲經過之處，就連幾條高昂著腦袋的蛇也紛紛倒地，扭曲了幾下便再也不動，竟是被這片毒雲生生毒死。

李滄行心中暗道一聲苦也，成百上千條毒蛇所組成的蛇陣，著實非常討厭，蛇乃是活物，而這些蛇裡看起來更是有不少條靈異品種，不可能像前面對付那些忍者的暗器那樣直接打回，現在自己被鐵炮這樣壓制，不可能站起身擊破蛇陣，而這些毒蛇看來很快就會向自己發動攻擊，到時候要對付這些毒蛇，是件非常困難的事。

柳生雄霸從懷中摸出一個小瓷瓶，倒出一些黃色的粉末，抹在鼻孔下，又遞給李滄行：「天狼，這是驅避蛇毒的，可以防這些蛇所吐的毒氣，快抹上。」

李滄行也不客氣，接過小瓶，倒出黃色粉末，濃烈的雄黃混合著草藥的味道鑽進了鼻子，辛辣異常，李滄行在鼻翼下也倒了一些。

那股難聞的毒氣本來讓他頭腦一陣暈沉，雖然屏住了呼吸，仍是說不出的難受，若不是柳生雄霸贈藥，他都要準備運起內力逼毒出體了，可是這辛辣的秘藥卻讓他的頭腦清醒不少，感覺也變得異常靈敏。

李滄行二話不說，向身後的錢廣來扔了過去，道：「這個可以解蛇毒，放在鼻子下嗅一嗅。」

錢廣來哈哈一笑，拉下面巾，他的鼻子下正塗了兩團雄黃粉末呢：「天狼，這瓶蛇藥還是我發的呢，放心，每三人都發了一瓶，不會出事。」

李滄行心下一寬，暗道這胖子還真是心思細密，自己沒有考慮到的事也給他想到了，這種海島地帶，人煙稀少，多是毒物，胖子早早地把這些東西分發給眾人，顯然想在了自己之前。

第三章

萬毒蛇陣

淤泥中的毒蛇不斷地湧出，海上也浮起三角形的蛇頭，
李滄行臉色一變，這是傳說中的海蛇，最是猛毒，
只要被咬中一口，連千斤重的巨牛也會當場倒斃！
想不到對方那個牧蛇人還能驅使這些海蛇！

歐陽可在地上一陣爬行，到了李滄行的身邊，他那張俊朗的臉上，這會兒已經被爛泥弄得一塊青一塊黑的，可是兩隻大眼睛卻仍然炯炯有神，他的身邊，身形嬌小的王念慈也跟著爬了過來。

李滄行心中一動，當年歐陽可還是奔馬山莊莊主、甘州大俠的時候，就是江湖上著名的使毒高手，而他的遠祖，南宋末的絕頂高手歐陽峰，更是有「西毒」之稱，以前在奔馬山莊時，李滄行曾見過歐陽可有牧蛇之法，驅使蛇陣作為機關，現在**面對這個蛇陣，還有比歐陽可更好的幫手嗎?!**

李滄行低聲道：「歐陽，對這個蛇陣，可有何破解之法？」

歐陽可眼中露出不屑的神色：「想不到對方的陣中竟然還有能驅使蛇蟲之人，不過在我看來，這牧蛇之法，比起我奔馬山莊可是差了許多。」

李滄行微微一笑：「歐陽可有辦法能反驅這些毒蛇？」

歐陽可點了點頭：「所謂牧蛇之道，無非是通過音律或者是內力來控制這些蛇，使其向前行動，現在這些蛇被槍聲所激，剛從地下冒出來，動靜太大，是無法驅使其攻擊的，只有等到槍聲平息下來，那牧蛇之人才可能驅動這些毒蛇。」

李滄行眉頭重新皺了起來，他們趴在地上，面前只有一大片火藥擊發後騰起的煙霧，讓人看不清外面的情況，他腦中快速運轉著，思索退敵之法。

毛海峰扛著自己招牌的那柄金剛巨杵，站在三百名鐵炮手之後。看著百步之外的海灘，鼻子裡鄙視地「哼」了聲：「天狼，看來你也不過是血肉之軀啊，我還以為你是金剛不壞之身呢，怎麼樣，這回嘗到我們鐵炮三段擊的威力了吧？哈哈哈——」

毛海峰說到得意之處，一陣狂笑，身邊抱刀而立的十餘個倭寇們，也跟著開懷大笑。

楚天舒卻是眉頭緊鎖，大潑冷水道：「毛首領，只怕情況沒這麼樂觀，老夫看到的，卻是天狼和他的手下都趴在地上不動，沒什麼損失呢，若非蛇陣阻擋，這會兒他們早已攻到這裡了。」

毛海峰睜大眼睛，仔細地看了看，搖搖頭：「不對，楚幫主，你看那海水都被鮮血染紅了，他們剛才不停地跳來跳去，現在卻不動了，明明是被我們打死不少人嘛。」

楚天舒知道毛海峰的內力不算出色，完全是靠著外力驚人，目力與自己這種內外兼修的高手是無法相比的。自己這雙如電的神目可以透過煙霧，把百餘步外的一舉一動看得清清楚楚，毛海峰卻只能看個大概。

楚天舒嘆道：「毛首領，你再仔細看看，那些黑龍會的人都趴在我們的蛇陣之外，可有一人落入那蛇陣之中？」

毛海峰手搭涼棚一瞧，說道：「不錯，還真是沒有人進入蛇陣中，哎呀，楚幫主，那蛇不是都鑽在泥土裡嗎，怎麼全都冒出來了？」

楚天舒看向身邊一個尖嘴猴腮，眉宇間帶著三分陰邪之氣的青衣中年男子道：「莫堂主，這是怎麼回事？」

這名青衣中年男子正是**洞庭幫「百毒堂」的堂主莫天齊**，加入洞庭幫前乃是江湖上著名的使毒高手，成天遊走於險山惡水間搜捕各種毒蛇，以前曾經依附過魔教，是**魔教前總護法慕容劍倚的手下**。

幾年前慕容劍倚發動叛亂，被冷天雄誅殺，手下的黨羽也作鳥獸散，鬼聖、賀青花、六指蝙蝠等人轉投到英雄門，莫天齊的地位不如那幾個老魔頭，便倒向了洞庭幫。

魔教與洞庭幫交手多年，莫天齊的武功雖然不算頂尖，但驅使毒物的本事卻是獨樹一幟，在多次雙方大規模交戰中起了極大的作用，讓楚天舒印象深刻，因此便將其收歸帳下，升任百毒堂主，這回在鐵炮手們埋設毒蛇陣的主意，正是這莫天齊所出。

莫天齊手裡拿著一支青竹杖，道：「楚幫主，本來這個辦法萬無一失，只可惜毛首領的部下們沉不住氣，給人嚇得直接跑回來，踩到那些泥地裡，把沉睡的蛇兒們給踩醒了。」

毛海峰先是一愣，轉而罵道：「那天狼分明已經查到我們土裡潛伏的忍者了，他們不跑回來，難道要等死嗎？」

莫天齊嘆了口氣：「我的這些蛇兒，三天前就趁退潮的時候埋在土裡了，而且還特地每天給牠們吹安魂曲，讓牠們能在泥裡沉睡，不是遇到大批人的踩踏是不會蘇醒的。」

楚天舒眉頭一皺：「既然如此，為何當時沒有蛇去咬那些忍者呢？甚至都沒有冒出頭來？」

莫天齊道：「我的蛇兒聽了安魂曲後，就會進入冬眠狀態，僵臥不動長達一天，剛才那些忍者們輪番踩踏，之後鐵炮手的大舉射擊，聲音很大，還有不少彈丸打到土裡，這才驚得那些蛇兒們破土而出，現在牠們沒有得到我的命令，只是以其本能結成蛇陣阻擋敵人。」

楚天舒的眉頭舒展開來：「這麼說，如果莫堂主現在下令，這些蛇兒能前進去咬敵人嗎？」

莫天齊哈哈一笑：「當然，只不過現在槍聲太響，蛇兒聽不到我的驅蛇之音，若是要想讓蛇兒能聽我的話，除非暫時停止鐵炮射擊才行！」

一邊的毛海峰聽了道：「楚幫主，既然如此，要不要我們先停止射擊？」

楚天舒阻止道：「萬萬不可，毛首領，剛才黑龍會的人並沒有受到致命的打擊，只是因為蛇陣的關係臥倒不動，一旦停止射擊，天狼就可能會起身以刀氣斬殺毒蛇，強行破除蛇陣。」

莫天齊得意地道：「幫主，這百步距離內，屬下可是埋了上萬條毒蛇呢，現在鑽出來的只是九牛一毛而已，只要槍聲一停，屬下就可以讓萬蛇出動，包管叫那個什麼天狼死無葬身之地！」

楚天舒雙眼一亮：「你真有這麼多蛇嗎？」

莫天齊自豪地說：「幫主，這回我可是足足帶了一船多的蛇來呢，而且橫嶼附近有不少海蛇，這十餘天也都被我收入手下，既然我們這回抽不出太多的兄弟過來助陣，那也只有靠屬下的這些寶貝啦。」

楚天舒瞇起了眼睛：「很好，莫堂主，此戰若勝，你當居首功。毛首領，請你停止射擊，槍聲一停，莫堂主你就開始施法發功！」

莫天齊眼中透出饑渴已久的殺意：「謹遵幫主聖命。」

與此同時，蛇陣前的李滄行也在和歐陽可交頭接耳。

「歐陽，既然你可以驅使這些蛇兒，何不趁現在讓這些毒蛇反攻倭寇呢？」

歐陽可道：「天狼，你有所不知，這些蛇可不是普通的蛇，都是給牧蛇高手訓練過的，要知道那人控制毒蛇的辦法，才可以針對性地反破。」

李滄行眉頭一皺：「這麼說來，我們只能坐等這人驅使毒蛇攻擊我們了？只是現在倭寇上面用鐵炮壓得我們抬不起頭，下面的毒蛇再過來，卻又如何是好？」

歐陽可搖搖頭：「莫要擔心，這些蛇只是布成蛇陣，沒有攻擊，說明這個賊人也無法操縱，如果我所料不錯的話，**他應該是靠著某種音調來控制這些毒蛇**，可現在鐵炮射擊的聲音這麼大，又怎麼可能讓蛇聽到音調呢？如果他們真的要驅使這毒蛇攻擊，除非先停止鐵炮的射擊才行。」

李滄行笑道：「若是鐵炮不再射擊了，我倒是有信心起身，以天狼刀法硬破這蛇陣，也不必管這音律了。」

王念慈格格一笑：「天狼，你想得太簡單了，對方陣中既然有牧蛇之人，那蛇兒絕對不會只有這幾百條，如果我所料不錯的話，這片泥地之下至少還有幾千條毒蛇，即使威猛如你，只怕也不是一時半會兒能破得了的。」

李滄行的臉色一變：「可他們若是就用這些蛇來拖住我們，等著漲潮，又怎麼辦？」

歐陽可自信地道：「不會的，那牧蛇之人肯定也不捨得自己的蛇兒全都葬身於此，而且現在離漲潮還有兩個多時辰，我們還有時間。天狼，如果鐵炮聲停下來的話，你就起來先擋住蛇群的攻擊，我還需要聽一會兒牧蛇之人的音調，才能想出破解之道。」

說話間，一直轟鳴著的鐵炮聲果然停了下來，李滄行和一邊的歐陽可相視而笑：「歐陽，我和柳生在前面擋住毒蛇，你趕緊想破解之法。」

歐陽可點點頭，這時，一陣詭異的絲竹之聲響起，刺耳難聽，那些蛇兒卻突然動了起來，幾百條蛇如同五顏六色的洪流，嘴裡噴著毒氣，向李滄行這裡淹了過來。

李滄行大喝一聲，從地上一躍而起，他的周身騰起紅色的真氣，兩隻眼珠子也變得血紅一片，左手噴出一陣灼熱的真氣，迅速地從斬龍刀上劃過，刀身也變得通紅一片。

柳生雄霸也跟著跳了起來，騰起一陣黑色的霧氣，黑色的瞳仁變得一片碧綠，村正妖刀的劍身上浮現出上古的符文咒語，他大喝一聲，村正妖刀舞起一陣刀風劍氣，瞬間就砍出四十七刀，陣陣刀氣向著洶湧而來的蛇陣捲去。

兩條紅色的毒蛇凌空躍起，想要從空中飛擊，迎頭撞上柳生雄霸打出的刀氣，頓時身首異處，綠色的蛇血和毒液灑到地上，發出腥臭的氣味，一隻正在爬行的螃蟹立即一翻肚子，掙扎了兩下便再也不動了。

柳生雄霸的刀風過處，幾十條毒蛇紛紛被斬頭去尾，更是有幾條蛇活生生地被刀氣捲成了一堆碎肉，前鋒的蛇群一下子損失殆盡，而後面跟著的蛇海卻一點也沒有後退的意思，仍然向前洶湧地流動著，更遠處的土裡，一批批的新蛇從那淤泥之中鑽出，瘋狂地向著李滄行這裡湧來。

李滄行的眼中殺機一現，向著前面的蛇海裡連續三刀揮出，三道灼熱的刀浪噴射而出，正是天狼刀法中的厲害殺招，天狼三連殺，後一刀的刀浪頂上前一刀，能發揮出更大的威力，連整個空氣都像是要被這陣熱浪所點燃。

「轟」「轟」「轟」地三聲巨響，淤泥地裡不停地爆炸，蛇群被炸得血肉橫飛，暗紅色的蛇血和綠色的毒液濺得到處都是，有些蛇血和蛇的殘肢被炸得飛向李滄行和柳生雄霸，立時被二人的護體真氣擋在身前三尺以外的地方，緩緩地落下。

一陣綠色的毒氣隨著海風飄了過來，柳生雄霸砍出一陣刀風，把那綠色的毒氣又吹了回去，剛才李滄行炸死的毒蛇足有三百多條，第一批在地上的毒蛇幾乎被一掃而空，而新鑽出來的一批毒蛇卻隨著越來越激昂的音調，更加瘋狂地向前湧來。

歐陽可在李滄行身後盤膝坐了下來，雙目緊閉，嘴裡念念有詞，手指的骨節則在腰間那把鐵骨摺扇上不停地敲擊著，摸索著那詭異笛聲的音調。

橫嶼的海灘上，莫天齊的臉上肌肉直跳，額頭上的青筋也不停地跳著，那些蛇兒都是他的寶貝，眼見給那兩個天殺的傢伙一出手就殺了幾百條，他的心不禁在滴血，可是這時已經顧不得許多了，他把悲憤化為力量，胸中的沖天怒氣隨著嘴裡的氣息狠狠地鑽進那支青竹笛中，化成憤怒的音符，鑽進這些蛇兒的耳朵裡，驅動著牠們向前義無反顧地繼續攻擊。

楚天舒看得眉頭緊皺，他的劍術是以迅捷詭異見長，並非是以內力雄厚，大開大合而著稱，雖然他上次和天狼有過交手，但那次天狼是跟自己一對一決鬥，並沒有用這種威力十足的招式群體攻擊，儘管他知道天狼的武功氣勢十足，大招極多，但沒想到竟然可以如此威猛，只憑兩人就擋住成千上萬條毒蛇海的攻擊。

毛海峰冷笑道：「楚幫主，我早就說過，這個天狼很難對付，這裡的地形如此狹窄，他自然可以一夫當關，萬夫莫開，而且他那把破刀邪門得很，好像可以給他源源不斷的內力支援，照他那樣發招，就算他是絕頂高手，內力也支持不了一個時辰，可是他上次在我們船上連番海戰的時候，卻能這樣打上三四個時辰也不累倒，楚幫主，我看莫堂主的這些寶貝蛇只怕都要折在這裡了。」

莫天齊腮幫子突然一鼓，三聲淒厲刺耳的曲調破笛而出，地底一下子湧出了千百條毒蛇，直接凌空飛起，向李滄行和柳生雄霸飛去。

錢廣來、裴文淵等人大喝一聲，紛紛搶身上前，十餘名高手和李滄行並肩而立，手中的兵器舞出陣陣雪花，形成一道強勁的氣牆，橫在一丈之外。

碰到這堵氣牆的空中飛蛇撞到後，三角形的腦袋被撞得稀爛，緩緩地落到地上，很快，這堵氣牆前堆積的蛇屍就有兩三百條，堆起半尺多高了，更是有些剛剛撞死的蛇還在微微地抽搐和扭曲著，說不出的噁心與恐怖。

李滄行大喝一聲，右手的斬龍刀脫手而出，在空中一陣迴旋斬擊，御刀術再次使出，這回身邊有眾多高手相助，氣牆一時半會兒堅不可摧，正好可以讓他騰出手來放手大殺。

隨著李滄行的拳打腳踢，右手掌心的紅氣控制著的斬龍刀，如同被操縱在李滄行手中一樣，在蛇群中旋轉，割裂，一刀揮過，總有十幾條毒蛇身首異處，刀身上的紅色真氣則不停地變成一道道的氣功波，轟炸著從空中和地面源源不斷湧上前來的毒蛇。

只小半炷香的工夫，氣牆前的蛇屍已經從半尺高堆到了一尺多高，氣牆也從一丈之外退到了三尺左右，這六七尺的距離上堆著的蛇屍便不下三四千條。

可是淤泥中的毒蛇還在源源不斷地湧出，甚至海中的水面上也浮起不少三角形的蛇頭，李滄行臉色一變，這些只怕是那種傳說中的海蛇，最是猛毒，只要被咬中一口，連一頭千斤重的巨牛也會當場倒斃！

想不到對方那個牧蛇人還能驅使這些海蛇，他一收斬龍刀，高聲叫道：「大家小心，海裡也有毒蛇！」

說時遲，那時快，海中突然騰起幾百條蛇影，隔著十幾丈遠向李滄行身後的大隊人馬湧去。

錢廣來臉色一變，高聲叫道：「丐幫弟子聽令，結打蛇陣！」

幾十名錢廣來手下的丐幫弟子紛紛搶上前去，戴上鹿皮手套，嘴裡嚼起解毒藥丸，又從背上解下一個個大麻袋，這些丐幫弟子平時捉蛇很熟練，但面對這麼多的海蛇，也需要嚴陣以待。

正在此時，歐陽可哈哈一笑，盤膝坐下：「大家不用慌，我已經找到破解之法啦！」

歐陽可從懷中摸出一支鐵哨子，塞進嘴裡，一聲淒厲的哨音響起，刺激著站在他身邊的群豪們的耳膜，就連功高絕世的李滄行也不僅微微皺起了眉頭，因為這聲音實在是太刺耳，太難聽了。

可是隨著這一聲響，剛才還瘋狂進攻的毒蛇卻像是被施了定身法似的，立即停住不動，就連海中的那些海蛇，也都落回了海面，直起身子，似乎是在等待著進一步的命令。

莫天齊臉色大變，腮幫子一鼓，又是三聲淒厲的笛聲從青竹笛的洞孔中鑽出，那些蛇兒聽到這聲音後，紛紛又低下了昂著的身子，向前游動起來。

歐陽可微微一笑，同樣三聲哨音吹出，游動的毒蛇開始不知所措地直起了身子。

莫天齊和歐陽可二人，就這樣你一聲我一曲地針鋒相對，交手了二十多個回合，這些毒蛇時而游走，時而昂首不動，弄到後來，竟像是喝醉了酒似的，在原地打起轉來，甚至開始互相攻擊，一時間，幾千條毒蛇紛紛纏鬥在一起，淤泥上到處散布著糾纏扭曲著的蛇身。

莫天齊面如死灰，有氣無力地繼續吹著笛子，拼命地想要讓這些毒蛇能回去重新攻擊，可是卻沒有任何作用，倒是有不少毒蛇擺脫了糾纏，反而向倭寇一方移動了。

歐陽可臉上現出自信的微笑，鐵哨子發出幾聲淒厲刺耳的鳴響，所有還在纏鬥著的毒蛇全都轉過身，就連海中的毒蛇也換了方向，向著橫嶼島的方向游去。

莫天齊臉色慘白，一把扔掉唇邊的竹笛，「哇」地一聲，張嘴吐出一口鮮血，幾乎要摔倒在地，被楚天舒伸手一拉，這才扶住。

楚天舒驚魂未定地道：「莫堂主，怎麼回事，那些毒蛇怎麼反倒來攻擊起我們了？」

莫天齊哭訴道：「對方亦精通驅蛇牧蛇之術，他的內力比我高，屬下實在壓制他不過，現在這蛇群要反過來攻擊咱們了，快點撤離吧。」

楚天舒眉頭一皺：「莫堂主，**你的驅蛇之術不是獨門秘技嗎**，怎麼會被別人破了？」

莫天齊哭喪著臉道：「這人很厲害，能從我的笛聲中聽出我驅蛇時的音調，並加以破解，幫主，快撤吧，再遲了就來不及啦！」

楚天舒眼中閃過一絲殺機：「還有多少蛇，真的無能為力了？」

莫天齊咬牙道：「還有大約四五千條，海裡有兩千多條，幫主，別問了，若是屬下有辦法，也不會讓您撤退啦！」

這時候已經有一些蛇爬過了淺灘，從鐵炮手們身前那道一丈多寬的壕溝裡鑽了進去，茫茫的蛇海仍然不斷地向著溝裡湧來，很快，千餘條毒蛇就把這道深達三尺的壕溝填了有一尺多高。

楚天舒冷笑道：「很好，莫堂主，既然你已經失敗，那本座就送你去陪自己的那些寶貝蛇兒吧。」

莫天齊臉色一變，還來不及開口，楚天舒周身現出一陣紫氣，出手如電，莫天齊的手剛摸到竹杖，就被楚天舒鎖住咽喉要穴，紫氣從他的脖頸處灌了進去。

莫天齊那張臉瞬間變得像豬肝一樣紫，全身十餘處要穴也給這股紫雲戰氣所封，除了眼珠子能轉，舌頭能動以外，全身上下沒有任何一處還能活動的。

楚天舒無情地道：「莫堂主，你把事搞砸了，又在這裡動搖軍心，說什麼撤退，按我洞庭幫幫規，理當處死。下輩子你記得離這些毒蛇長蟲遠點吧。」

說著，楚天舒那雙枯瘦的大手一發力，就見莫天齊橫空飛出，摔進了那道深壕中，頓時幾百條毒蛇爬遍了他的全身，把他整個人覆蓋在蛇海之中。

沒多久，莫天齊毛骨悚然的慘叫聲便響徹了整個海灘，即使是凶悍殘忍的倭寇們，也聽得個個臉色發白，更有些膽小的傢伙，腿肚子已經顫顫發抖了。

楚天舒環視四周，厲聲道：「區區毒蛇有何可懼的，海裡的蛇上不了岸，這深壕足以埋下幾千條毒蛇，來人，點火，放雄黃煙。」

十餘名勁裝黑衣的洞庭幫眾，抱著柴火跑到鐵炮手的面前，在深溝前扔下十餘堆柴火，然後從懷裡掏出一些罈罈罐罐，扔在柴堆上，一股強烈刺鼻的雄黃味立時鑽進眾人的口鼻中。

十餘支火把扔到這些柴堆上，登時騰起了熊熊的烈焰，這些柴堆上本就淋了桐油，給火一燒，一下子就變成十幾堆火球，柴堆上冒著濃重的黃色煙霧，正是那雄黃粉遇熱蒸發而成。

楚天舒大喝一聲，雙掌向前推出，兩道洶湧的紫氣從他的掌心噴射而出，直奔火堆，十餘名黑衣洞庭幫眾也使出內力，向前打出掌風刀氣，吹得那陣雄黃粉氣直奔向前面的深溝而去。

說來也奇，那幾千條剛才還張牙舞爪的毒蛇，一遇到這些雄黃粉，紛紛萎靡不振，在地上翻滾著，嘴裡吐出白沫，動了幾下後，便死得透透地，就是那深溝中剛才還使勁向上游動的毒蛇，也紛紛倒斃在雄黃粉的氣息中，蛇屍一下子填平了半個深溝。

那些海蛇本來已經聚集在岸邊，聞到雄黃粉後，也紛紛地退回了海水中，再也不見蹤影，百餘步的淤泥上，到處堆滿了蛇屍，鋪在地上足有半尺厚。

歐陽可停下嘴裡的鐵哨子，嘆了口氣：「這楚天舒看起來早有準備，毒蛇長蟲最怕這些雄黃之物，而他用的，又是雄黃中最烈的那種洞庭雄黃，混合了香茅等物，最是能驅邪殺毒，這些毒蛇已經盡數被這股雄黃氣息殺死，再也不可能攻到倭寇了。」

李滄行微微一笑：「只要毒蛇不能傷到我們即可，歐陽，現在前方的地裡還有毒蛇嗎？」

歐陽可搖搖頭：「剛才所有的毒蛇都已經鑽出地面了，這會兒給這雄黃煙一嗆，基本上不會有活下來的，即使不死，也已經爛軟如泥，完全無法傷人了。」

李滄行看著在地上無力翻滾著的毒蛇，心中一動：「那會不會一會兒雄黃氣味散掉後，這些毒蛇會度攻擊我們？」

歐陽可擺了擺手：「天狼，你就放心吧，毒物在中了雄黃之後，即使不死，也足以三天之內無法傷人，他們的毒液這時候產生不了，退一萬步來說，咬到人也不會有事的，現在趁著對方還沒有用鐵炮攻擊，我們抓緊時間衝上去吧！」

李滄行點點頭，雙眼中紅氣一閃，豪氣干雲地喝道：「兄弟們，咱們上！」

話音剛落，李滄行的身子已經飛了出去。

這一下他用上了全力，因為透過黃色的雄黃煙霧之中，他清楚地看到，那些鐵炮手們一個個都放下了手中的鐵炮，探頭探腦地向那個深溝裡張望著，畢竟誰也不希望放槍射擊的同時，腳下爬上兩條蛇來咬自己一口。

李滄行腳下踩著一團濕滑的東西，他不用低頭看，也知道正是那些毒蛇，只是這些剛才還凶猛無畏的毒物，這會兒卻跟這地上的淤泥沒有兩樣，除了軟綿綿以外，再也無法再咬人一口，他這一下再無顧忌，腳尖一點地上的蛇屍，向前又飛出了十餘丈遠。

柳生雄霸等人一看到李滄行一馬當先，也都不甘示弱，全都跟在李滄行身後，把輕身功夫施展到最大，一眨眼的時間，四百多人就向前躍出了幾十步，直衝到了深溝之前。

楚天舒眼睛睜得大大的，他沒有料到對方竟然能不顧地上還在扭動的毒蛇，就這麼直衝了過來，更是沒有想明白，為什麼這些毒蛇明明還活著不少，卻不去攻擊李滄行等人，只是他剛才已經把莫天齊扔進了蛇坑中，這會兒想要找人問也不可能了。

楚天舒咬了咬牙，周身的紫氣一下子騰起，身後的大紅披風被這凜然的氣勢一震，無風自落，飄到了地上，楚天舒戴著青銅面具的臉上，紫光閃閃的雙眼中已經盡是殺氣，吼道：「洞庭幫眾，結陣對敵！」

毛海峰如夢初醒，大叫道：「鐵炮手退後，刀手劍客上前迎戰！」

話音未落，楚天舒的身影已經如利箭一般直射出去，奔著一馬當先的李滄行一個直衝，一個鐵炮手只覺得肩頭一沉，再一抬頭，只見一團紫光閃閃的身影，直衝十步之外的一個黃黑相間，被紅氣包裹著的影子，紫團中突然變得一團碧綠，強烈的劍氣瞬間亮瞎了他的雙眼。

楚天舒動身，踩人，飛翔，拔劍一氣呵成，**在他的眼裡，只有李滄行一人而已！**

經歷過無數次團戰和大規模廝殺，他很清楚，儘管上千人規模的戰鬥，但決定勝敗的，**往往就是雙方主將的正面對決**，李滄行來勢洶洶，衝在最前，自己若不挺身將其擋下，只怕本方陣勢會一潰千里。

紫氣與紅光正面地碰到了一起，「轟」地一聲，雙方高手只覺得極陰與極熱的兩道真氣撲面而來，一半能把自己的血液給凍僵，另一半卻是能把自己整個人給融化，空氣因為這陣強烈的碰撞而變得扭曲，就連紛紛上前的柳生雄霸等人也被這巨大的衝擊波所阻擋，腳下一滯，紛紛定在了原地。

紅光和紫氣交錯成一團，殺在一起，只有頂尖的高手都能看清楚，就在這碰撞的一瞬間，雙方已經交手了九十三招，楚天舒的劍法快得不可思議，瞬間攻出了四十七劍，李滄行也變刀為劍，以兩儀劍法和天狼刀法相應對，毫不遜色地還擊了四十六刀。

二人身上的衣衫盡被這刀光劍氣所激蕩，裂開了無數小口，露出了兩人貼身內穿的護身軟甲。

李滄行剛才那四十六招之中，有十餘招兩儀劍法是以纏字訣為主，拖黏住楚天舒的干將劍。

經過上次與楚天舒的交手，**他很清楚這位當世劍神的天蠶劍法的奧義就在於一個「快」字，只要能想辦法把他的劍招拖得慢上一招半式，就有機會防守反擊了。**

上次他跟楚天舒足足打了三千多招，才利用年輕人的優勢占了些許上風，這一回，他很清楚，自己是要搶灘登陸，絕沒有這麼多時間來給自己浪費。

幾年不見，楚天舒的劍法居然又有了不小的精進，這實在出乎李滄行的意料之外，他的劍法比起上次的快速外，又多了三分的詭異，李滄行連使了七八招兩儀劍法中的黏人武器，以卸來勢的絕招，卻都被楚天舒輕易化解，甚至還有幾次險些刺中了李滄行。

二人不約而同地擊出右掌，紫色的紫雲真氣和紅色的天狼戰氣再次碰撞，「砰」地一聲，二人同時在空中向後退出三丈多遠，又向後退出了三個大步，才勉強穩住了身形，隔著那道佈滿了蛇屍的深溝，持刀握劍，以起手式肅立。

楚天舒的身邊，三百名黑衣洞庭幫眾已經結成了陣勢，三五人一組，暗藏兩儀四象之類的變化，李滄行只隨便一看，就知道這些人跟那些魔教的總壇衛隊一樣，有極嚴密的組織和厲害的陣法。

而領著這三百殺手的，則是幾年前見過的一眾洞庭幫高手，那梅蘭竹菊四大劍婢，各自手持一柄青光閃閃的上好寶劍結成劍陣，站在楚天舒的左邊，而「奪命書生」萬震手裡拿著那柄碧玉七寶扇，負手而立，周身的青氣已經隱隱騰起，雙目如炬，站在楚天舒的右邊。

萬震的身邊，「妙珠神算」謝婉君鳳眼含威，手裡不見兵器，但一雙上好的蛟絲手套已經戴上，她的腰間兩側各背著一隻金絲袋子，乃是百寶囊，她的右手抓著什麼東西，緊緊地握在拳中，左手的玉指輕輕地掐算著，李滄行知道，此女在掐算自己被暗器如意珠突襲時可能逃離的各種方位，以便跟蹤追殺。

謝婉君的身邊，一個眉目如畫的女子，二十六七上下，雲鬢峨嵋，粉黛胭紅，秀目流轉間，一動不動地盯著李滄行，她的手裡拿著一柄古色古香的寶劍，李滄行的注意力一下子給此女吸引住。

不是因為她的絕世容顏，而是**那柄劍**！劍氣洶湧，**劍中某個不知名的劍靈正急不可耐地想要破劍而出**，只有像李滄行這樣的絕頂高手才能在人群中一下子感覺到這神劍的氣勢。

李滄行與那絕色女子四目相對，那女子眼中閃過一絲複雜的神色，轉而變得果決起來，杏眼含威，直視著李滄行的雙眼，李滄行突然覺得此女有些面熟，似乎是在哪裡見過，卻又一下子想不起來她的來歷。

錢廣來等人也都跑到了李滄行的身邊，裴文淵看到李滄行盯著此女的架式，微微一笑，低聲道：「天狼，不認識此女嗎？」

李滄行茫然地搖了搖頭：「好像有點面熟，卻不知道哪裡見過，這幾年我不在中原，但這女子武功極高，雖然現在有意地隱藏自己的氣息，可在我看來，此女的武功還要在那『奪命書生』萬震和『妙珠神算』謝婉君之上。」

裴文淵道：「此女乃是前任湖南巡撫之女李沉香，跟謝婉如是同門師姐妹，劍術天分之高，號稱崑崙派建派六百年來也算是頂尖的，出道不過兩年，就已經名動天下，就連那魔教大師兄宇文邪上次也是死在此女劍下的。」

李滄行虎軀一震，想起當年和屈彩鳳聯手打探長沙城的時候，這李沉香和自己曾有過一面之緣，當時自己扮成一個乞丐，還硬挨了那謝婉君的一枚銅錢，後來還是這李沉香出言阻止了謝婉君的進一步試探。

當時自己的注意力全在防範謝婉君的身上，沒有留意這位看起來嬌滴滴的官家大小姐，居然也是如此厲害的高手。

李滄行眼睛一直落在李沉香的身上，李沉香俏臉微微一紅，沉聲喝道：「好個孟浪的賊子，死到臨頭，還色心不改！」

李滄行面巾後的臉紅了起來，儘管他在江湖上縱橫多年，功力蓋世，但面對這些江湖俠女，還是還有些放不開，舌頭也像是打了結，辯解道：「我，我，我沒有。」

楚天舒哈哈一笑：「想不到天狼大俠竟然對我們幫的沉香有意，上次老夫跟你提過，我們兩家就此罷兵休戰，這個條件仍然有效，你如果願意的話，老夫願意從中說和，讓李大人把沉香許配給你！」

李沉香的臉頓時羞得如紅布一般，低下了頭，輕聲說道：「義父，我才不願意嫁給這個人呢。」

可是她甜美的聲音中，卻分明帶了一兩分欲拒還迎的味道，完全沒有那種斷然拒絕的意思。

李滄行沉聲道：「楚幫主，上次我們已經說得很清楚了，這回不是我們兩個江湖幫派的事情，而是大明官軍要剿滅為禍多年的橫嶼島倭寇，你是江湖前輩，也是一代宗師，應該知道我等武人學藝，應該精忠報國才是，怎麼可以為了一己私利，跟這些倭寇聯手，禍害百姓呢？」

楚天舒眼中寒芒一閃，厲聲道：「天狼，老夫還沒有糊塗到需要你這後輩小子教訓的地步，毛首領是被朝廷逼反的，而且朝堂上的高官重臣，也一直暗中資助那些真正的倭寇，毛首領的部下多是以前陳思盼的舊部，十個人裡有八九個是我大明的子民，談不上是勾結外寇，最多也只不過是官逼民反罷了，我看你跟那個屈彩鳳倒是關係好得很，為什麼要對毛首領這樣趕盡殺絕？」

李滄行正色道：「楚前輩，如果毛海峰只是占山為王，打劫一下來往商船，那我自然也不會趕盡殺絕，可是毛海峰是個徹頭徹尾的倭寇，喪心病狂地攻擊沿海城鎮，你可知有多少沿海的百姓遭其殺戮，有多少城鎮鄉村被其燒毀？就是現在，他仍然能集中福建一帶的數萬倭寇，到處作亂，這對岸的寧德縣城給他洗劫過了多少次？這海灘上明軍將士的累累屍骨還不能證明他的罪惡嗎？」

楚天舒冷冷地說道：「成王敗寇而已，毛首領答應過我，你如果和戚家軍肯退兵的話，他以後可以不攻擊沿海城鎮，以前那種行為是被嚴世蕃那個奸賊所逼迫的，毛首領並不是很情願，現在上泉信之已敗，毛首領既然和我合作，自然也不會再聽嚴賊的命令，你說是吧，毛首領？」

毛海峰那高人一頭的巨大身形從後面閃了出來，把金剛杵重重地向地上一頓，而他那張開的鬚髯更是不怒自威，銅鈴大的眼睛狠狠地盯著李滄行，聲音一如既往那樣如雷神咆哮：

「天狼，本來老子不信你這個傢伙，可是楚幫主非說要跟你合作，以前你騙老子的事情，老子暫時不跟你計較，只要你退兵罷手，老子可以答應不去打劫那些沿海城鎮，你知道老子一向說話算話的。」

李滄行哈哈一笑：「毛海峰，現在大兵壓境，你這裡防線盡毀，這時候你卻說起求和的事情，真把我當三歲小兒了嗎？若是你有誠意的話，為何不在前一陣派人來求和？非要等我們現在殺到面前了才服軟？」

毛海峰牙齒咬得格格作響，正要開口說話，李滄行卻一擺手，阻止了他的開口，朗聲道：「你我深知倭寇集團的運作規律，不管是不是嚴世蕃下令，你要維持你這數萬手下，只有搶劫沿海城鎮這一條路，這筆賬你不用推到嚴賊身上，如果你真有意改過自新，現在放下武器，解散部眾，這回我保證你的生命安全。」

毛海峰再也忍耐不住，吼道：「媽拉個巴子，給臉不要臉的東西，上次上了你小子的當，老船主和海哥就是聽了你的屁話去招個鳥安，把命都招沒了，你小子要是有點良心，就應該拔刀自盡，到九泉之下跟老船主和海哥請罪去，還在這裡跟老子吹個毛的大氣啊，楚幫主，不用多說了，這小子存心不想讓我們活，跟他拼了！」

楚天舒眉頭一皺：「天狼，你自命為大俠，又想要在這浙江和福建之地建立勢力，在這裡攻擊毛首領，只不過是你的藉口罷了，這點你我都是一派之主，不用多說，今天你大兵壓境，老夫也不想在這裡跟你硬拼，便宜了魔教的賊人，你聽我一言，就此罷手，一切都有得談。」

李滄行正色道：「楚幫主，我之所以跟你還這麼有耐心，說上這麼多話，就是不想跟你真的刀兵相見，但倭寇為禍東南十餘年，大明朝廷和百姓早已經深受其苦，在我看來，無論是浙江的上泉信之，還是福建的毛海峰，都沒有什麼區別，**狼總要吃羊，海盜總要打劫沿海百姓，這是改變不了的事實**，不是毛海峰嘴上說說就能解決的。」

楚天舒反駁道：「那你跟屈彩鳳又是怎麼回事？她也一樣是打家劫舍的強盜山賊，你卻多方維護她，你這番除惡務盡的大道理，為什麼這回就不適用了？」

李滄行搖搖頭：「前輩，我多次跟你說過，屈姑娘的山寨裡養活了許多因為天災和戰亂而孤苦無依的孤兒寡母，至少屈姑娘的巫山派總舵裡，那些老弱婦孺是自食其力的，你上次出手消滅巫山派，當知我所言非虛。」

楚天舒冷笑道：「天狼，我看你真的是被屈彩鳳那個狐狸精給迷得神魂顛倒，忘了自己姓什麼了，那些人不過是屈彩鳳收買人心所用，至於那些小孩子，長大以後就教授武功，讓他們成為巫山派後備的兵源，這種做法從林鳳仙的時候就開始了，又有什麼稀奇的，只有你，還有徐林宗這些毛頭小子才會給屈彩鳳的花言巧語給迷住，失掉自己的判斷。你們不願意做，捨不得做的事，我楚天舒代你們解決，你倒反過來指責我，真不知道你師父泉下有知，作何感想？」

李滄行意識到這樣耗下去不是辦法，跟楚天舒這樣脣槍舌劍，只會浪費時間，自從登島以來，已經超過一個半時辰了，每天的退潮不過三個時辰，若是再遷延不決的話，潮水一漲，所有登陸的軍士都會被淹死在海中。

於是李滄行大聲道：「楚幫主，你我理念不同，多說無益，這橫嶼島我們是一定要攻下的，這點沒得商量，只是你我恐怕都不願意在這裡全力一戰，傷了和氣，對不對？」

楚天舒點點頭：「不錯，天狼，我很欣賞你，也不想看你走入歧途，這福建一地，有南少林的蒲田少林寺，也有巫山派的不少分寨，並不是你想建立分舵就能建立起來的，即使你跟屈彩鳳聯手，最後也不過是為了這個女人作了嫁衣而已，何不轉而與我合作呢？」

李滄行不想跟楚天舒繼續糾纏下去，說道：「前輩，你我如果在此廝殺，不論勝負，我們的兄弟都會損失慘重，傷了和氣，以後在江湖上再見面，只怕也難得善了，梁子只會結得越來越大，所以在下提議，你我的部下現在讓開一條通道，到島嶼一邊單獨解決我們之間的分歧，而這橫嶼島，是大明官軍接了上司的命令要攻擊的，我無權干涉，就讓戚將軍和毛海峰自行解決吧，如何？」

毛海峰雙眼一瞪，想要開口，楚天舒卻低聲道：「毛首領，這個提議對我們有利，依我看還是遵從得好。」

毛海峰咬牙切齒地說道：「我這島上還有三千多忠實可靠的兄弟，即使現在他們攻上了島，跟他們拼了，也不是沒有機會。」

楚天舒搖搖頭：「這李滄行手下有三千多高手，我這回只帶來三百多人，本想靠著地利守住，卻沒想被他這樣輕易地破解，現在打起來，勝負難料，即使能擋住他們，也會損失慘重，李滄行的手下本事，你也見到了，即使沒有官軍，靠這些江湖高手全力進攻，只怕橫嶼島也多半守不住。」

毛海峰嘆了口氣：「那怎麼辦？老家就不要了嗎？楚幫主，若是有人要攻你的洞庭幫總舵，你也就這樣輕易放棄？」

楚天舒冷笑道：「留得青山在，不怕沒柴燒，毛首領放棄了雙嶼，不也照樣在這橫嶼島東山再起了嗎。我把李滄行的那五百高手引開，現在離退潮時間不多，他後面的人應該來不及跟上，你的手下靠著太刀和鐵炮對付戚家軍的官兵，這些人不會武功，你的勝算更大一些。」

毛海峰眉頭舒展開來：「還是楚幫主想得周全，只要一漲潮，後面的明軍就跟不上來，我們就能重新占有優勢了。只是楚幫主，你準備如何跟這李滄行作一了斷？」

楚天舒意味深長地一笑：「這回我有秘密武器足以對付此人，毛首領，你也得作好萬全的準備，萬一不敵，也好撤離才是。」

毛海峰得意地說：「黑鯊號和百餘條快船早已經整裝待發了，即使橫嶼失守，我們也能從容退去，記住，楚幫主，東岸的碼頭有船接應。」

二人商議既定，楚天舒轉頭對著李滄行道：「天狼，跟我來！」

他的身形如一隻紫色大鳥般，向島西奔去，三百名黑衣洞庭幫高手，動作整齊劃一，也跟在楚天舒的身後快速縱躍，只有那李沉香意味深長地看了李滄行一眼後方才離去，用的是崑崙派的流星趕月身法，輕盈優美，宛若仙子。

李滄行眉頭緊鎖，一言不發。

裴文淵取笑道：「天狼，怎麼，對這李沉香為何如此念念不忘？我看楚天舒的提議，你真的可以考慮一下啊。」

李滄行正色道：「文淵，不用這樣消遣我，我不是重美色的人，你應該知道，我只是對她的那把劍感覺非常特別，這等神兵，我為何沒有聽說過？」

裴文淵笑道：「天狼，這也不怪你，你離開中原有幾年了，此女名震天下也就是這幾年的事，至於她手上的這把神劍，不是別的，**正是那鼎鼎大名的倚天劍！**」

李滄行倒吸一口冷氣：「倚天劍？」

這把峨嵋派的鎮派寶劍，他以前只是聽說，臥底峨嵋的時候，曾經幾次聽了因師太還有林瑤仙等人提過，對這把神兵的失落，兩人都是痛心疾首，念念不忘將之追回。

李滄行揮揮手，示意兄弟們先去島西，他自己則慢慢地拖在後面，和裴文淵邊跑邊說。

四百多名黑龍會的高手們都迅速地離開了淺灘，只剩下戚家軍的將士們仍然留在百步之外的灘頭，趁這當口，毛海峰手下的鐵炮手們重新集成隊列，高高地舉起了手中的鐵炮，戚家軍的將士們則在陳大成的率領下，齊齊地發出一聲喊「滅倭」！便開始潮水般地向著倭寇的鐵炮陣湧去。

李滄行沒有回頭看灘頭的戰況，此起彼伏的鐵炮轟擊聲和慘叫聲，以及刀兵相見時的碰撞聲，全在他的意料之中，百步距離，三段擊法，是擋不住這些勇悍的義烏將士的。

從花街之戰的情況來看，戚家軍面對這些各自為戰的倭寇，只要結成鴛鴦陣法，那戰局就會變成一邊倒的屠殺，這也是李滄行能放心大膽地答應楚天舒的條件，跟他到島嶼西側解決恩怨的主要原因。

李滄行刻意地和裴文淵拖在最後，是為了在與楚天舒決戰前，有些事情他想先弄明白。

第四章

倚天屠龍

郭靖不願意蓋世的武學與兵書就此失傳，
於是熔化了玄鐵重劍，加上海底玄鐵和九天隕石，
重鑄兩把絕世神兵，一柄叫屠龍刀，內藏武穆遺書，
一柄叫倚天劍，內藏九陰真經。
這個秘密無人得知，沒想到刀中還有如此奧秘。

李滄行一邊跑，一邊低聲道：「文淵，那倚天劍怎麼會到了這李沉香的手中？**倚天劍是峨嵋派的鎮派之寶，在落月峽一戰中遺失，峨嵋派的林掌門一直在尋找此劍，為什麼會卻到了這個出身崑崙派的李沉香手上？**」

裴文淵說道：「這也是江湖中的一樁秘辛了，當年峨嵋派曉風師太為了保護正道俠士們突圍，一人獨持倚天劍抵擋魔教與巫山派的追兵，最後力戰而死，想來這倚天劍也落入了魔教或者巫山派的手中。」

李滄行搖搖頭：「巫山派沒有得到此物，屈彩鳳最後跟徐林宗一起殺出了落月峽，巫山派的人眾主要是封鎖谷口，曉風師太她們是強行從山谷的另一側突出的，是魔教的人守在那裡，我事後也問過屈姑娘，她說並沒有得到這倚天劍，還有點悔恨未能親手手刃曉風師太，為師父報仇呢。」

裴文淵正色道：「這就是了，所有人都認為此劍落入了魔教手中，這些年峨嵋派多次和魔教大戰，冷天雄卻從來沒有拿出倚天劍或者是透露出半點倚天劍的下落來，這跟他的做法完全不相符，要知道武當的太極劍、華山的凌雲劍，都被他拿出來用過，尤其是太極劍，幾乎現在成了冷天雄的固定兵器，就是為了激怒武當，使他們失掉理智！

「上次冷天雄能成功地伏殺司馬鴻，正是因為在他面前亮出了前任華山掌門岳千愁岳先生的兵器凌雲劍，才激得司馬鴻一路追殺，中了他的埋伏。可冷天雄從未在峨嵋派面前亮過倚天劍，我想這劍並沒有落到魔教的手裡。」

李滄行嘆了口氣：「這就是了，看來當年得到倚天劍的另有其人。」說到這裡，李滄行突然想到他曾和陸炳討論過的那個落月峽之戰背後可能的真正黑手，還有那個殺害屈彩鳳的師父林鳳仙的神秘高手，也許曉風師太正是死在此人手上，而江湖神兵，峨嵋派的鎮派之寶倚天劍，也許跟此人有關。

李滄行的心中一動，問道：「那這倚天劍又是何時重出江湖的？為什麼在這李沉香的手上？峨嵋派知道了此事後，為何不來索要？」

裴文淵微微一笑：「這李沉香現身江湖，也就是這二年的事，以前別人只知道她是湖南巡撫李大人的千金，卻不知道她在嬰兒時期就被崑崙派的燃天真人抱上了崑崙學藝，由於崑崙派地處西域，與中原門派來往不多，近些年來更是醉心於修仙問道，很少過問江湖上的事了，所以崑崙派的門人也往往不為外人所知，現在現身江湖的，除了李沉香外，也只有那『妙珠神算』謝婉君了。

「謝婉君在家門劇變，全家給魔教與巫山派滅門之後，曾經回師門請過崑崙派的高手助戰，結果不敵魔教，她一怒之下就加入了洞庭幫，而這幾年的廝殺下來，洞庭幫漸漸地在湖廣一帶占了上風，魔教眼看不是對手，就開始想對洞庭幫的後臺，也就是那個湖南巡撫李大人下手，李大人畢竟是朝廷命官，魔教還不敢直接動他，於是就想對他的寶貝女兒李沉香下手，將其綁架，逼李大人辭官或者是放棄對洞庭幫的支持。」

李滄行想到當年自己和屈彩鳳也曾想用過這一招，結果反而被楚天舒將計就計，自己這條命也差點交代掉，他嘆了口氣：「想不到魔教重蹈了我的覆轍，當年我也曾想過這個辦法呢，若非如此，也不會和楚幫主有一段淵源了。」

裴文淵從沒有聽李滄行說過此事，微微一愣：「竟有此事，我怎麼從沒有聽說過？」

李滄行微微一笑：「都是些陳年往事了，不過那次設埋伏的是楚幫主本人，並非李沉香，怎麼，難道那次是李沉香親自出手？」

裴文淵點了點頭：「不錯，魔教那次先是設法引開了楚天舒和萬震，然後派出廣州分舵的精英高手，由宇文邪帶隊，突襲了長沙城的城隍廟，據說那李沉香每個月都要到那裡上香，魔教的人連路線和時間都打聽得一清二楚，而且動用了宇文邪和三個長老級的高手，一百名廣州分舵的精英高手，本以為是手到擒來的事情，可沒想到卻馬失前蹄。

「當時李沉香的身邊只有梅蘭竹菊四大劍婢，還有那個謝婉君跟著，其他的護衛不到二十名，武功也不是太高，可就是這些人，靠著謝婉君的如意珠和四大劍劍婢的合擊劍陣，生生擋住了魔教的大半兵力，只有那宇文邪和兩個長老衝出戰團，殺到了李沉香的面前。

「結果這李沉香一下子拔出這倚天劍，只一個照面，便把那魔教長老『血手雄鷹』甘延壽的一雙爪子給生生削了下來。」

李滄行臉色一變：「這甘延壽我見過，武功很高，雖不如魔教幾大弟子，四大法王之類的高手，但比起一般的總壇衛隊高手要強一些，那雙鷹爪更是堅硬如鐵，凡鐵兵器會被其生生折斷，就是我要空手勝他，也得五十招開外，此女當真厲害到一招就能取他雙手？」

裴文淵笑道：「這就是倚天劍的厲害了，若論鋒銳無匹，這世上鮮有能與倚天劍抗衡的，你應該很清楚這一點。」

李滄行點點頭，對這倚天劍的來歷，他可是非常清楚，當年劍魔獨孤求敗，使了一把玄鐵重劍作為兵器，天下無敵，未逢一敗，所以才起名為獨孤求敗，他死之後幾百年的南宋末年，此劍被神鵰大俠楊過所得，創下一段武林傳奇。

最後楊過攜妻子小龍女隱居之後，將玄鐵重劍轉贈襄陽大俠郭靖，郭靖苦守襄陽二十年，靠了蓋世的武功和嶽飛留下的武穆兵法，抵擋了蒙古大軍一次又一次的攻擊，力保襄陽不失。只是人力無法逆天，南宋君昏臣庸，襄陽最終不保。

在襄陽陷落之前，郭靖不願意蓋世的武學與兵書就此失傳，於是熔化了玄鐵重劍，加上海底玄鐵和九天隕石，重鑄了兩把絕世神兵，一柄叫屠龍刀，內藏武穆遺書；一柄叫倚天劍，內藏九陰真經秘笈。只有刀劍相交，以同一人的內力相震時，這兩把兵器便會從中斷裂，而現出刀劍中藏有的武學秘笈，但這個秘密無人得知，即使郭靖夫婦的親生兒女，也以為這兩把只是鋒利的神兵利器，卻沒有想到刀中還有如此奧秘。

郭靖夫婦最後在襄陽戰死殉國，屠龍刀流落江湖，倚天劍則落到了他們夫婦的小女兒，也就是峨嵋派的開山祖師郭襄手中，後來一直到元末明初之時，魔教教主張無忌才在機緣巧合下得到了這兩把神兵，並偶然間發現了刀劍的秘密，後來倚天劍和屠龍刀又被重鑄，倚天劍依然是峨嵋派的鎮派之寶，鋒銳難當，歷代峨嵋派掌門都持此劍斬妖除魔，直到曉風師太戰死。

裴文淵繼續說道：「宇文邪當時一看甘延壽折了，立馬使出三陰奪元掌和五鬼修羅杖法，此人一身外功登峰造極，更難得的是把魔教的頂尖絕學三陰奪元掌也學到了八九分，功力有乃師的八成了，在兩名長老級高手的配合下，夾攻那李沉香一人，只是不料李沉香不僅武器鋒利，更是功高蓋世，五百多招下來，竟然力斃宇文邪等三人於劍下。」

李滄行倒吸一口冷氣，當年他和宇文邪在巫山派門口的那場大戰，至今仍然記憶猶新，而前一陣遇到過的那魔教二師兄林振翼的本事，自己也是親眼見識過的，就算自己要勝他，也得大費周章。

魔教中一向是勝者為王，弱肉強食，這宇文邪能一直坐穩大師兄的位置，至少武功不會弱於林振翼，李沉香雖有倚天劍之利，卻能單打獨鬥地勝過宇文邪，武功之高，只怕比屈彩鳳還強不弱呢，看她年紀也就二十五六，居然有如此修為，實在讓人難以置信。

裴文淵看著李滄行緊鎖的眉頭，笑道：「天狼可是不信？」

李滄行搖搖頭：「既然你都這樣說了，這種江湖上公傳的事一定是事實，天地間的高手太多了，此女既然在崑崙派都算是幾百年難得一見的傳奇，自然是有其過人之處。**只是這倚天劍如何又到了她的手中？峨嵋派難道就不來索要嗎？**」

裴文淵低聲道：「那一仗盡殲魔教廣州分舵的精英，緊接著洞庭幫的人趁勝追擊，直接把群龍無首的魔教廣東分舵給挑了，冷天雄的十餘年心血毀於一旦，事後冷天雄大怒，盡起魔教精英，與洞庭幫幾次大規模血戰，卻沒有占到半點便宜，只能算是阻止了洞庭幫在廣東開新分舵的企圖後，恨恨而歸。幾次大戰下來，李沉香名動江湖，成為近一年多來武林中最新的傳奇人物，一如當年你初出江湖時的驚豔，滄行，**這可真叫江山代有才人出，各領風騷三五年啊**。哈哈。」

李滄行感嘆道：「木秀於林，風必摧之，我的經歷不是最好的說明嗎，峨嵋派後來與這李沉香索要過劍嗎？想必李沉香不肯給吧。」

裴文淵點點頭：「正是如此，峨嵋的幾大核心人物，掌門林瑤仙、花中劍柳如煙等聯名造訪洞庭幫總舵，想要這李沉香把倚天劍歸還峨嵋，可李沉香不僅拒絕交代這倚天劍的來歷，只說是她有緣得之，與崑崙派無關，還說倚天劍雖是峨嵋派郭襄祖師建派時的寶劍，但當年被張無忌打開後就已經劍身中斷，取出了其中的九陰真經，後來的倚天劍只不過是被張無忌重新鑄成的，已經不再是當年的峨嵋派鎮派寶劍，而是一把江湖上能者得之的兵刃而已，曉風師太身死劍亡，後來有緣被她得到，這劍就屬於李沉香，而非峨嵋派。」

李滄行嘆了口氣：「她說得也確實有幾分道理，不過倚天劍畢竟是峨嵋派祖師所持有的神兵利器，即使重鑄之後也一直屬於峨嵋，落月峽之戰後，此劍遺失，關係了峨嵋的聲譽與臉面，以我對峨嵋派眾師妹們的瞭解，是不會這麼輕易甘休的。」

裴文淵微微一笑：「可不是嘛，當時雙方越說越僵，最後只能動起手來，決定這倚天劍的歸屬，李沉香也是心高氣傲，單人獨劍，應付峨嵋派三大高手的輪番挑戰，湯婉晴和柳如煙都先後敗在了她的劍下，也就是二百多招的事，最後那峨嵋掌門林瑤仙親自出手，與這李沉香一場大戰。」

李滄行的心一下子提了起來，當年在峨嵋的那段經歷，雖然短暫，但極難忘，尤其是林瑤仙對自己一往情深，這個外表如冰山般冷豔的女子，卻有著一顆火熱的心，只可惜自己與她有緣無分，徒負佳人。

但在李滄行的心裡，把林瑤仙看成親妹妹一樣，如果她有危險，自己是會放下一切去救援的。

李滄行的聲音有些發抖：「林掌門最後也敗在了她的手下嗎？怎麼可能？瑤仙的武功我知道，當年就已經學會了幻影無形劍，手中的青劍也是難得的神兵，她的修為不會比這李沉香差的，怎麼會輸呢？」

裴文淵嘆了口氣：「此戰經過，當事雙方都諱莫如深，沒有人主動提及，因為楚天舒當時也是摒退了所有弟子，只有峨嵋派三人和洞庭幫的幾個首腦人物在場，可最後林瑤仙卻是含恨而歸，甚至那把無堅不摧的青劍也於此戰中被削斷了。」

李滄行劍眉一挑：「不是沒人提嗎？這結果又是如何傳出來的？」

裴文淵笑道：「我估計最後還是洞庭幫的人把此戰的細節透露出來，以宣揚自己的勝利，聽說兩大絕世女子高手過招三千多招，打了整整一天，最後還是倚天劍仗了兵器之利，硬是削斷了那青劍。這點從林瑤仙此戰之後，便在江湖上改用紫劍，也可得到印證。」

說到這裡，裴文淵道：「當然，從倚天劍仍然在李沉香手上，便是最好的證明了。」

李滄行心有所感地說：「我畢竟與峨嵋派有過一段淵源，當年承蒙峨嵋派上下的照顧，今天如果有機會，希望我能奪回這把倚天劍。」

裴文淵點了點頭：「我也是這樣想的，那一戰峨嵋派鎩羽而歸，非但沒有奪回倚天劍，反而連青劍也折了，洞庭幫的這一舉動也直接導致了他們和伏魔盟各派的關係緊張，也正因此，洞庭幫才無法趁勝追擊，在廣東開設新分舵。天狼，如果你今天能有辦法奪回這倚天劍，也許有助於緩解洞庭幫和伏魔盟的關係，使雙方可以合力對付魔教。」

李滄行的眼中寒芒一閃：「文淵，你不覺得洞庭幫的野心極大，我們在對付魔教的同時，也需要對楚天舒多加留意嗎？別的不說，就說兩件事，一是他們為了向東南發展勢力，不惜勾結倭寇，二是這倚天劍來歷不明，很可能與落月峽之戰的幕後黑手有關，而這李沉香更是身分成謎，這些年我在江湖上不停地調查，多年來攪亂江湖的黑手正在漸漸地浮出水面，這種情況下，我們必須要跟洞庭幫保持一定的距離，以免影響自己的判斷才是。」

裴文淵笑道：「你是會主，這個大主意由你來拿，今天這一戰，只怕你還要親自出馬與楚天舒對決。」

李滄行正色道：「多謝你的提醒，知己知彼，百戰不殆啊。」

李滄行回頭看了一眼海灘那裡，倭寇們已經被逼退了兩百多步，海灘上倒下了兩百多具倭寇和六七十具戚家軍的屍體，戚家軍的大隊人馬已經在灘頭列起了鴛鴦陣，前鋒一直在和倭寇近身搏殺，打得倭寇們不住後退，而淺灘通道上的戚家軍大隊人馬，還在不斷地向上增援，十里外的擂鼓聲驚天動地，而士氣如虹的戚家軍將士們的喊殺聲，足以嚇破這些倭寇的膽子。

看到勝局已定，李滄行心中一塊石頭也落了地，他提氣一躍，幾個起落，就飄到了兩派陣前，楚天舒的青銅面具後，一頭的白髮飄飄，而李沉香則一直上下打量著李滄行，目光中除了好奇，還透出一絲難言的神色。

楚天舒冷冷地說道：「天狼，你搞什麼鬼，拖在後面囉嗦個半天，是在打聽沉香的來歷嗎？」

李滄行點了點頭：「我離開中原這些年，錯過了李小姐的崛起傳奇，所以自然得多問幾句嘛。楚幫主，今天我們如何了結，劃下個道兒吧。」

楚天舒的白眉一揚：「老夫不占後輩的便宜，今天你跟沉香比試一場，你若勝了，老夫掉頭就走，再不入東南半步，你若敗了，就請你離開橫嶼，不要過問老夫的行動，如何？」

李滄行早就料到會是這個結果，楚天舒曾經和自己交過兩次手，第一次跟自己交手是在長沙城內，當時自己第一次見識他的天蠶劍法，那次若非楚天舒手下留情，自己又拼命使出同歸於盡的招數，早已經敗在他劍下了。

只是那次三千多招的惡鬥，也讓自己把天蠶劍法的各種變化與招式看得一清二楚，天蠶劍法招數極快，變化多端，但畢竟只有七十二路，加上變招也只有五六百招，所以上次一戰，其實自己已經盡得天蠶劍法的奧秘，再打也是心中有底。

剛才與楚天舒在空中的那次對決，二人其實在空中已經來回攻防了三十多招，李滄行雖然仍然主要處於防守，但已經不像上次初見楚天舒那樣吃力異常了，打到最後甚至可以做到反守為攻，想來這一次，自己對上楚天舒這位當世劍神，至少有信心立於不敗之地。

還有一點，那就是楚天舒的天蠶劍法詭異邪惡，平時楚天舒與人對敵，往往是十招之內就解決戰鬥，很少能跟人打到千招以上，讓人看出這些劍法的變招出來，而且這種大庭廣眾之下的一對一決鬥，更是能讓雙方的招數給圍觀眾人看得一清二楚。

這點是楚天舒所無法接受的，萬震和謝婉君並非自己的對手，這點楚天舒心知肚明，但這李沉香卻是來歷成謎，手中亦有神兵倚天劍，用來對付自己，勝固可喜，即使輸了，也可以體面離開，再說可以試出自己現在的功力，可謂一舉多得。

李滄行想到這裡，微微一笑，對楚天舒說道：「李小姐的武功雖然蓋世，但洞庭幫畢竟有楚幫主在，若是在下僥倖勝得李小姐一招半式，楚幫主真的願意就此罷手，放棄對毛海峰的支持嗎？」

楚天舒冷冷地說道：「你現在不也沒幫戚繼光嗎，他們是官軍與海盜，本身就是天敵，讓他們打就是，**我們江湖事江湖畢，所以我約了你以這種方式解決我們之間的恩怨**，天狼，你知道我的身分，我現在跟你賭的其實也不完全是幫不幫毛海峰，就算戚繼光占了橫嶼，我也有辦法在福建開設分舵的。」

李滄行點了點頭：「這麼說來，**我們這一戰決的不是這橫嶼島，而是福建由**

誰開來分舵？」

楚天舒的白眉一揚：「不錯，正是如此，老夫不想被人說欺負後輩，所以此戰由沉香出戰，天狼，我想這樣很公平吧。」

李滄行輕嘆一聲：「楚幫主，李小姐雖然劍法出眾，但晚輩畢竟是一幫之主，有勝之不武之嫌吧。」

李沉香柳眉一豎，明眸中秋水為神，碧波蕩漾，卻沒有一絲媚意，閃閃的光芒體現出一個絕頂高手的鎮定與沉著：

「天狼大俠，小女子雖是後生晚輩，但也聽過你的赫赫威名，我等同為江湖兒女，當知能與最優秀的對手一戰，乃是作為一個劍手最大的光榮，今天一戰，事關兩派的切實利益，並非兒戲，天狼大俠可莫要因為我是個女子就出手留情，這樣你會後悔的。」

李滄行的黃色面巾之上，雙目中神光一閃：「李小姐，在下聽說過你的戰績，也知道你的本事，絕無小看之心，只是我作為一幫之主，對手本應是楚幫主才是，楚幫主，你說呢？」

楚天舒微微一笑：「天狼，今天這一戰，是沉香特別要提出與你一戰的，這丫頭學了幾天劍法，也沒碰到過對手，我們洞庭幫裡的師兄師姐們平時陪她拆招也不能讓她過癮，今天你就勉為其難，陪她走幾個回合吧，如果你實在要嫌自己的身分太高的話，也不妨從你手下挑出一位高手，跟沉香玩玩。」

柳生雄霸的劍眉一挑，上前對李滄行低聲道：「滄行，這楚天舒只怕想借這機會看你的刀法，不如讓我來。」

李滄行搖了搖頭：「我跟楚天舒打過，他對我的武功很熟悉，就是因為我們之間過於熟悉，他才不願意在外人面前暴露，而是派了這個丫頭，你出手不留餘力，若分勝負只怕會傷到人，這一仗我不想跟洞庭幫結下深仇，所以這次就不用你出戰了。」

柳生雄霸嘆了口氣，退了下去。

李滄行心知本方其他幾位的武功只怕不如這李沉香，至少兵刃上吃虧很大，他咬了咬牙，開口道：「既然如此，那就由我來討教一下李小姐的絕技好了，為了公平起見，一千招內若是我不能勝出，那就算我輸了。」

楚天舒哈哈一笑：「很好，就按你說得辦。天狼大俠，我們的賭約就跟那天在寧德縣城外說的一樣，勝負各安天命吧。」

李滄行點了點頭，緩緩地抽出了斬龍刀，刀身縮到三尺二寸左右，而李沉香則輕移蓮步，左手按在了劍柄之上，腳下開始踏出五行八卦的方位，在李滄行的周身邊開始漸漸地遊走起來。

兩邊的人馬都向後退到三十丈外，給二人留足了空間，所有人都屏氣凝神，期待著這一場絕世高手間的較量，遠處的廝殺聲已經漸漸地轉移到島的另一端，而在這片空地上，海濤拍岸的聲音卻成為這片寂靜戰場中的主旋律。

李滄行沒有轉身，也沒有回頭，武功高到他這種程度，已經不需要用肉眼來感知敵人的氣息了，而對面的這個絕色女子，卻是一等一的高手，這點從她一開始遊走就能感覺得到，她的劍一直在鞘中，甚至一點殺意也感覺不到，可是她那若隱若現，猶如游絲一般的氣息，卻始終在自己周身八卦位置出現，甚至同時能在三個位置出現，這點讓他感覺到十分震驚。

極高明的忍術高手，可以做到分出幾個，甚至十幾個幻影同時出現，但那主要靠的是幻術和道具，像黑袍和嚴世蕃這種絕世魔功的極品傳人，則可以不借助任何道具，只憑自身的氣息就幻出十幾個分身出來。

可是這些分身並不具備殺傷能力，真正的影子或者肉身，以李滄行現在的武功還是能判斷出來，就像上次在大漠中追擊黑袍一樣，影分身法已經無法干擾到李滄行的正常判斷。

可是這個李沉香的功夫，卻是和這種影分身法反其道而行之，她的身影看起來只有一個，卻不知會以何種武功，在三個八卦方位上同時出現三個真身，李滄行能感覺得到這三股強烈的劍氣都不是虛招，即使以自己的天狼戰氣和護身寶甲只怕也難以抵擋。

這三道殺氣也不停地在變換著方位，一會兒震位，一會坎位，一會兒兌位，讓人捉摸不透，卻始終存在，她身上的淡淡荷花香氣，輕輕地鑽進李滄行的鼻翼中，快如閃電般的身形，無數次地從李滄行的眼前掠過，一雙碧水汪汪的大眼中盡是戰意。

站在柳生雄霸等人旁觀的角度，只能看到一個綠衣紅襖的身形，在李滄行的身外兩丈左右的距離越走越快，帶起的風聲也越來越大，走到最後，整個地面都像是在飛沙走石，強勁的罡風吹得人臉都在發疼，而一道紅綠相間的龍捲風，把圈中的李滄行緊緊地包圍住，只有三個鬼魅般的身影在八卦的方位上不停地同時出現。

楚天舒微微地笑著，捻著自己的白色鬍鬚，胸有成竹，黑龍會一方的眾高手們卻是個個神情嚴肅。

不憂和尚緊張地說道：「這女子好生厲害，這身功夫居然能把天狼給圈住，又能同時分出三個分身，到底是什麼武功？」

裴文淵若有所思地說道：「看她的走位，好像不離八卦方位，這種遊走八卦的劍法或者走位並不困難，但難的是她居然同時幻出三個分身，而且都不像是虛影。」

錢廣來亦是讚嘆不已：「這實在是不簡單，無論被她捲入中央的人反擊哪個方向，另兩路都會趁機攻擊，著實讓人頭疼，我聽說過峨嵋派的幻影無形劍，也是像這樣遊走不定，半天不出劍的，難不成這女子出身峨嵋？」

鐵震天搖搖頭：「不太像，我少年時曾和峨嵋派曉風師太有緣切磋過武功，當時曉風師太使的就是幻影無形劍，那路劍法雖然也是遊走不停，但注重的是一個『隱』字，要把自己的所有氣息隱藏起來，不讓敵人知曉，等到敵方露出破綻之時才刺出致命一劍，而非像此女的劍法一樣，聲勢如此驚人，更能幻出三個真影，完全是以氣勢壓迫敵手的打法。」

歐陽可開口道：「我曾聽西域的武林前輩說過，崑崙派有一路失傳多年的神秘劍法，叫**八荒六合劍法**，據說是**崑崙派的開派祖師燃天真人立派時偶得一傳於上古的劍法**，極為厲害，可是燃天祖師自己也只練到了第七重，便靠此劍法橫掃西域武林，創立了崑崙派，可是自他之後，崑崙派卻無人學得此劍法，剛才我看此女的走位，**與其說是你們中原武林門派所熟悉的八卦方位，不如說是那八荒六**

合方位，也許這就是那傳說中的八荒六合劍法吧。」

柳生雄霸突然開口道：「這女子武功極高，這種遊走打法極耗內力，可是遊走了這麼半天，她的動作和氣息卻沒有半點衰竭，我看此女必有奇遇，才能有這樣頂級高手六七十年才能修煉來的精純內功，但天狼應該已經找到破解之法了。」

眾人聞言，齊齊臉色一變，正待開口，卻見李滄行的周身突然紅氣大漲，斬龍刀如離弦利箭一般，突然從他的手中飛出，衝著面前乾位的一道紅綠相間的身影徑直飛去。

一聲清吟宛若蒼龍長嘯，又如鳳凰嘶鳴，而一汪刺眼奪目的劍氣，亮瞎了眾人的眼睛，柳生雄霸一直瞇著的眼睛上，眉毛微微地動了動，只見閃著紅光的斬龍刀清清楚楚地擊中對面乾位的那道身影。

「叮」地一聲，斬龍刀在空中與一道劍身明亮如長虹貫日的寶劍刀劍相擊，連續二十七次碰撞，撞出片片火花，那個綠紅相間的身影每擊一刀，就會退出半步，以洩刀法的來勢，二十七招下來，已經退出了十餘步。

與此同時，坤位和震位上那兩道紅綠相間的身影，則直向李滄行的後背與右側飛來，瞬間就飛到離李滄行身體不到三尺之處，那五尺開外的天狼護身戰氣，卻是被劈波斬浪一般，被這兩道身影完全破開。

天狼戰氣何等厲害，尋常的一流高手本尊都無法欺近，而這兩道身影卻已經殺進了足有二尺，可見其絕非幻象。

李滄行眉頭一皺，右手掌心處的紅氣一收，斬龍刀如有靈性一般，直接被拉回自己的手中，向著右側連揮三刀，三道火花閃過，紅綠相間的倩影消失不見，而一道白光卻被紅色的斬龍刀擊得蕩回震位，生生地停留在空中。

這時離李滄行後心那道紅綠相間的身影已經不到半尺了，李滄行甚至能從後背的毛孔中感覺到沖天的殺意與寒冷，他的左手迅速地從腰間一抽，莫邪劍長嘯出鞘，一招「蘇秦背劍」，墨綠色的莫邪劍身上幻起了一陣難以辨認的青銅銘文，發出耀眼的青光，擋在李滄行的後心。

「砰」地一聲，劍刃相交的清脆之音有如天籟，兩柄絕世神兵的碰撞，更是讓使劍的高手們聞之如賞古樂，甚至忘了這一下致命一擊的結果。

剛才環繞著李滄行的紅綠色龍捲旋風已經漸漸地平息下來，而李滄行手中左劍右刀，面沉如水，魁梧偉岸的身形立定於場中央，虎目中神光如電，直刺十四步外的李沉香。

這位絕色佳人正持著一把白光奪目、周身流光溢氣的寶劍，嬌喘微微，胸部也有些起伏，左手持著劍鞘格擋於前，右手的寶劍卻是斜向右上指，做好了完美的防禦與反擊架勢。

可令眾人驚奇的是，李滄行的右側震位和背後坤位上，分明立著兩把斷劍，一把是劍尖，大約一尺三寸長，還有一把是連著劍柄的劍身，大約二尺長，劍身上隱隱地現著龍紋，更神奇的是，這兩把劍居然停留在空中，而沒有墜落於地下。

只有頂尖的高手才能注意到，這兩把斷劍都有一道若有若無的白氣，隔著空中與那李沉香的左手劍鞘處相連，竟是只有絕頂高手才會的御劍之法。

人群中傳出一陣騷動，就連黑龍會的不少黃衣高手也都勃然變色，激動地說道：「這是御劍術嗎，這真的是御劍術嗎？」

「沒錯，這就是傳說中的御劍術，你們看那李沉香，分明是用那白色的真氣遠遠控制這空中的斷劍尖與劍身，想不到此女小小年紀，竟然有如此本事，實在是太厲害了。」

「咦，不對啊，她手裡拿著的那柄如果是倚天劍的話，這兩把斷劍尖和劍身又是什麼？再說，如果她要御劍，為什麼不御一把好劍，而要御這兩把斷劍呢？」

眾人間的議論紛紛傳到李沉香與李滄行的耳中，李滄行卻置若罔聞，死死地盯著面前的這名女子，剛才的那一下，實在是險之又險，他甚至人生中第一次在一對一決鬥的時候被迫同時動用了莫邪劍，若非這把莫邪同樣也是神兵，只怕這會兒自己已經被重傷了。

李沉香的嬌喘漸漸地平復下來，美目中神芒一斂，左手的劍鞘中，兩道白氣動了起來，那兩截斷劍如有靈性一般，直接飛回劍鞘中，而從李滄行身後坤位回歸的那把劍柄，更是從李滄行的身邊轉了個彎，與那劍尖一前一後地落入了劍鞘之中。

兩截斷劍入鞘之後，李沉香的右腕一抖，右手的那柄閃著光芒的長劍也收入了鞘中，她長長地出了口氣，向著李滄行一抱拳：「天狼大俠果然武功蓋世，小女的這點把戲居然能被你一舉識破，再打下去也無必要，小女認輸。」

此話一出，除了李滄行，楚天舒和柳生雄霸三人外，人人面色為之一變。

謝婉君叫了起來：「沉香，還沒有打完呢，怎麼能認輸呢？」

李沉香微微一笑，右嘴邊的梨窩一現：「不用再打了，天狼大俠既然可以破我的倚天三絕殺，再打下去我也無法勝過，只是沉香有一事不明，還想請天狼大俠示下。」

李滄行點了點頭：「李小姐請講。」

李沉香一動不動地盯著李滄行的雙眼：「請問這御刀之術，天狼大俠又是從何習來，不知師承哪位高人，是否方便見告？」

李滄行雙目如炬，沉聲道：「李小姐的御劍之術，不知又是從何學來的呢？」

李沉香微微一笑，秀目中露出一絲意味深長的神色：「請恕沉香無法告知，此法乃是一位前輩異人所授，連同這對倚天劍，也一樣是得之於此人，沉香曾立過誓，絕不洩露這位異人的身分與名諱，還請天狼大俠見諒。」

李滄行點了點頭：「原來這御劍之術乃是前輩高人所傳，在下的御刀之術，卻是在下在江湖搏殺中見過一些招式和運氣之法，回去後加以揣摩和運用，誤打誤撞地自己便學會了，並無他人所傳。」

李沉香秀眉一蹙：「這麼說來，**天狼大俠乃是無師自通，自行參悟這個御刀之法了？**」

李滄行正色道：「正是如此，李小姐，在下也有一事不明，想向李小姐討教一二，不知小姐是否願意賜教？」

李沉香朱唇輕啟，露出兩排編貝般的玉齒：「天狼大俠但問無妨，小女子自當知無不言。」

李滄行目光落到李沉香手中的那兩柄劍上，沉聲道：「不知李小姐手中這一把完整的和一把斷裂的寶劍，哪一把是倚天劍呢？」

李滄行這一問也問出了在場幾乎所有人的心聲，大家的目光都落到了李沉香的手中。

看起來平凡無奇的劍鞘裡，居然能容得下兩把寶劍，而從剛才的交鋒來看，即使是斷劍，也是神兵利器，李沉香手中的那把寶劍更是可以連擋斬龍刀二十七記攻擊，不是倚天劍又是什麼呢？

李沉香臉色微微一變，一時沉吟不語。

楚天舒開口道：「天狼，你既然已經勝了，我們自然會依約而退，只是沉香的兵器來源，乃是她個人的私密之事，我們都是江湖中人，應該知道這樣直接問人兵器的來源，就跟問人師承來歷一樣，是很失禮的事，你現在是一幫之主，即使得勝，也不應該挾勢凌人，為難一個女子吧。」

李滄行搖搖頭：「楚幫主，你應該知道，在下曾經和峨嵋派的幾位俠女有過一些淵源，也曾答應過峨嵋派，如果有機會的話，會為她們尋回失落在江湖上的鎮派之寶倚天劍，今天在下與李小姐比劍相賭，並無討還倚天劍的意思，只是見到這一正一斷兩把神兵，不由得奇怪，所以想問問到底哪一把才是真正的倚天劍。」

楚天舒沉聲道：「天狼，此事沉香就連我也沒有告訴過，在這大庭廣眾之下，又怎麼能向你一個外人透露來歷呢？」

李沉香突然說道：「義父，不要再說了，我曾經答應過給我這兩把劍，並傳我御劍之術的那位異人，如果有人能看出倚天劍的奧秘，我就會向他說明劍的來歷，既然天狼大俠做到了這點，又主動問及此事，那沉香也只能把此事說明了。」

楚天舒白眉一挑：「沉香，你可要想好後果！」

李沉香嘆了口氣：「人生在世，誠信為本，沉香既然立過誓，就不能違背自己的誓言。天狼大俠，此事我只對你一人說，你請隨我來。」

李沉香說完，秀足一點，眾人只覺得眼前一花，也不知道她用了什麼輕功身法，就像幽靈般地逸出七八丈遠，幾個起落，那紅綠相間的身影已經到了海邊的礁石上。

李滄行劍眉一挑，從剛才楚天舒和李沉香的對話中，**他隱隱地覺得那個異人前輩的來歷絕不簡單，不然楚天舒也不至於當著自己的面阻止李沉香，也許這又會牽涉到什麼江湖中大的秘密和陰謀**，想到這裡，他向著楚天舒拱手行了個禮，跟著李沉香一起奔向海邊的礁石。

走到離兩派人馬足有一里多遠的海邊，這裡驚濤拍岸，怒浪擊石，巨大的聲浪讓遠處的槍炮聲都無法聽見，李滄行知道，這裡是個絕好的談話場所，即使換了陸炳來，現在站在五十步外也不可能聽到什麼。

李沉香轉過身子，絕美的容顏上冷若冰霜，而混合著少女味道的那淡淡荷花香氣，卻鑽進了天狼的鼻子裡，那種若有若無的清香，似乎有某種魔力，讓李滄行的眼睛無法離開這位絕色佳人的臉龐。

李滄行定了定自己的心神，說道：「李小姐，在下洗耳恭聽。」

李沉香一雙眸子如天上的星星，一閃一閃，她突然問道：「天狼大俠，**請問你又是如何能認定，這兩把都是倚天劍？**」

李滄行微微一笑：「兩把寶劍的樣式幾乎一模一樣，鋒銳程度也是如出一轍，只是在下真正奇怪的一點是，**這兩把神兵乃是共用一個劍靈，這正是李某百思不得其解之處**，所以想要向李小姐問明此事。」

李沉香點點頭：「這就是了，斬龍刀也是神兵利刃，和你所使的莫邪劍一樣，應該都是有刀靈劍靈之類的神物，御刀御劍之術只有操縱這些有靈魄的神兵才能使用。所以當你使出御刀之術時，我就知道，今天這戰，我要取勝只怕很難，可我沒想到，你居然能左劍右刀，控制兩柄神兵利器，所以輸在你的手上，我無話可說。」

李滄行搖搖頭：「只是兩把神兵共用一個劍靈，實在是奇怪，若非我多年與刀靈劍靈接觸，深知其操控之法，又怎麼可能判斷出你的三個攻擊方位呢？你的劍靈一半在你手裡的那把完整寶劍上，另一半卻是分在那把斷劍的兩截上，所以我能通過劍靈的強弱感覺到你的本尊所在，李小姐，**倚天劍為何會有兩把，為何劍靈又會一分為二，你能告訴我嗎？**」

李沉香輕啟朱脣道：「天狼大俠，這話說起來可就長了，你可知倚天劍從何而來？」

李滄行微微一笑：「世人皆知，當年南宋末年，襄陽大俠郭靖在襄陽失守之前，為了九陰真經和武穆遺書這兩本絕世的武學秘笈和兵書寶典不至於失傳，這才把神鵰大俠楊過的玄鐵重劍熔化，加以海底的玄鐵和天降的隕石，鑄成了屠龍刀和倚天劍，後來倚天劍隨著郭靖大俠之女郭襄落戶於峨嵋，成為峨嵋派的鎮派之寶。」

李沉香卻搖搖頭：「天狼大俠只知其一，不知其二，倚天劍和屠龍刀並不是隨便打造出來的，而是針對著兩把上古神兵的模具打造，因為刀劍之中要藏住兵書秘笈，必須要用引靈之法才可以，所以倚天劍和屠龍刀的鑄成，是以兩具古代神兵為範本製成的，天狼大俠，你知道為什麼義父要我與你交手時，我一下就答應呢？」

李滄行突然心中一動，剛才他就有一種極強烈的感覺，**斬龍刀的刀靈和倚天劍的劍靈好像是一對分別了多年的老朋友，使他能清楚地感知到倚天劍的真身所在，這絕非僅靠他本身的功力就能完成。**

李滄行狐疑道：「李小姐的意思是，屠龍刀與我這斬龍刀也有淵源？」

李沉香認真地道：「正是如此，要同時鑄就刀劍，需要兩把千年未能使用，而且最好是差不多同時封存的上古神兵，這樣兩把刀劍中的刀靈劍魄才能最大程度地接近，完成引書入刀的秘法。」

李滄行怪道：「可我的斬龍刀卻是在一處秘谷中得到，那裡看來已經上千年沒有生人進入了。」

李沉香嘆了口氣：「斬龍刀的事我不清楚，但當年郭大俠確實是用斬龍刀和青釭劍作為範本的，青釭劍也是上古名劍，後來被三國時的曹操所得，成為曹操征戰天下的名劍，後來曹操死後，把青釭劍藏於七十二疑塚之中，郭大俠的夫人女俠黃蓉最是精通機關之術，無意中在一處古墓之中得到此劍，我想你的那把斬龍刀，應該也是這樣被黃女俠挖出的。」

李滄行想到自己在劉裕墓中的探墓經歷，恍如隔世，不禁道：「這麼說來，屠龍刀和倚天劍就是照著你我手中的斬龍刀和青釭劍打靠，靠了斬龍刀和青釭劍中的劍靈刀靈，最後完成了封書於刀劍的鑄造？」

第五章

飛蛾撲火

李滄行搖了搖頭，道：「有句話叫飛蛾撲火，
毛海峰這些年來搶到的錢糧珠寶多數在這橫嶼島，
今天一戰，這些財寶幾乎都丟了個精光，
接下來他還要驅使那數萬手下，沒錢可不行，
即使明知前路危險，也要硬著頭皮上岸搶劫。」

李沉香點點頭：「正是如此，所以屠龍刀和倚天劍不僅鋒銳難當，而且帶有幾分靈氣，與上古神兵相比，除了少一個刀靈劍魄外，沒有任何區別。鑄成這兩把刀劍之後，黃女俠便想辦法把斬龍刀和青釭劍放回了原處，斬龍刀被你天狼大俠所得，而這把青釭劍，卻偶然被我崑崙派的前輩高人所得，從此秘藏於崑崙派中，歷代祖師和前輩都無法控制這把凶劍，只有我誤打誤撞地有過一番奇遇，馴服了劍中的劍靈，因而駕馭得了這把神劍。」

李滄行聞言道：「怪不得李小姐被稱為崑崙派建派以來除了燃天真人外的第一奇才，能駕馭這把上古名劍，實在當之無愧，只是這和倚天劍又有何關係？」

李沉香輕拂了一下額前被海風吹得有些零亂的秀髮，聲音如珠落玉盤般地優美：「那也是巧合了，我二十三歲時藝成下山，隨父親上任湖南巡撫的時候，路遇一幫強人打劫，當時我出手用青釭劍擊殺了這些強人，卻被一位前輩異人看到，他現身與我比劍，我打不過他，從此得知天外有天，人外有人的道理，初下山時想要仗劍行走江湖，闖一番事業的想法也不復存在。」

李滄行笑道：「此人居然能勝過李小姐，功力之高，難以想像，莫非他就是那位有著倚天劍的高人？」

李沉香點了點頭：「正是如此，一開始他與我比試之時，出手留有餘地，我的劍術內力不如他，全是仗了兵器之利才勉強支持，打到兩千招後，他的倚天劍和我的青釭劍相交，大概是因為倚天劍以前斷過，後來被重新鑄造，或者是因為倚天劍本就是靠了青釭劍靈而鑄成，複製品碰到真貨，就像女兒碰到母親一樣，終究不敵，我居然一劍削斷了他手中的倚天劍。」

李滄行追問道：「既然如此，應該是你勝了才是，又怎麼說被他收服了呢？」

「此人斷劍之後，居然乾脆用上了御劍之術，我從沒有見過這種招數，更是無法應對他正面與我用斷劍相對抗時，還能一手操縱劍尖從我後面攻擊的招數，三百招之後，就敗在了他的手下。」

李滄行長出一口氣：「原來如此，我想此人找上李小姐，不會是偶然的吧，天下沒有這麼巧的事情，能直接讓兩把堪稱子母的神劍這樣相遇。」

李沉香點點頭：「正是，這位異人說，從我在崑崙學藝的時候，他就注意到我了，而且我在崑崙的一些奇遇，也正是他一手安排的，可以說我能順利地操縱青釭劍，練成崑崙派包括八荒六合劍在內的多種絕學，都是靠了他的暗中相助。」

「那為何他多年不曾現身呢，難道他是崑崙派的某位前輩？有什麼難言之隱？」李滄行問。

李沉香茫然地道：「這位前輩不肯向我言明，我也不好多問，他把倚天斷劍給了我，說是剛才我削斷倚天劍時，青釭劍劍靈的一部分也進入了倚天劍之中，這也算是機緣巧合，青釭劍和倚天劍等於重新被一個劍靈合為一體，**只要學會了御劍之術，便可以同時控制這兩把寶劍。**」

李滄行笑道：「原來如此，怪不得你無法把這倚天劍還給峨嵋派，因為倚天劍已斷，你無法再以兩截斷劍還給她們，對嗎？」

李沉香嘆了口氣：「正是如此，青釭劍中的劍靈凶惡異常，我最初操縱青釭劍時，幾乎命喪當場，後來是那異人前輩暗中相助，我才躲過一劫，所以我不可能把狀似倚天劍的青釭劍交給峨嵋的人帶走，這樣只會害人。由於我當年跟那前輩異人學劍之時曾立過毒誓，一是不能透露他的來歷與師承，二是除非有人能擊敗我，否則不能把這御劍之術的來歷和倚天劍，青釭劍的秘密向人說明。」

李滄行嘆道：「原來如此，那位前輩大概是想測試一下你手持青釭劍後的戰力如何，所以才以倚天劍一試，你通過了這個測試，能削斷倚天劍了，他才會傳你這御劍之術。而只有能打敗學會了御劍之術的你，這樣的人操縱起青釭劍才可能成功，所以即使是峨嵋之人向你討劍，如果能達到這樣的武功，也可物歸原主，對嗎？」

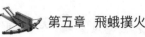

李沉香秀目中水波流轉：「天狼大俠好聰明。」

李滄行忍不住又道：「恕在下斗膽，還想請教小姐一事，李小姐可以為那位神秘的前輩異人保守身分的秘密，但能否告知他手中的這把倚天劍從何而來？」

李沉香兩道彎彎的柳葉細眉皺了起來：「天狼大俠，沉香從來沒有向這位異人問過此事，他對於沉香來說，可謂半個師父，作為後輩和受過他恩惠的人，當然不便問這位前輩武器何來。」

李滄行嘆道：「難道李小姐不知道這倚天劍的來歷事關江湖一段秘辛嗎？」

李沉香搖搖頭：「倚天劍自從落月峽之戰後便下落不明，如何到這前輩異人手中的，我也不知道，當年峨嵋派眾人上門來討劍的時候，也是這樣多番詢問，但她們都沒有打過我，所以我無可奉告，今天你天狼大俠勝過小女子，有資格發問，但沉香確實不知此劍來歷，所以也只能這樣據實相告了。」

李滄行從李沉香的眼神中，彷彿能看到這個姑娘清澈的內心，知道她並非虛言，又問道：「這位前輩異人要傳你御劍之術，又在崑崙派培養你多年，助你獲得青釭劍，究竟為的是什麼？你現在入了洞庭幫，他是在為他人作嫁衣嗎？」

李沉香微微一笑：「這點我倒是可以回答天狼大俠，當年我藝成下山之時，並沒有加入洞庭幫的打算，而是希望能像郭襄女俠那樣，能單人獨劍，行走江湖，除暴安良，闖出一番名頭，成為一派宗師呢。

「可是前輩高人現身之後，我便知道天外有天，人外有人，這位高人能以一把斷劍就打敗我，這世上還不知道有多少高手能勝我呢，所以當時我心灰意冷，本想回歸崑崙派，再練十年，結果這位異人說，崑崙派的絕學我已經盡得，若想再上一層樓，除非是他傳我這御劍之術，只是他這傳劍也不是平白給我，他說他跟魔教有不解之仇，**希望我能助他一臂之力，幫他對付魔教。**」

李滄行心中一動，追問道：「所以他就讓你來洞庭幫？讓你拜入楚天舒門下？這麼說來，這位前輩異人還是楚幫主的至交好友了！」

李沉香「撲嗤」一笑，輕輕地用玉掌掩住了櫻桃小口，眉宇之間，說不出的嫵媚，就連一向心如止水的李滄行看得也有些呆了，連忙把頭轉向一邊。

李沉香笑完，道：「天狼大俠，你猜對了，不過有一點還是不對，這位異人與我義父素不相識，他只是說伏魔盟的各派都會隨著朝中的局勢變化，有可能會和魔教暫時言和，並非魔教死敵，**放眼整個江湖，對魔教最痛恨的，應該是義父的洞庭幫**，而且我父親上任湖南巡撫，少不得與洞庭幫打交道，我若是加入洞庭幫，那應該是最好的選擇。」

李滄行正色道：「那麼李小姐又是如何加入洞庭幫的，又做了楚幫主的義女呢，不是這位前輩異人舉薦的嗎？」

李沉香收起了笑容，道：「沒有，前輩只是給我指出了一條路子，他說以前本是看我根骨清奇，是難得一見的武學奇才，不想埋沒了人才，才會對我暗中加以指點，由於機緣巧合，斷了倚天劍，所以又傳了我御劍之術，這本也算不得什麼交易，只是希望我能幫他對付魔教，如果我執意不肯，他也不會說什麼。

「但是我李沉香雖是女子，也知受人滴水之恩當湧泉相報的道理，前輩高人如此助我，我又出身崑崙，師門的前輩也多有死於魔教之手，比如三位師叔就是被三邊總督曾銑曾大人重金相邀，充任護衛，卻死在了嚴世蕃的手下，就算是為崑崙派復仇，我也與魔教誓不兩立。

「正好我的師妹謝婉君下山後，因為父仇而加入了洞庭幫，我便找了謝師姐，義父見到我之後，考驗了一下我的武功，對我非常喜愛，而我父親出任的湖南巡撫也正好是洞庭幫的勢力範圍，托義父的福，這些年對家父的施政為官也多有助力，所以家父讓我認了義父，在洞庭幫裡好好做事。」

李滄行長出一口氣：「原來如此，這麼說，當年李小姐幾次去那城隍廟燒香，其實都是一招引誘魔教高手來襲，再將其一網打盡的陷阱了？」

李沉香微微一笑：「本來這個陷阱是要用到天狼大俠的身上，可是不知為何，那次義父卻不想讓我出手，而是親自與你相商，所以那次我身具武功的事情沒有暴露，正好用來對付魔教宇文邪等人。」

李滄行聽了道：「李小姐聲名鵲起，可喜可賀，只是李小姐既然出身書香門第，又在名門大派中成長，當知我輩俠士應該棄惡揚善，上報國家，下保黎民，怎麼能助紂為虐，為倭寇助陣呢？」

李沉香的粉面一下子沉了下來，兩隻秀目中也含了一層威嚴：「天狼大俠，如果照這樣說，你幾次三番地相助公然作亂的巫山派反賊，與正道武林為敵，又算是什麼？」

李滄行澄清道：「巫山派不一樣，他們雖為綠林，但總舵之中更多的是那些無家可歸的孤兒寡母，並不是像倭寇這樣攻擊沿海城鎮，殘殺百姓。」

李沉香冷笑道：「天狼大俠怕是被那屈彩鳳的美色所迷惑，失去了自己的判斷了吧，綠林永遠就是強盜，只要是強盜就得搶劫，若不是我們洞庭幫崛起，巫山派就會永遠在湖廣一帶打劫來往商隊鏢局，或者是抽取他們的分成，這種做法，不是強盜是什麼？又跟這些倭寇有何區別？雙嶼島上也有不少被汪直和徐海集團搶過去的大明百姓，也有很多孤兒寡母，那天狼大俠又為何苦苦相逼呢？」

李滄行知道在這個問題上與楚天舒和李沉香永遠無法達成共識，於是只能嘆了口氣：「此事不談了，天狼還有最後一個問題。今天的比試，你也並不算輸，只不過算是被我破解了一次御劍之術的三劍合擊罷了，繼續打下去的話，你未嘗沒有勝機，又為何要認輸呢？要知道，你只要撐過千招，就算獲勝了，就是天狼，也並沒有在一千招內取勝的把握。」

李沉香微微一笑：「你說得不錯，今天我確實是故意認輸。但沉香認為，此舉對我們洞庭幫是有利無害的。」

李滄行「哦」了一聲：「此話怎講？」

李沉香正色道：「其實義父之所以想援助毛海峰，進入福建，**錢並不是主要目的，主要目的還是為了打擊魔教在東南一帶的勢力**。我們洞庭幫新成立不到十年，勢力與魔教這種千年大派相比，還是有所不足，這幾年能在魔教的持續攻擊下在湖廣省站住腳跟，並漸漸地開始向其他省分擴張，已經不易了，並沒有現在跟魔教全面開戰，尤其是在這全無根基的浙江福建一帶與魔教開戰的實力。」

李滄行虎目中寒芒一閃：「確實如此，所以當時在下與楚幫主為此事爭論過，在下認為，進入福建和浙江，對洞庭幫並沒有什麼現實好處，拋開勾結倭寇對名聲上的損害不說，在這個魔教已經經營了好幾年，嚴世蕃又非常看重的地方立足，勢必要投入巨大的人力物力，甚至你們在湖廣省的主要根基，也不可避免地會受到影響，實在得不償失。」

李沉香微微一笑：「天狼大俠能想到的事，義父自然不會想不到，所以他不一定要占這福建之地，但起碼的底限是要趁著這回朝廷出兵平倭之際，打破沿海倭寇與嚴世蕃父子，與魔教多年來的合作關係，魔教和嚴世蕃真正地與倭寇聯手，也就是汪直死後這三年多的事，如果不趁著這次好機會，讓這雙方合作破裂，等他們度過這一難關後再下手，可就難了。」

李滄行哈哈大笑起來：「所以你們看我消滅了浙江的倭寇之後，就轉而接受了毛海峰的求援，這樣毛海峰無論勝敗，至少不會再為嚴世蕃、為魔教所用了，對不對？」

李沉香點點頭：「正是如此，所以我義父的底限，就是這裡至少不能留給魔教，他們是我們的頭號敵人，非除不可，至於毛海峰以後是否能活下來，並不是他關心的事。」

李滄行正色道：「這是你們洞庭幫的機要之事，為何要向我這個外人和盤托出呢？以我們兩派現在的關係，這回有了芥蒂，以後說不定還會真正地結仇，為何李小姐要把此事見告？」

李沉香秀眉一揚：「義父並不知道此事，但我想要通過這樣的方式，來提醒他一定要保持理智和冷靜，我們的大敵是魔教，至少現在沒必要也不應該與你這新生的黑龍會為敵，這次我輸在你手下，我們洞庭幫可以體面地退出福建，這樣保全了義父的面子，也不至於上下離心。」

李滄行暗道這**李沉香不僅是絕色佳人，更難得的是心胸開闊，頭腦清楚冷靜，實在是大將之才。**

他拱手道：「李小姐，這回我們兩派能以這樣和平方式解決此次爭端，多虧了你的深明大義，天狼在此謝過。」

李沉香搖了搖頭：「天狼大俠，小女子也有一言相告。那巫山派的屈彩鳳，我知道和你淵源頗深，當年聽說你叛出錦衣衛也是為了此女，是這樣的嗎？」

李滄行幽幽地嘆了口氣：「不完全是，但也可以說有這方面的原因，而且還是個重要原因，不過李小姐，我跟屈姑娘是義氣相投，生死之交的朋友，並非男女之情，這點還希望你向楚幫主言明，我不想他和我誤會越來越深。」

李滄行想到今天一見面的時候，楚天舒曾表示願意為自己和這李沉香作媒，顯然是想要通過這種方式絕了自己和屈彩鳳之間的關係，先是覺得好笑，但仔細一想，卻又只能搖頭苦笑。

李沉香道：「小女子自從下山以來，聽了不少天狼大俠縱橫江湖的傳說，心中甚是欽慕，正因如此，小女子不希望看到天狼大俠為一個綠林女匪首所累，陷入萬劫不復之地。」

李滄行不悅地道：「李小姐，請你說明白些，為什麼我出於道義跟屈姑娘有過合作，就會萬劫不復？」

李沉香眼中閃過一絲異樣的神色，道：「以前的事姑且不提了，只是難道天狼大俠不知道嗎，**最近那屈彩鳳又重出江湖，還投入了魔教的屬下，準備重建巫山派呢，這回你如何能為這個女人解釋呢？**」

李滄行心中暗道不好，轉而生出幾分警覺出來，屈彩鳳假意依附冷天雄之事，一直是暗中進行，這次來台州城幫助自己守城，也是私下默默調集了舊部，以屈彩鳳的精明縝密，斷然不會在部屬面前走漏風聲，那她投入魔教之事，又是如何洩露出來的，讓這洞庭幫的李沉香都知道呢？

可是李滄行的臉上仍然裝得不動聲色，輕輕地「哦」了一聲：「真有此事嗎？我並不相信，當年在巫山派，我救了屈姑娘之後，她恨我沒有阻止巫山派的毀滅，便離我而去，這些年我也不知道她在哪裡，不過以我對屈姑娘的瞭解，她還不至於加入魔教。」

李沉香的一雙美麗的大眼睛不停地盯著李滄行的雙眼，似乎是想從他的眼睛看到心底，又像是想從他的神色和語氣變化中判斷李滄行是否說謊。

李滄行說完後，她緊跟著問道：「好像天狼大俠對此事一點也不吃驚，難道，這是你跟屈彩鳳約好的事情？你們私下間又有什麼交易，或者說合作？」

李滄行搖了搖頭：「我再說一遍，我已經三年多沒有見過屈姑娘了，剛才我只是說以我個人對屈姑娘的瞭解，她應該不會做這種事，李小姐，這件事很重大，為慎重起見，你能告訴我你這消息從何而來，是否屬實？」

李沉香冷冷地說道：「天狼大俠，你我現在畢竟立場對立，此事恕難見告，我只能說，這消息絕對可靠，而且我們很清楚，屈彩鳳正在暗中組織舊部，企圖攻擊奪回巫山派總舵。」

李滄行心中一沉，想不到洞庭幫居然已經對屈彩鳳的動作瞭若指掌，本來自己這回攻擊橫嶼島，也有希望能調動洞庭幫的主力高手，分散其在湖廣省的實力，為屈彩鳳奪回巫山派總舵創造機會的用意，所以今天攻島時一見洞庭幫幾乎精英盡出，他心裡還很高興，可沒想到洞庭幫早已經知道了屈彩鳳的動向，肯定也早早地做了佈置，屈彩鳳還在聯絡舊部，處於恢復自己實力的起步階段，現在去攻擊巫山，那真的是以卵擊石了，想到這裡，他的背上開始冒汗，而眉頭也漸漸地擰到了一起。

李沉香秀目流轉，注意到李滄行神情的變化，微微一笑：「天狼大俠，你建立了黑龍會，在東南一帶名聲大噪，以屈彩鳳跟你的交情，居然不來依附於你，而是選擇跟冷天雄合作，可見在她的心裡，可能正恨著你呢。」

李滄行知道李沉香可能是在試探自己，於是搖搖頭：「李小姐，我和屈姑娘已經三年多沒見了，你說得對，她可能還恨著我，所以寧可借助魔教的勢力復仇，上次消滅巫山派的時候，你們洞庭幫是出力最多的，而魔教躲在後面，基本上沒有大的動作，我當時身在錦衣衛，她應該也是把我給恨上了。」

李沉香眼中閃過一絲喜色：「天狼大俠，既然如此，我們以後跟巫山派的恩怨，也請你不要插手了，幫主說過你最恨魔教，屈彩鳳既然已經跟魔教再次聯手，你再要幫她，只怕連你自己這關也過不去吧。」

李滄行咬了咬牙，裝作決然的樣子：「這件事我還是會去查個清楚，如果屈姑娘真的入了魔教，又不肯回頭的話，那就是我們黑龍會的敵人，這句話你也可以轉告楚幫主。不過在此之前，我也不能聽信你們的一面之詞，此事我會調查個清楚再作決斷的。」

李沉香的嘴角微微地勾了起來，看得出她有些失望：「事已至此，天狼大俠還是不肯相信，也罷，看來只有事實能讓你清醒，言盡於此，小女子告辭了。」

說到這裡，她一轉身，蓮步在礁石上一點，向著洞庭幫人眾的方向奔去，幾個起落，身形便消失在了遠方。

李滄行意識到李沉香故意把屈彩鳳的事情透露給他，挑明屈彩鳳接下來攻擊巫山派的行動會處於危險之中，很可能就是想看自己的行動，如果自己真的去救屈彩鳳的話，無疑是把自己和屈彩鳳仍有聯繫的事暴露出來，到時候不僅是洞庭幫，就連魔教冷天雄那裡，也會明白屈彩鳳投靠自己乃是別有用心的。那屈彩鳳詐敗巫山，進而奪取廣東省開分舵的計畫也完全無法進行了。

李滄行心急如焚，卻又如一團亂麻般，理不出個頭緒。

遠方的洞庭幫眾已經如一片黑色的潮水，開始向島嶼的北側退去，島上的戰鬥也漸漸地平息，天守閣燃起了熊熊的大火，戚家軍的將士們正在打掃戰場。

遠遠地，李滄行看到一身閃亮盔甲的戚繼光正騎著戰馬而來，李滄行只好暫時把下一步的想法壓下，向戚繼光走去。

從戚繼光臉上洋溢著的笑容，便知這次橫嶼之戰一定是大獲全勝了。

李滄行衝著戚繼光拱手道：「恭喜戚將軍凱旋。」

戚繼光哈哈一笑，跳下戰馬，上前拍了拍李滄行的肩頭：「今天的大捷，你部當記頭功，若不是有你們，只怕我的將士們很難攻上橫嶼島。」

李滄行嘆道：「這些沿海百姓被毛海峰擄掠至此，也是吃盡苦頭，今天終於可以解脫了，將軍，此戰的戰果最後如何？毛海峰是否伏誅？」

戚繼光搖搖頭：「這一仗擊殺倭寇兩千四百多人，俘虜三百多人，只可惜那毛海峰早有準備，在島嶼北部的港口留下了逃生的船隻，最後坐船出海了，那些洞庭幫的人眾，聽說是跟你達成了協議，所以我的手下沒有攻擊他們，他們這會兒已經坐船離開了。」

李滄行問：「那我軍傷亡情況如何？」

戚繼光臉色黯淡下來：「此戰是我戚家軍建立以來傷亡最大的一戰，戰死三百四十七人，傷六百二十六人，主要是在衝擊最後那百步距離的槍陣時，被倭寇的鐵炮所傷。天狼，你的部下加起來也死傷了四十六人，我已經派人妥善安置傷兵了。」

李滄行點點頭：「多謝將軍，接下來可能我要失陪一陣子，不能隨將軍繼續剿倭了。」

戚繼光納悶道：「毛海峰逃了，他的手下還剩下大半，而且一定會跑到各個福建的島嶼進行串聯，我得馬不停蹄地追擊他，你不能繼續助我嗎？」

李滄行搖搖頭：「戚將軍，你說的這些我都知道，只是我有更重要的事情要辦，橫嶼島之戰後，毛部倭寇已經失掉了最堅固的大本營，接下來能做的只能是流竄作戰了，我以為將軍不能逼他們逼得太凶。即使我仍然跟隨將軍，也應該稍微放緩一些，給他們喘息之機。」

戚繼光的臉色微微一變：「哦，此話怎講？」

李滄行看著遠處海面上，那些輕快迅捷，正繞過橫嶼島，向著南方飛速行駛的船隻，為首的一條黑色快船正是久違了的「黑鯊號」。

他在這條船上與汪直徐海和毛海峰同生共死，大戰海賊的經歷還歷歷在目，他嘆了口氣，說道：「我曾經和胡總督，徐軍師談論過此事，我軍現在雖然陸戰已經不懼倭寇，但海上仍然難以和他們對抗，更不用說在海戰中殲滅倭寇的主力艦隊了。」

戚繼光點了點頭：「正是如此，所以你的意思是？」

李滄行眼中寒芒一閃，說道：「只有引誘倭寇上岸，像在台州那樣地聚殲其主力，避免他們像這樣打輸了再坐船逃跑，才是一勞永逸的辦法。」

戚繼光劍眉一挑：「你的意思是，再複製一次台州戰役？毛海峰並不傻，上次他都能溜掉，這次又怎麼可能再上當呢？」

李滄行搖了搖頭：「有句話叫飛蛾撲火，今天這橫嶼一戰是關鍵，因為毛海峰這些年來搶到的錢糧珠寶，人口彈藥多數在這橫嶼島，今天一戰，他的部眾雖然逃出大半，可是這些財寶錢糧，卻幾乎都丟了個精光，接下來他還要驅使那數萬手下，沒錢可不行，即使明知前路危險，也要硬著頭皮上岸搶劫。」

戚繼光點了點頭：「天狼，你說得有理，看來你也早就算到毛海峰今天必敗，你之所以答應了那洞庭幫的要求，是不是就是想故意給毛海峰放條生路，讓他去召集各路的海賊呢？」

李滄行笑道：「正是如此，當年汪直死後，海上倭寇群賊無首，紛紛自立，幾百人一股，幾千人一夥地到處襲擊沿海城鎮，這樣防不勝防，官軍也是疲於奔命，戰果極小，將軍應該對此非常清楚。」

戚繼光恨恨地說道：「只恨我們水師戰船追不上這些倭寇的快船，海戰時又打不過倭寇船隊的主力，天狼，你估計毛海峰接下來會攻擊哪裡呢？」

李滄行道：「戚將軍，我只想問你一句，如果需要犧牲一個府城的百姓，來換取消滅數萬倭寇的大捷，你是否願意？」

戚繼光臉色一變：「天狼，這話是何意？消滅倭寇是為了保護百姓，怎麼能說犧牲掉百姓呢？」

李滄行道：「毛海峰為人狡猾多智，凡事都預留退路，小利無法使其上當，只有捨得孩子，才能套中這頭餓狼，數萬倭寇如果只搶劫像寧德縣城這樣的地方，是根本吃不飽的，在這福建一帶並不像將軍經營多年的台州，百姓心向官軍，到處都是倭寇的奸細，只怕將軍的大軍一出動，倭寇就會得到消息，早早地上船逃跑了，他們有船，在海上如駕烈馬，可以日行數百里，換個地方上岸搶劫，我們在陸地上要跋山涉水，是追不上的。」

戚繼光驚駭道：「所以你想要犧牲一個府城，餵飽倭寇的胃口？」

李滄行點了點頭：「這件事我已經思考了很久，但以前一直沒有跟將軍商量，就是因為此計雖能破敵，但仍然要讓百姓受苦，如果我們像在台州那樣提前撤掉百姓，那倭寇們必然知道是計，不會上當，**所以要做得逼真，只能完全坐視不理，放倭寇深入，攻破州府，遠離海岸，這樣才能創造出一舉消滅福建倭寇的條件。」**

戚繼光來回地踱起步來，面色凝重，久久，他才停下了腳步，臉上的神情轉為堅毅：「天狼，只要能消滅倭寇，必要的犧牲也是值得的，可是你這個計畫，**能確保一戰而殲滅所有的倭寇嗎？還有，失陷府城，乃是大罪，只怕胡總督也要受到牽連，這樣做真的合適嗎？」**

李滄行的眼中閃過一絲冷厲的神色，多年的殘酷搏殺已經讓他的心漸漸地堅硬，而非年少時那樣感情用事了，這個計畫也是他與徐文長多番討論後才制訂出來的，甚至沒有告知胡宗憲。

李滄行狠了狠心，道：「戚將軍，首先，我們得演一齣戲給胡總督看，這次橫嶼大捷後，我裝作與你爭奪戰利品，引發兩軍的不滿，我手下這三千人要與你部六千人平分戰利品，而且事情要越鬧越大，讓所有人都知道。」

戚繼光「唔」了一聲：「這樣我們兩軍就有理由在這閩北之地駐紮，給毛海峰留出召集部下，進攻福建中部和南部的機會？」

李滄行點了點頭：「正是如此，而且戚將軍最好要上書胡總督，說我部官兵難以節制，盛氣凌人，橫嶼一戰中傷亡頗大，需要回台州休整，而你也要回義烏一趟招募新兵，讓人人都知道，戚家軍回師浙江了。」

戚繼光笑道：「所以倭寇們知道我戚家軍回了浙江，才會放心大膽地上岸搶劫，對嗎？」

李滄行道：「是的，軍中和福建的官府裡有敵軍的奸細，如果我們隱蔽在此，時間一長勢必走漏消息，到時候敵軍肯定不會上當，所以您的部隊要真的回浙江，還要帶三千人回義烏，將軍本人也要回義烏去招兵，這樣才能讓倭寇徹底放心。」

戚繼光擔心道：「義烏離福建中部相隔千里，即使我們設計，也來不及救援啊。」

李滄行笑道：「台州有三千部下，加上我的這三千人，足有六千，倭寇縱有數萬，我也有信心一戰而破之。」

戚繼光仍有疑惑：「只是六千人打數萬倭寇，雖然可以正面擊破，卻難以將其全殲，這些人如果逃回海上，又會成為持續不斷的禍害，那我們犧牲了一個州府的百姓而換來的作戰機會，不是白白浪費了嗎？」

李滄行自信地說：「我們這六千人是作戰的主力，但不是作戰的全部力量，這一戰，我們還必須有協力廠商的外力助戰，才能全殲這股倭寇。」

戚繼光疑道：「外力？你是指福建本地的官軍嗎？」

李滄行一擺手：「不可，福建本地的官軍中，有不少是跟倭寇暗通款曲的，正因如此，才要調我們外軍入閩剿倭，俞大猷將軍的水師可以一用，但其他部隊，根本不能指望。」

「那你說的外力是什麼？」

李滄行微微一笑：「我說的外力，是江湖的力量，我要想辦法聚集起各派的俠士來這福建，倭寇軍隊正面戰敗之後，勢必會化成多股小隊分散逃跑，到時候這些江湖人士正好可以發揮最大的力量，分散追殺逃倭。」

「你說的這些俠士，是上次幫忙守台州城的那些江湖草莽嗎？天狼，雖然我知道你是為了報國，但這畢竟會給人抓一個勾結江湖匪類的把柄呀，我聽說最近浙江的嚴黨已經有人在搜集這方面的證據了，你可不要因小失大啊。」戚繼光不放心地道。

李滄行道：「這次我不會用他們了，上次台州之戰，是不得已才用巫山派屬下分寨的人馬，而且戰後我也速速讓他們離去，就是不想給嚴黨留下什麼證據。可這次不一樣，屈寨主現在有自己的事，已經帶人離開了東南沿海，我們這次要借助的，是另外一股力量。」

戚繼光劍眉一挑：「你是說莆田那裡的南少林？」

李滄行笑道：「不止是南少林，我需要的是整個伏魔盟的力量，這四大派加起來可以一次出動數千弟子，而且是多年和魔教廝殺，訓練有素的精銳弟子，精於小隊作戰和輕功追殺，用來對付潰散的倭寇，最是合適不過。」

戚繼光質疑道：「可是伏魔盟又怎麼會聽你的號令呢？」

李滄行道：「所以這次需要戚將軍的幫助了，你修書一封，給那張居正張大人，請他說動清流派大臣的首領徐階徐閣老，指派伏魔盟各派出動大批弟子，馳援南少林。」

戚繼光卻遲疑道：「天狼，江湖的事情沒有你想像中的容易，以前徐閣老也幾次請求伏魔盟出兵打擊東南的倭寇，可是他們都藉口跟魔教作戰吃緊，而不願意出手相助，這次我想也不會例外的。」

李滄行點點頭：「此事我略知一二，最早的時候，汪直徐海集團打沿浙江福建沿海時，各派的俠士也曾自發地組織起來，在南少林的僧兵帶領之下，與倭寇進行過交戰，但當時嚴黨當道，對戰死的俠士和僧兵都不加撫恤，反而說他們是聚眾作亂，要追究他們的責任，所以很快就沒有人再做這種事了，就連南少林的大師們，也都只是保寺安境而已。」

戚繼光忿忿地說：「都是嚴世蕃這個奸賊，陷害忠良。」

李滄行道：「所以解鈴還需繫鈴人。朝廷只要拿出豐厚的賞賜和回報，現在魔教在浙江剛剛大敗，元氣受損，退保西南老巢，伏魔盟是能拿得出足夠的兵力來此助戰的，南少林的僧兵就不下兩千，加上三四千武林俠士，足夠追殺逃散的倭寇了。」

戚繼光搖搖頭：「只是我們都不是朝廷管財務的官員，這些豐厚的賞賜與回報，我們是拿不出來的。還有一點，徐閣老如果下這樣的命令，只怕很快就會被嚴世蕃知道，從中作梗。」

李滄行微微一笑：「這點我其實已經想好了，不能到處分發這種消息，只能**通過一個武林中有分量的人，以倭寇想要搶奪南少林中的武林絕學，讓異邦東洋倭賊人人學習的名義，號召各派前去援手，等到數千俠士齊聚南少林時，再引大家去攻擊倭寇，當可獲大勝！**」

戚繼光哈哈一笑：「這個辦法真的是太好了，天狼，如此妙計，你怎麼能想得出呢。」

戚繼光的笑聲突然停了下來，「只是，只是這個武林中有分量的人，你已經找好了嗎？」

李滄行點了點頭：「我已經有了人選了，他一定會幫我出頭聯絡的。」

戚繼光心中再無疑慮：「那你打算什麼時候走，要走多久？」

李滄行略一沉吟：「總得給那毛海峰兩個多月的時間收拾部眾，事不宜遲，我要馬上動身，這些天我不在的日子裡，我會讓柳生雄霸扮成我的模樣，在這寧德縣城率手下駐紮，而戚將軍你，也派一親信戴上你的面具，回義烏假裝募兵，而你本人則悄悄地停留在台州，一旦倭寇入侵，你就火速率軍南下，與寧德縣城這裡我的部下會合，共擊倭寇。」

戚繼光認真地點了點頭：「那麼既然你這樣說了，你計畫中讓倭寇攻擊的府城，應該就是我福建中部的興化府了吧。」

李滄行點了點頭：「不錯，莆田的南少林寺正在興化，這裡也算是福建的一處大府了，南邊的泉州港是海商重鎮，守衛嚴密，倭寇難以攻陷，而中部的興化，防守一向薄弱，你的部隊遠在閩北山區，倭寇的大隊人馬進攻，官軍是無法抵擋的，只是興化城的上萬百姓，就得遭受一回兵火之災了。」

戚繼光咬了咬牙：「非常時期，得用非常手段，這也是不得已的事，如果只是顧念這興化府一地的百姓，沿海各地的百姓都會永無安寧之日。只是這樣一來，坐視府城失陷，胡總督是不是要擔一個責任？」

李滄行嘆了口氣：「胡總督其實早有退隱之意，奈何倭亂未平，只能咬牙苦撐，平定倭寇之後，嚴世蕃必不能容他，一定會找各種藉口彈劾，皇帝也一定會拿他當出氣筒，與其到時候論罪下獄，不如在消滅倭寇之後借機自汙，激流勇退，還可以保全身家。」

戚繼光眼中淚光閃閃：「這也算是我能為胡總督做的最後一件事了。天狼，我馬上就去寫信，你的腳程快，要不要你先進京把這信送給張大人，然後由他轉交給徐閣老？」

李滄行微微一笑：「不，我還有點事，不經過京城了，這次的信使，讓錢廣來錢胖子來擔任，他對這一路可是非常熟悉，你以前給張居正送禮，不也是託錢胖子送的嘛。」

戚繼光哈哈一笑：「我早就知道送禮的事是這死胖子告訴你的。」

李滄行抬頭看了看天色：「好了，時間也不早了，我這裡的部下會交給柳生雄霸和裴文淵管理，錢胖子負責傳信，倭寇們攻破興化之後，讓俞大猷的水軍截斷其後路，逼他們往仙遊方向逃跑，而我們跟倭寇的戰場，也就預設在仙遊。」

戚繼光的眼中神光一閃：「那咱們仙遊再見。」

三天後，台州城中。

幾個月前大勝倭寇的喜慶還沒有完全過去，家家戶戶的張燈結綵也沒有取下，路上的行人無論男女都喜笑顏開，而酒館食坊中更是賓客盈門，人們都在開懷暢飲，大快朵頤。

台州城中的「金家酒樓」，是這裡的百年老字號，此處的大金魚頭更是馳名百里的名菜，幾乎每張桌上都擺著一個青花瓷大碗，裡面放著一隻大魚頭，濃濃的湯汁混合著海味的香氣，溢得整個酒樓裡到處都是，讓人聞之食指大動，而酒客們都一邊吃著美食，一邊興高采烈地議論著最近的時局。

「嗨，與張兄一別也有十三年了吧，想不到你我這有生之年，還有再次吃到這大金魚頭的機會。」

「李賢弟辛苦了，為兄慚愧得緊，這些年此處倭亂不斷，愚兄也不敢待在這台州城，只得變賣了家業，遷居內地，還幾次來書信勸賢弟離開這是非之地，想不到還是你李賢弟有眼光，守得雲開見月明啊。」

「張兄莫要笑話小弟，小弟主要是無處可去，也沒什麼祖業可以變賣，只能留在這台州城中等死罷了，多虧了戚將軍和那位郎將軍大敗倭寇，我們台州百姓才有出頭之日啊。」

「喲，這不是以前臨海巷的張富貴嘛，怎麼，你回台州了？」

「哎呀，王三麻子，你還活著呀，咦，你不是去了杭州嗎？小二，來，加一張凳子，多擺一副碗筷，今天我作東。」

「這怎麼好意思呢，還是我王三麻子作東吧。」

「你們兩個都不要說了，我李二牛是這台州本地人，作東應該是我作才是，哎，三麻子，你怎麼哭了？」

「我，我，我想不到這有生之年，還能再吃到這台州的阿金魚頭啊。」

「嗨，三麻子，不要哭，這浙江的倭寇全給平定了，以後咱們就遷回這台州城，什麼時候吃都可以！」

就在「金家酒樓」一處靠窗不起眼的座位上，李滄行戴著斗笠，帽檐壓得極低，面前放著一碗本地特色的海鮮麵，手裡正拿著一隻蟶子往嘴裡送，而耳朵裡卻傳著這酒樓上食客們的話語聲。

「李賢弟啊，前一陣戚家軍大破倭寇，聽說那個倭首上泉信之率領的幾萬倭寇，全給咱大明的官軍給消滅了，浙江一帶，已經沒了倭寇，全跑到福建一帶啦，戚將軍可是馬不停蹄，稍作休整後就率軍進了福建，你不是有親戚在福建嗎，有沒有聽到什麼消息？」

「嗨，我說富貴哥啊，戚將軍那可是天兵天將，還有那個什麼郎將軍，聽說手下的人都是可以飛簷走壁的江湖豪傑，只那麼一跳，這台州城幾丈高的城牆就給人跳了上來，刀那麼一揮，幾十個倭寇就給砍成兩截，眼睛那麼一瞪，幾百個倭寇就口吐白沫昏倒在地，其他的全都嚇得投降啦。」

「嘿嘿，李賢弟，你這吹牛的毛病過了幾十年，這都一大把年紀了還改不了啊，世上哪有這麼神的人？」

「我可沒吹牛，那天那個郎將軍一身黃衣，在花街大戰倭寇的時候，我可是看得清清楚楚呢，倭寇當時想從屋頂上包抄過來，給他一個人打得幾百個倭寇都屁滾尿流地掉下屋子啦。」

「嘿嘿，吹牛，二牛，兩邊在花街打仗，你還敢待在家裡？」

「那可是倭寇啊，見人就殺的主兒，我哪敢待在家裡，我們街裡的父老鄉親全都跑到邊上的小樹林裡，我後來惦記著自己家的房子，就偷偷地回來，躲進一條小溝裡看到的，這回我可真沒吹牛啊。」

「富貴，你還真別說，我從新河過來，也聽說那個郎將軍厲害得緊呢，在城頭可是一夫當關，萬夫莫開啊，戚將軍這回能大敗倭寇，可都是靠了他的幫忙。」

「哼，你們懂什麼，這個什麼郎將軍打仗確實不錯，可他手下那些江湖人士都改不了強盜本色，這回在福建那裡惹了事啦！」隔壁桌子上一個行商打扮的中年胖子憤憤不平地說道。

李二牛的臉色一變：「聽你的口音，倒像是福建那裡過來的，郎將軍可是救了我們台州父老的大英雄，可不許你這樣隨便汙蔑。」

那中年胖子喝了一碗酒，臉色漲得通紅，舌頭也有些大了：「你們，你們知道個球，我前天，前天才從寧德縣經過，本來，本來官軍已經打下了那，那個橫嶼島，倭寇，倭寇頭子毛海峰也逃了，可是，可是那個什麼，什麼郎將軍，卻讓，卻讓手下在橫嶼，橫嶼島上放手大搶，只把，只把救出來的百姓交給戚將軍，錢財，錢財全歸了他，還說什麼，說什麼打仗他們衝在前面，理當得賞。」

「嗨，人家作戰衝鋒在前，花的力氣最大，多得點也是應該，只不過，只不過這錢財全歸了他們，確實有點不妥啊。」

「可，可不是嘛，那橫嶼，橫嶼之戰可是戚將軍的軍士們，一人背著一捆茅草在前，生生地在那十里淺灘通道上鋪了，鋪了一條路出來呢，還讓那郎將軍手下的高手們踩著他們的肩膀踏過去的，後來，後來在島上跟倭寇血戰的，也是，也是戚家軍的將士們，打完之後，幾千將士都累得虛脫倒在海灘上了，最後什麼也沒得到，你們說，你們說這樣像話嘛！」

「呸，我李二牛真是有眼無珠，竟然剛才還給這姓郎的說好話。」

王三麻子眼珠子一轉，重重地把酒碗往桌上一頓：「不對啊，二牛，這郎將軍手下的人在台州一戰，還有新河和海鹽那裡沒這樣搶過東西啊，怎麼到了這福建，就開始跟戚家軍搶戰利品了呢，我才不信呢。你這傢伙，是不是倭寇派來的奸細，故意過來動搖我們台州城的軍心民心的?!」

「放你娘的屁，我吳子林來往浙江福建兩地做生意有幾十年了，什麼時候成了倭寇的奸細了，問問這酒樓裡的人，有幾個不認識我的？」

這時遠處一桌上的兩個挑夫打扮的人也都站了起來，其中一個一身黑衣，短打扮的麻子說道：「大家不要吵了，吳老闆說得沒錯，我劉長水大家應該都認識，就是這台州城中的人，這回我跟城裡張家茶葉鋪的少東家一起從福建過來，跟吳老闆也是結伴而行，他說的我可以做證，都是事實。」

王三麻子的臉也脹得通紅，不服氣地嚷道：「那你怎麼解釋為什麼這個郎將軍在浙江從不搶戰利品，到了福建卻要開搶呢？」

中年胖子吳子林冷笑道：「你懂個屁，這浙江台州可是戚將軍所管轄的地方，要服從軍紀，而且守這個台州城，打敗了打退了倭寇，也沒啥戰利品，只不過幾千倭寇俘虜罷了，可那橫嶼島卻是毛海峰這個倭首經營了多年的老巢，多的是金銀財寶，而戚將軍作為浙江參將，進了福建就是客軍，管不了這郎將軍。我看他早就打定了主意，就是要到福建大搶一筆的。這些江湖人士向來無利不起早，沒好處誰願意為你賣命?!」

張富貴嘆道：「吳老闆言之有理啊，但願這姓郎的搶足了就能收手，別回浙江再來禍害咱們了。」

劉長水說道：「我們回來的時候，戚將軍的部隊也已經往這台州城趕了，聽說軍中的將士們都對姓郎的縱容部下搶戰利品的行為很不滿，戚將軍也不願意與這樣的人共事，所以乾脆帶著大軍回浙江了。」

李二牛臉色大變：「竟然有這種事？長水啊，這可不敢瞎說呀。」

劉長水又喝了一口酒，滿嘴都是酒氣，恨恨地說道：「我哪會瞎說，跟著戚家軍的士兵們走了一路，聽幾個當兵的說，這次打橫嶼島，將士們傷亡近千，最後卻幾乎一無所獲，戚將軍跟那姓郎的爭，他卻仗著背後有人撐腰，寸土不讓，還說什麼要給弟兄們賺點錢花花，不然就指揮不動部下，結果戚將軍一怒之下就率軍回師了，說是要回義烏重新招兵，聽說戚將軍分兵了兩路，一路已經由他帶著先向著義烏去了，另一路也就是我們路上跟過的，大概明天上午就回到台州駐防。」

張富貴追問道：「那福建的倭寇呢，不剿了嗎？」

吳子林搖了搖頭：「你們懂什麼，這叫**養寇自重**，不讓倭寇肥了，那他姓郎的搶個球啊。我聽說橫嶼之戰就是姓郎的故意放跑了倭寇頭子毛海峰，想等他過幾年肥了以後再去搶他的錢呢。」

王三麻子恨恨地說道：「真他奶奶的，怪不得倭寇總剿不乾淨，枉我以為這姓郎的還是個響噹噹的漢子，沒想到卻是這種人，不說了，喝酒吃菜。」

李滄行冷冷地聽著這些酒客們的議論，一言不發，**一切都在他的意料之中，**想必這會兒工夫，毛海峰也應該知道這些事情了吧，**而他之所以這時候在酒樓現身，正是為了等一個人。**

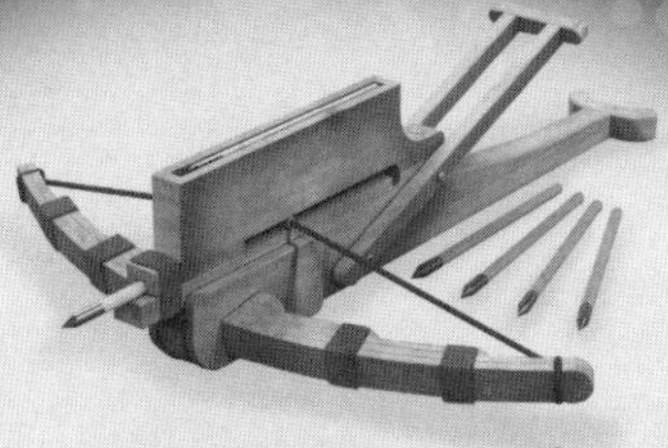

第六章

深度合作

李滄行道：「我跟屈姑娘只是肝膽相照的朋友，
我虧欠她太多，無論如何也不會讓人取她的性命，
陸炳，這回如果你肯幫我，打消她奪回巫山派的妄想，
我答應你，以前的事情可以一筆勾銷，
也可以考慮跟你以後深度合作。」

樓梯那裡一陣響動，一個同樣戴著斗笠的人信步而入，一雙閃電般的眸子裡，精光四射，可這酒樓上大家都在喝酒吃菜，也沒人注意到這個斗笠客的亂入。

斗笠客徑直走向李滄行，在他的對面大咧咧地坐了下來，穿著一身青衣的酒保興沖沖地跑了過來，一邊解下了肩頭的抹布，在斗笠客面前的桌子上勤快地抹著，一邊問道：「客官，想要來點什麼？」

斗笠客看也不看酒保一眼，手往桌上一拍，一塊碎銀子被他放到桌上，筷筒裡的筷子被震得微微跳起，金鐵相交般的聲音響起：「跟對面這位一樣，再來一罈女兒紅。」

酒保歡天喜地地拿起了這塊碎銀子，轉身就走，高聲唱道：「一碗海鮮麵，一罈女兒紅咧！」

李滄行略微抬起頭，與對面這位斗笠客閃電般的雙眼正對上，卻聽到耳邊響起了那金鐵相交般的聲音，彷彿是有人在自己的心裡說話：「今天你怎麼不吃肉包子，改吃海鮮麵了？」

李滄行微微一笑，也用起傳音入密的功夫：「再怎麼說，也應該在自己親手保護下來的城市裡吃點有特色的東西吧，你說是不是呢，陸總指揮？」

陸炳冷笑道：「可是這城裡的人沒念著你的好啊，天狼，你究竟在搞什麼鬼，這樣自汙名聲，又讓戚繼光回軍，是有什麼新的計畫嗎？」

李滄行挑起幾根麵條，塞進了自己的嘴裡，可是胸膜的震動卻沒有停歇：「這是軍機，恕不能奉告，我找你是有其他的事情想要幫忙。」

陸炳搖了搖頭：「**你怎麼能肯定我就在這台州城中？**還有，我們錦衣衛在台州城的秘密聯絡地點，你又是怎麼知道的？」

李滄行冷冷地回道：「陸總指揮，我要是連你的動向都掌握不了的話，以後也不用混了，值此大戰之際，你不坐鎮台州，又會去哪裡？寧德縣城已經給我們全城疏散了，而你在那裡的聯絡點也被強制搬遷，所以你陸總指揮也只能屈尊降貴，在這裡掌控全域了。」

這時，酒保端著一個盤子上來，把麵和一罈上好的女兒紅都放在了桌上，陸炳給自己倒了一碗酒，嘆了口氣：「你就這麼肯定我一定會來見你？」

李滄行也給自己倒了一碗酒：「這金家酒樓就是你的秘密聯絡點，我在這裡吃飯，就是想約你見面，你那寶貝女兒不是還等著見我嗎，我不相信你作為一個父親，不會來的。」

陸炳咬了咬牙，把面前的酒一飲而盡：「你這回來找我不太可能是為了鳳舞之事吧，有什麼話直說吧。」

「我需要你出手，幫我救一個人。」

陸炳的眉頭一皺：「你該不會又想去救屈彩鳳了吧。」

李滄行眼中寒芒一閃：「你先告訴我，楚天舒在巫山總舵，靠的是什麼力量來對付屈彩鳳？陸炳，不要告訴我你對此事一無所知，上次我們就說過，要互相以誠相見的。」

陸炳冷冷地說道：「你真的想知道？」

李滄行點點頭：「當然，你身為錦衣衛總指揮，不可能不知道此事，我主動找你來問，希望你能以實相告。」

陸炳微微一笑：「楚天舒在來福建之前，就已經暗中和華山派與峨嵋派約好了，由他們幫忙防守巫山派總舵。」

李滄行的心猛的一沉：「華山派？他們前年大敗，先是司馬鴻戰死，又被英雄門偷襲了華山總舵，四大弟子盡滅，現在已經退保恆山，自顧尚且不暇，又怎麼可能答應洞庭幫的請求，率領門下助守巫山呢？」

陸炳冷笑道：「洞庭幫當然是開出了足夠的好處，那就是允諾把剛攻下來的原衡山派總舵，魔教的嶺北分舵轉贈給華山派，華山現在獨守恆山，要面對整個英雄門的壓力，急需新開分舵，而在北方想做到這點不容易，洞庭幫一出手就是一個大分舵，這個誘惑，展慕白會拒絕嗎？」

李滄行嘆了口氣：「**楚天舒是想讓華山派擋在他和魔教之間，以後作為他的前驅來對付魔教，這一招實在是高啊。**」

陸炳笑道：「楚天舒一代梟雄，自然厲害，至於峨嵋派，他開出的條件則是事成之後，把巫山派總舵轉贈給峨嵋，林瑤仙自然也是樂享其成了，所以華山派和峨嵋派都是傾盡主力來援，再加上他們跟那屈彩鳳多年的宿怨，天狼，你不覺得這是一齣好戲嗎？」

李滄行咬了咬牙：「陸總指揮，**這回你能不能幫我一次，救出屈彩鳳？**」

陸炳不緊不慢地喝了一口酒：「**我為什麼要幫你？我不去親手消滅屈彩鳳已經不錯了，怎麼可能去幫她？**再說了，你不知道屈彩鳳已經加入了魔教嗎？**天狼，難道你跟屈彩鳳真的已經有什麼私情了？或者，她加入魔教也是你的一個計畫嗎？**」

李滄行微微一笑：「你應該很清楚，我跟屈姑娘只是最好的朋友，而非男女之情，她想要重建巫山派，最初是來找我，結果我讓她跟我一起先平定倭寇，她不肯當我的屬下，所以負氣而去，想來在冷天雄那裡，她也不過暫時棲身罷了，冷天雄需要她來牽制楚天舒，而她也需要冷天雄的資源來召集舊部，我不認為她真的是扔掉仇恨，為魔教效力。」

陸炳冷冷地說道：「這麼說來，你還是信得過她，那為什麼你自己不去救，而要假託我手？」

李滄行道：「楚天舒的計畫很毒，前幾天在橫嶼的時候，他故意把此事洩露給我，就是要看我的反應，如果我率大隊人馬去救援屈姑娘，那無異於承認我跟屈姑娘是盟友關係，那樣不僅以後跟洞庭幫徹底翻臉，而且連冷天雄也會對屈姑娘下殺手，這是其一。

「他找了伏魔盟的人伏擊屈姑娘，我如果去救，那就會和伏魔盟起了衝突，以後再想解釋清楚就困難了，現在我剛剛開始建立自己的勢力，本身在福建建幫立派也會和南少林有矛盾，這種時候，我不想繼續造成誤會。這是其二。

「這第三嘛，現在我的大隊人馬在福建籌畫建幫之事，如果離開這裡，前一階段的苦心經營就可能付之東流，所以我不能動用自己的手下，只能依靠你陸總指揮的力量，我知道你人在台州，可是大隊殺手這會兒已經在鳳舞和慕容武的帶領下到了巫山，準備伺機而動，對吧。」

陸炳臉色微微一變，迅即恢復了一貫的鎮定與冷靜：「你又是怎麼知道我派了人去巫山？尤其是鳳舞，她現在正在臥床不起，哪能參與這些行動？」

李滄行劍眉一挑，回道：「好了，我的總指揮大人，**鳳舞是什麼人，還要跟我繼續打哈哈嗎？她是一個為情所困，臥床不起的弱女子嗎？**上次她人不在浙江，沒跟你一起來見我，我就知道她肯定是給你派往別處，另有要事，**現在除了巫山派那裡，還會有更重要的地方值得她出動嗎？**」

陸炳默然半晌，長嘆一聲：「真的是什麼事也瞞不過你，也罷，鳳舞這回是得了我的命令，準備趁機下手，消滅屈彩鳳，天狼，我的主意早就打定，你別指望我會收回。」

李滄行似乎並不意外，輕輕地「哦」了一聲：「消滅屈彩鳳對你有什麼好處？只是為了你的寶貝女兒除掉一個情敵？你們不會真的以為殺了屈彩鳳，我就會轉而娶鳳舞為妻吧。再說了，有華山和峨嵋兩派的精英，按常理說屈彩鳳是跑不掉的，你們又何必多此一舉？」

陸炳冷笑道：「天狼，之所以要消滅屈彩鳳，其實跟你關係不大，主要是皇上的意思，她聚眾對抗朝廷，三年前僥倖逃生，如果就此罷手，終老塞外，我也犯不著去追殺她，可是她這回卻回來召集舊部，想要重建巫山派，繼續犯上作亂，那說不得，我只有趁她羽翼未豐的時候，將她除掉了。」

李滄行在來之前，其實已經做好這樣的心理準備，陸炳極有可能對屈彩鳳下手，這時候發怒無用，求情亦無用，**只有軟硬兼施，讓陸炳意識到這種做法對自己只是有害無利，才有可能逆轉形勢**。

李滄行冷冷地說道：「陸總指揮，你就這麼肯定，屈彩鳳重建巫山派，是為了對抗朝廷？」

陸炳自顧自地喝了一碗酒，咂巴了一下嘴：「天狼，大家都不是小孩子，你上次就說過，你來東南是想開宗立派，向魔教和嚴世蕃復仇，而屈彩鳳還不像你，有個桂王的身分，她可沒有奪取天下的可能，所以她唯一的目的，就是向滅了她巫山派的嚴世蕃和洞庭幫復仇，對不對？」

李滄行微微一笑：「她怎麼想我又怎麼可能知道呢，不然她為什麼不來找我，而是投向了魔教冷天雄呢？」

陸炳搖了搖頭：「只怕你們二人早有約定了吧，我雖然沒有抓到你和屈彩鳳在一起的證據，但直覺告訴我，她不可能跟你就這麼分道揚鑣的，加入魔教，也許只是你天狼給她出的一個主意，讓她在洞庭幫和魔教之間挑起紛爭，趁機坐大，或者給你在這東南一帶發展壯大自己的勢力爭取時間，對不對？」

李滄行道：「陸總指揮，等你有了真憑實據的時候再來跟我說這個問題吧，不過我確實不想看著屈姑娘就這麼給消滅，上次你跟我說，**我們是不是能合作，靠的是彼此的立場和利益**，所以我想這一回，我們同樣可以在共同的利益下走到一起。」

陸炳冷笑道：「消滅屈彩鳳才是我的利益所在，救她我有何好處呢？」

李滄行放下了手中的酒碗，直直地盯著陸炳的眼睛：「陸總指揮，你上次不是想要收編我，希望我作為一個獨立於你錦衣衛之外，卻又可以跟嚴世蕃過不去的力量嗎？」

陸炳不為所動地道：「你也知道我上次是想套你話，引誘你說出太祖錦囊的下落，嚴世蕃現在是皇上的寵臣，我可不能現在跟他正面對抗。」

李滄行搖搖頭：「天威難測，你的那個好皇帝這些年也受夠了嚴世蕃，清流派不是沒有不能治理國家的人才，這回在浙江平倭，也是靠戚繼光和我，而不是嚴世蕃舉薦的那些只會搜刮民脂民膏的傢伙，假以時日，皇帝自然會發現，我們在浙江福建能給他弄來的錢，比起嚴黨只多不少。」

陸炳點點頭：「我相信你有這樣的本事，海外貿易一開，自然是財源滾滾，只是這些錢裡，你恐怕也會截流相當一部分，以作自己發展之用吧。」

李滄行笑了笑：「我留下的那些分子，比起嚴黨在全國各地那種挖地三尺的貪汙要少得多了，絕對會讓皇帝滿意的，清流派的張居正、譚綸等人也不是傻瓜，若是一奪回東南沿海後就大撈特撈，那就跟嚴黨的那些蛀蟲沒什麼區別，只會讓皇帝失望，以後想要翻身上位，只怕也不可能了。」

陸炳笑道：「可是這跟屈彩鳳有什麼關係？我上次也說過，你怎麼跟嚴世蕃，跟魔教鬥，是你的事，我不會干涉，因為起碼現在我不想跟你為敵，但我若是連屈彩鳳也不去剷除，那對皇上也無法交代了。」

李滄行搖了搖頭：「你以前一直擔心那個太祖錦囊的下落，屈彩鳳這回之所以動了你的殺機，只怕是因為屈彩鳳準備攻擊巫山派總舵，你覺得她是想取出太祖錦囊，然後想辦法和黑袍聯手造反，對吧。」

陸炳的雙眼中突然神光暴閃：「天狼，你既然已經知道了，又何必多問，你這麼聰明的人，難道沒想過這點？看來你真是和屈彩鳳早就有所圖謀了，你在這裡平倭，吸引我的注意力，卻讓她悄悄地帶人取出太祖錦囊，然後由你和黑袍合作起兵，對不對？」

李滄行平靜地說道：「太祖錦囊我要是想取，早就取了，何必這樣大費周章呢，屈彩鳳如果想要拿太祖錦囊，也不會帶著幾千人去攻擊巫山派總舵，陸大人，你這麼聰明，難道還不明白這個道理嗎？」

陸炳冷笑道：「也許這太祖錦囊就是給埋在了一處隱密之處，有重重護衛，還有各種機關，一個人無法偷出，所以屈彩鳳才要強行奪取這巫山派總舵，然後取出太祖錦囊，再與你會合。」

李滄行笑道：「陸大人，你覺得如果取這太祖錦囊都這麼麻煩的話，我們當年撤離巫山派總舵的時候，為什麼不把這東西取出突圍，而是留在原處呢？」

陸炳一時給問得沉吟不語，陷入了沉思之中。

李滄行正色道：「陸總指揮，實話告訴你，太祖錦囊並不在巫山派總舵，如果在的話，這麼多年來，那楚天舒也已經在巫山派挖地三尺，早就找出來了，你一直在監視巫山派總舵，對這點應該很清楚吧。」

陸炳點點頭：「奇怪，這楚天舒又為什麼要做這種事？這也是我一直百思不得其解的地方，天狼，你是不是知道些什麼？」

李滄行笑道：「我當然知道一些事情，只不過此事現在不能向你透露，洞庭幫的來歷非同一般，絕非普通的江湖門派，你眼裡只盯著屈彩鳳，卻忽略了他們，對你並不是什麼好事。」

陸炳惱火地道：「這點不用你來教我，我自然知道洞庭幫野心勃勃，不然也不會這次企圖插手東南，但洞庭幫畢竟跟朝廷沒有深仇大恨，也不像你這樣有個王室血統，有起兵造反的可能，至少目前為止，我還不想跟他們起了衝突。」

李滄行輕輕地「哦」了一聲：「陸總指揮，**你覺得楚天舒在西邊把巫山派總舵讓給了峨嵋，南邊把湖南的衡山派讓給了華山，北邊的武當和中原少林的地方他也不會去染指，接下來他會去動哪裡呢？**」

陸炳的眼中光芒閃閃，臉色陰晴不定，顯然李滄行說到了他擔心的事。

李滄行微微一笑：「江湖上除了我和裴文淵外，知道當年三清教內情的人並不多，而你的那個青山綠水計畫，折騰了這麼多年，其實算起來也就收穫了三清教這一處基地，打著一個三清教的旗號，行監控南方武林之實，那個當年的火練子，哦，不對，他的代號應該是蝮蛇，也已經成了你的好部下了吧。」

陸炳冷冷地說道：「蝮蛇一直對我忠心耿耿，不像你，最後背叛了我。」

李滄行搖了搖頭：「可這麼忠心的部下，如果面臨洞庭幫接下來幾乎是必然的攻擊，陸大人又會作何感想呢？」

陸炳咬了咬牙：「洞庭幫的死仇是魔教，攻我的三清觀做什麼？」

李滄行笑道：「如果我是楚天舒，早就會攻擊三清觀了，明裡這三清觀只是一個中等規模的門派，沒有多少人知道這是你錦衣衛的秘密基地，現在江湖上是大爭之世，無論正邪各派，都在想方設法地擴展自己的勢力，洞庭幫前幾年一直苦於應付魔教，無力對三清觀下手，這兩年才靠著各種計謀與設計大破魔教的湖南與廣東分舵，又把南邊的衡山派轉贈給了華山，讓他們來抵擋魔教可能的反擊，這不明顯是要收縮實力，經略他處了嗎？」

陸炳冷笑道：「這些年想打三清觀主意的也不少，武當和少林都曾經試探性地攻擊過，都是鎩羽而歸，洞庭幫就敢蹚這渾水？」

李滄行點了點頭：「陸總指揮，楚天舒是個什麼樣的人不需要我多說，他這回在東南沿海一無所獲，但實力卻沒受到什麼損失，接下來積蓄力量，要攻擊哪裡，這不是不言自明之事嗎，你錦衣衛想必也難以在三清觀這種地方現在就和洞庭幫決戰吧，死傷慘重不說，也會暴露你們在江湖上最後的一個據點，即使守下來了，以後也得不償失啊。」

陸炳劍眉一挑：「所以我就應該幫屈彩鳳攻下巫山派，這樣就能保住我的三清觀了，對不對？」

李滄行笑了笑：「陸總指揮，其實洞庭幫這回作如此佈置，屈彩鳳是攻不下巫山派總舵的，但是不能讓屈彩鳳損失太慘，更不能讓屈彩鳳就此被殺，現在魔教打不到楚天舒，如果沒有屈彩鳳的存在，楚天舒就可以盡起手下精英，全力攻擊三清觀，到時候你可就麻煩了。」

陸炳冷笑道：「**難道屈彩鳳不死，楚天舒就不打我三清觀了？**」

李滄行點了點頭：「屈姑娘只要活著，就會在南七省的綠林山寨裡到處遊走，她現在沒有以前的那個總舵作為負擔，可以想走就走，想打就打，楚天舒永遠得防著她再度偷襲自己的各處分舵，甚至是洞庭幫總舵，自然也不可能全力對三清觀發動攻擊了，陸大人到時候只要稍微加強一下三清觀的防備，就能擋住楚天舒的攻擊，就像你前幾次防住武當和少林的攻擊一樣。」

陸炳捋了捋自己的鬍子，還是搖搖頭：「只是屈彩鳳是皇上點了名要抓的逆賊，而且嚴世蕃把此事上報給皇上，皇上才特地命我這回出手，務必要消滅屈彩鳳，不留後患，我若是這回再放過屈彩鳳，只怕不好交差啊。」

李滄行笑道：「幾千人的兵荒馬亂，哪可能這麼容易抓住一兩個人，何況你們錦衣衛的人到時候突然殺出，原來埋伏著的華山派與峨嵋派的眾人也不知道是敵是友，到時候一通亂戰，放跑了屈彩鳳，不也是順理成章的事嗎？」

陸炳沒有答話，陷入了長考之中，久久，才緩緩地回道：「天狼，我想知道，**這事你為何不出手，屈彩鳳那裡，你只要打個招呼，她就會放棄攻擊，這不比你費這麼多事來找我，更容易嗎？**」

李滄行搖了搖頭：「洞庭幫故意把這個消息放給我聽，就是想試探我和屈姑娘之間的關係，如果屈姑娘不打巫山派總舵，那洞庭幫就會說我黑龍會和屈姑娘勾結，這樣無論正邪各派，加上洞庭幫，都會首先攻擊我，我這一番開宗立派的心血，也就付之東流了，這是其一。

「第二點，屈姑娘現在只怕對我已經生出了不少誤會，上次在大漠，她曾經找過我，想讓我幫她聯手找出太祖錦囊，起兵復仇，但我現在並沒有這方面的打算，只想江湖事江湖畢，所以沒有答應她此事，她也因此對我心懷怨恨，寧可去尋求冷天雄的幫助，我若是勸她停手，只怕她會更加誤會我，只有讓她吃點苦頭，知道現在在中原沒有她立足的地方，她才會死了這條心，回到塞外，這樣至少性命可以保住，也算完成了我的心願啦。」

陸炳意味深長地一笑：「這麼說，你心裡還是有屈彩鳳的嘛，看來為了剷除這個情敵，免得你以後娶了鳳舞後還會胡思亂想，我也得殺了屈彩鳳。」

李滄行冷冷地回道：「你上次試圖這樣做了，結果就是我叛出錦衣衛，這回你若是再這樣做，那就別怪我們以後成為不死不休之仇了，就像我對魔教那樣。」

陸炳的臉色一變，眼中殺機一現，手也不自覺地摸向了腰間的劍柄：「怎麼，你跟她已經真的是情侶關係了？就像你跟沐蘭湘那樣嗎？」

李滄行神色不變地回道：「我最後說一次，我跟屈姑娘只是肝膽相照的朋友，我虧欠她太多，無論如何，也不會讓人取她的性命，陸炳，這回如果你肯幫我一次，打消她奪回巫山派的妄想，我答應你，以前的事情可以一筆勾銷，也可以考慮跟你以後深度合作。」

陸炳的眼中閃過一絲興奮：「怎麼個深度合作？」

李滄行笑道：「首先是幫你對付嚴世蕃，然後還可以幫你監控洞庭幫，還有就是那個黑袍，我也會儘量拖延他起兵謀反之事，免得你這個錦衣衛總指揮難做。最後嘛，我平定了東南之後，會保證這裡朝廷的稅賦源源不斷，這也應該是你當年經營東南後得到的回報，皇帝再也不會怪你當年用我招安倭寇的計畫有誤了。」

陸炳的手從劍柄上放到了桌面，他沉聲道：「那鳳舞怎麼辦？你跟我所有的合作，都必須要有個前提，就是**跟鳳舞的婚約一定要作數，離了這個，一切免談。**」

李滄行雙目炯炯：「沒有感情的婚姻，又怎麼可能幸福，我就算娶了鳳舞，你以為她就能幸福了？只怕鳳舞自己也不願意接受這樣的結果吧。」

陸炳冷笑道：「天狼，你很清楚你跟鳳舞的結合意味著什麼，**只有你成了我**

陸家的女婿，我才不會擔心你再次背叛，當然，成了一家人以後，我也不會用以前那種方法來對付你，就算你真的謀反稱帝，我這個做丈人的，也一定會助你一臂之力的。」

李滄行點了點頭：「所以你這麼堅決地要除掉屈彩鳳，就是為了斷絕我跟其他女人在一起的可能？」

陸炳哈哈一笑：「不錯，就是如此，我知道你心裡一直都只有沐蘭湘，未必真的會和那屈彩鳳如何，但沐蘭湘畢竟已成人婦，你就是癡心不變，也不會有什麼改變了，但那屈彩鳳不一樣，跟你可是乾柴烈火，又經歷過這麼多生死，沒準哪天一時情不自禁，就真的成了夫妻，我女兒可以接受沐蘭湘以後回你這裡，卻絕不會允許屈彩鳳跟你成為夫妻，明白了嗎？」

李滄行放出話來：「你們若是殺了屈姑娘，那就別怪我把你們當成頭號死敵了，陸炳，你應該很清楚這點，若你真的動屈姑娘，我必殺你父女以報此仇。」

陸炳嘴角抽了抽，想要發作，最後還是忍住了，打了個哈哈：「行，那我退一步，不殺屈彩鳳，但你跟她要斷絕關係，以後不得來往，怎麼樣？」

李滄行平靜地說道：「我不會娶屈姑娘，也不會跟她成為愛人，但我不能保證不跟她來往，同為江湖勢力，以後也許還要合作，這點我不能答應你。」

陸炳咬了咬牙，說道：「那你可答應娶鳳舞為妻？」

李滄行微微一笑：「這種情況下，我跟你父女二人連起碼的信任也沒有了，強行在一起，也是徒增傷感而已，你希望你女兒得到的只是一個沒有愛的軀殼嗎？陸總指揮？」

陸炳的手在微微發抖：「那你說如何？」

李滄行不假思索地回道：「我跟鳳舞可以試著重新開始，以後可以跟她出雙入對，如果我覺得感情到了，就會娶她為妻，絕不食言。」

陸炳咬了咬牙：「你這是在耍賴，你可以說跟鳳舞沒有感情，這樣永遠都不會娶她。」

李滄行承諾道：「陸炳，我不是你，不會拿感情當兒戲，鳳舞畢竟幾次救過我，這分情我一直記著，當年在巫山派，也是她放走了我們，告訴我徐海之事，**只要她以後不再欺騙我，向我坦白一切，也許我會原諒她，娶她**。總指揮大人，我就等你一句話了，如何？」

陸炳一動不動地看著李滄行的雙眼，而李滄行則神情平靜，雙眼清澈如水，剛才那些話確實是他的真心話，並非作偽，久久，才嘆了口氣道：「好吧，天狼，我信得過你的人品，成交！」

李滄行心中長出一口氣，無論如何，跟陸炳暫時合作，也是在這種情況下能爭取到的最好結果了，而且在他心裡，這些年也時不時地想到鳳舞，不知為何，在鳳舞身上總能多多少少地能感受到小師妹的影子，即使知道她是有意模仿，他一定要揭開她面具之後的真相。

雙方既然談定了，李滄行便道：「鳳舞現在在巫山派附近監視嗎？有多少人？」

陸炳道：「鳳舞帶了一百四十名龍組殺手，六百名虎組和鷹組殺手，已經在巫山派附近的一個秘密基地裡潛伏一個多月了，就是想等屈彩鳳上勾，奇怪的是，屈彩鳳卻一直沒有出現，如果再有十天她不來，我就準備撤回鳳舞了。」

李滄行心中暗自好笑，屈彩鳳是因為幫助自己防守台州城才耽誤了攻擊巫山派總舵的計畫，沒想到誤打誤撞地躲過一劫。

他臉上不動聲色地說：「既然連楚天舒都得到了這個情報，那應該是錯不了的，也許是屈姑娘聯絡舊部需要多用點時間，所以才會一拖再拖，陸總指揮，我希望你能跟鳳舞打個招呼，讓她放棄對屈彩鳳的攻擊，必要的時候出手相助，救出屈彩鳳和她的部下。」

陸炳點了點頭：「這個不難，我現在就可以辦，天狼，你這次不準備親自出手嗎？」

李滄行笑了笑：「我肯定是要趕往巫山的，如果沒有我，只怕屈彩鳳也未必會信鳳舞，畢竟你們錦衣衛以前沒少騙過她，而且我和屈彩鳳之間也不想留下什麼誤會，有些事還是當面說清楚的好。」

陸炳眼中閃過一絲難以察覺的神色：「你到底想要對屈彩鳳怎麼樣，繼續利用她牽制洞庭幫或者魔教？還是讓她放棄打算，回塞外去？」

李滄行老實道：「我也不知道，到時候見了面再說吧，屈彩鳳是個聰明人，不會被復仇沖昏了頭腦，如果實力不足的時候硬拼，那是自尋死路，她既然可以隱忍三年，也可以繼續等下去，我希望她能回關外，等有更好機會了再回來報仇，但是我只能建議，不能命令她做事。最後她要如何選擇，是她自己的事。」

陸炳冷冷地道：「你最好能勸勸這個女人，叫她不要妄想起兵造反，她不是這塊料，如果是你，經過周密的計畫之後還差不多，這也是我這次同意你要求的原因之一，既然我不能殺了她，那就由你來勸她吧。」

李滄行點點頭：「自當如此，好了，我也得抓緊時間馬上出發，你趕快通知鳳舞，我跟她就在那巫山派外的黃龍水洞見面，她應該知道那個地方。」

陸炳眉頭一皺：「東南沿海之事，你就徹底不管了嗎？毛海峰戰敗而逃，正是一鼓作氣將其平定的時候，要不要我來幫你忙？」

李滄行微微一笑：「此乃軍機，暫時就不勞陸總指揮費心了，解決完屈彩鳳的事，我自然會回頭處理東南之事的。」

陸炳笑道：「只是你這樣去了巫山，讓人認出來怎麼辦，你的斬龍刀和莫邪劍都太過顯眼，萬一真的和洞庭幫動手的話，一定會給認出來的。」

李滄行的眼中閃過一絲冷厲的神色：「放心，這兩樣我不會用的，不過陸總指揮提醒了我，也許我扮成你的樣子，會更好一點。」

陸炳怔怔地看著李滄行，彷彿看著一個天外來客，一句話也說不出來。

十五天後，巫山，大雪茫茫，夜色無邊。

自從三年半年，巫山派總舵被毀於一旦之後，這裡就成了洞庭幫新開的巫山分舵，原來的大寨已經被幾萬斤的炸藥夷為平地，一起被埋葬的，還有幾萬巫山派的男女老少，昔日威風氣派的總舵，這會兒已經成了一片無人問津的墳場。

洞庭幫新開設的巫山分舵，是在另一座神女峰的山頭，離這座鬼氣森寒的舊總舵，足足有十餘里地，可是舊總舵裡，卻有一兩千人，也不打火把，就在這雪地之中到處挖掘，如果此時有人路過此地，一定會以為是在鬧鬼呢。

屈彩鳳一身白衣勝雪，在一地的積雪當中猶如一朵盛開的白色雪蓮，而她那霜雪般的白髮，披在肩頭，走在這片昔日總舵的廢墟之中，她那雙美麗的鳳目中不覺噙滿了淚水。

在她身邊悄悄地挖掘著屍體的千餘部眾，也都個個飽含淚水，把一具具磚瓦掩著的屍骨挖出，收拾整理好後，運往原來寨中廣場處，那裡已經被挖了一個方圓二十多丈的大坑，堆了不少挖出的遺骨，此情此景，怎能不讓屈彩鳳等人心如刀絞呢！

就在這時，屈彩鳳耳邊突然傳來一絲若有若無，極為細密的聲音：「彩鳳，你還在嗎？我是滄行。」

屈彩鳳先是一驚，轉而喜色上臉：「滄行，真的是你嗎？你怎麼會來這裡？你現在人在哪兒？」

「我在以前摘星樓裡的那個密道，有重要的事和你商量，你先過來吧，記住，一個人，不要讓人看到。」

屈彩鳳點點頭，抹乾眼淚，對手下人道：「大家都往南邊去找，摘星樓一帶暫時不用找了。」

幾十個原來在摘星樓一帶搜索挖掘的部下們齊聲稱是，轉向了南邊，屈彩鳳則看似無意地在這片摘星樓的廢墟中到處行走，三兩下，幾個遠處的巫山派門徒只覺得眼前一花，就失去了帶頭大姐的身影，不過對於這種事情，他們也早已習以為常了，繼續低頭做起自己手中的事。

又黑又長的地下甬道裡，頭頂上不停地傳來地面被鏟子挖掘的聲音，以及沙沙的灰塵下落的聲音，在這片甬道裡不停地迴蕩著。

屈彩鳳目光如炬，即使在這一片漆黑的甬道中，也能看到十丈之外，上次巫山派大爆炸，這條甬道卻居然得以保存，也堪稱奇蹟了。

李滄行的聲音再次在屈彩鳳的耳邊迴響，這次比剛才在地面時清晰了許多：「彩鳳，你進入甬道了嗎？」

屈彩鳳邊走邊說道：「我已經下來了，你在何處？」

甬道裡亮起了一絲燈光，百餘步外，一個全身黑色夜行服，高大挺拔的身影正站立在燈火闌珊處，劍眉虎目，方面虎頷，身材健碩魁梧，可不正是李滄行？

屈彩鳳微微一笑，上次她雖然在台州城負氣出走，但內心深處一直希望著李滄行能重新回來追上自己，這回與他在這種場合下相遇，讓這位女中豪傑的心裡像吃了蜜糖一樣甜。

不知從什麼時候開始，只要李滄行在她身邊，她就會有無比的信心與勇氣，反之，則會是無盡的空虛與害怕，這種感覺，即使以前跟徐林宗如膠似漆的時候，也不曾有過，屈彩鳳很清楚，現在她對這個男人的感覺，已經不簡單是男女之愛，更多的是一種依賴了。

李滄行的手一抬，熄滅了甬道中的火把，他的身形再次隱入了黑暗之中，屈彩鳳有些愣住了：「滄行，這是做什麼？」

李滄行道：「彩鳳，你先過來，我這次來是有要事告訴你，另一邊黃龍水洞那裡有錦衣衛的人埋伏，我不能把這甬道給徹底點亮。」

屈彩鳳銀牙一咬：「哼，錦衣衛！他們還想趕盡殺絕嗎？老娘可不怕，大不了血戰一場罷了。滄行，你是來給我報信的嗎？」

李滄行的身影從陰暗中進入屈彩鳳的視野裡，兩人走到相距三丈左右的距離，李滄行看著屈彩鳳的臉，突然微微一笑：「彩鳳，看到你沒事，真好。」

屈彩鳳芳心一陣竊喜，不覺地低下了頭：「你什麼時候學會這樣油嘴滑舌了，真討厭。」但她突然意識到了什麼，抬起頭，「是不是這回計畫有變了？」

李滄行點點頭：「洞庭幫應該已經知道了你這回的行動，作了防備，幸虧你一直拖到現在還沒有動手，不然只怕會損失慘重。」

屈彩鳳睜大了那雙美麗的大眼睛：「怎麼會這樣？」

李滄行正色道：「你的部下人數眾多，可能有魔教和洞庭幫潛伏的探子，從你兩個月前準備攻擊這裡時，這個消息就給楚天舒知道了，他也將計就計地請來了峨嵋派和華山派的高手，假扮成洞庭幫眾，在新分舵裡潛伏，你若是攻過去，就會中他們的埋伏，到時候只怕會全軍覆沒。」

屈彩鳳倒吸一口冷氣：「好險，我這些天總覺得有些不對勁，因而沒有攻擊分舵，而是來這裡先收拾死難同門的屍骨，滄行，你這消息是從哪裡知道的？那洞庭幫又怎麼可能驅使峨嵋派和華山派為自己所用？」

李滄行把這件事的經過簡略擇要地向屈彩鳳作了說明，聽得這位白髮佳人花容一陣陣失色，最後才長嘆一聲：「想不到這楚天舒為了殺老娘，也算是機關算盡，居然肯把兩個大分舵拱手送人。」

李滄行道：「楚天舒可是一代梟雄，其志絕不在於殺一個你，在我看來，他是怕你回來重召舊部，以他上次消滅巫山派，跟你結下的這血海深仇，你是不可能放過他的，所以要想全力對付魔教，必須先把你消滅了，以免你在他和魔教決戰的時候趁機偷襲他的總舵。」

屈彩鳳忍不住抱怨道：「滄行，你到現在還不肯告訴我楚天舒的來歷嗎？我屈彩鳳自認仇人不少，但不記得什麼時候得罪過武功如此高強的人，而且他的年紀比我們加起來都要大，我又怎麼會跟這樣的前輩結此深仇呢？」

李滄行想到楚天舒和屈彩鳳的恩怨，只能嘆了口氣：「彩鳳，原諒我，此事我發過誓，不會向別人透露的，不過你們之間的仇恨，確實已經無法化解了，楚天舒最大的敵人是魔教，其次就是你，我也勸不住他，現在我不能直接跟他正面起衝突，那樣只會讓魔教得利，但我絕對不允許他傷害你。」

屈彩鳳心中一陣溫暖，臉上飛過兩朵紅雲，這一剎那的風情，美不勝收。她笑道：「好了，你還是擔心一下自己的事情吧，這回為了我奔來這巫山派，連東南平倭的事情都扔下了，既然我現在已經知道此事，就要迅速地撤離，你放心地回去吧，正事要緊。」

李滄行定了定心神，道：「不，彩鳳，你不能就這樣撤走，那無異於向楚天舒和冷天雄承認我們現在是盟友，那樣他們兩家一定會暫時放下互相的恩怨，同時向我們開戰，只會誤了大事。」

屈彩鳳困惑地道：「那怎麼辦？明知是火坑還要往裡跳嗎？我現在的部下不是太多，只有一千多人跟我來了這裡，若是這時候攻擊那洞庭幫的分舵，只怕大半是要折在這裡。」

李滄行微微一笑：「放心，我不會眼睜睜地讓你跳火坑的，這回我拉到了可靠的外援來助你，只要你的進攻一打響，我就會帶人接應，到時候你們趁亂逃走，這樣就不會引起楚天舒和冷天雄的懷疑了。」

屈彩鳳奇道：「你找了哪家外援？靠得住嗎？」

李滄行把臉向後一轉，從懷中摸出一塊面具戴上，等他再回過頭來時，屈彩鳳幾乎驚叫出聲，濃眉如墨染，黑裡透紅的國字臉，不怒自威的鷹鼻獅唇，**可不正是錦衣衛總指揮使陸炳！**

屈彩鳳小嘴不自覺地嘟了起來：「你怎麼會扮成這傢伙？我不喜歡，難不成你又跟錦衣衛達成什麼協議了？」

李滄行微微一笑，換成陸炳那金鐵相交的聲音，在屈彩鳳的耳邊響起：「大膽屈彩鳳，竟敢聚眾謀反，還不速速受死！」

屈彩鳳「撲嗤」一笑，如花枝亂顫，一邊指著李滄行：「你學他怎麼學得這麼像，哈哈哈哈。」

李滄行也跟著一起笑了起來，良久，兩人才止住笑聲。

李滄行道：「算是個交易吧，**更應該說是互相利用**，陸炳本來是想除掉你的，但被我強力地制止了，我現在對他很有用，他也不敢徹底跟我為敵，所以這回我準備借助他的力量，來幫你度過這次危機。」

屈彩鳳不禁道：「你的事我不多過問，只是華山派和峨嵋派如果主力全出的話，並不是錦衣衛能輕易擋住的，陸炳為人狡猾，也不可能讓部下為了我全力苦戰，你還得想想別的法子才是。」

李滄行道：「等我和鳳舞還有華山派與峨嵋派的人商量好後，大家再一起演一齣戲給楚天舒看，我第一個找的是你，就是怕你輕舉妄動。」

屈彩鳳臉上閃過一絲不快：「鳳舞？就是那個錦衣衛女殺手？」

李滄行點點頭：「正是此女。」

屈彩鳳轉過了臉：「還有你在峨嵋派的那些師妹們，對不對？」

李滄行沒想到屈彩鳳居然會吃起醋來，讓他有些不知所措，只能回道：「彩鳳，我此刻根本沒有心思，也沒有時間管這些兒女情長的事，你莫要誤會了。」

屈彩鳳站起了身，看似不經意地撩了撩自己瀑布般的白髮，語帶諷刺地說：「李大俠從來沒有兒女情長過，就算有人主動獻身，也會做柳下惠的，這點我放心，好了，沒有別的什麼事的話，那我就走了，你跟他們聯繫好後再來找我，這些天我就在這廢墟藏身，告辭了。」

說完，屈彩鳳蓮足一動，身形一下子飛出去幾丈，很快，白色的倩影就消失在黑暗的甬道中，再也不見。

李滄行苦笑一聲，轉身向另一個方向發力奔去，也很快就被這濃密的夜色所吞沒。

片刻之後，黃龍水洞那道瀑布之後，一道暗門倏開倏合，李滄行臉上仍然掛著陸炳的面具，從密道中闊步而出。

外面的水簾處，一個婀娜的倩影亭亭玉立，黑色夜行衣，沖天馬尾，鮮紅的朱唇如同燃燒著的火焰，正是鳳舞！

她一聽到暗門開合的聲音，嬌軀不由得微微一震，轉過頭來，蝴蝶面具後那雙大眼睛裡，充滿了激動與興奮：「你回來了！」

李滄行緩步而出，他感知到這個山洞內外都沒有別人，不過為了保險起見，還是用起傳音入密的方法，跟鳳舞說起話來：「你好像特別緊張，怎麼，還怕有妖怪吃了我？」

鳳舞小嘴微微地撅了起來：「有個白髮女妖怪專門勾人的魂魄，我擔心有隻狼的魂給那白骨精給勾沒了。」

李滄行擺了擺手：「好了好了，現在你還有心情開這些玩笑，我這回是救人，不是來談情說愛的，不過鳳舞，我還是挺感激你，這回你早早地發現了屈姑娘她們，卻一直按兵不動，甚至還為他們在周邊警戒，你爹不是讓你消滅屈姑娘的嗎？為什麼不聽這命令？」

鳳舞幽幽地道：「天狼，**你還不知道我的心嗎？**如果執行了我爹的命令，那就會永遠地和你成為仇敵，下次見面，你我之間就是你死我活之局，所以這個命令，我是絕對不會聽的，就像上次在這巫山派一樣，我只會暗中助你放屈彩鳳逃走，而不會出手殺了她。」

李滄行點點頭，他知道鳳舞沒有說謊，儘管她心裡恨不得殺了屈彩鳳一萬次，但為了自己，也不敢真的下手，昨天見到鳳舞的時候，他就知道早在陸炳下令之前，鳳舞發現了屈彩鳳的行蹤，可是一直按兵不動，就連屈彩鳳躲在廢墟裡的事，也是她告知自己的。

李滄行看了眼洞外的情況，沉聲道：「現在新的巫山分舵那裡情況怎麼樣了？」

鳳舞微微一笑：「你的老朋友展慕白、楊瓊花、林瑤仙、柳如煙全都來了，這回華山和峨嵋出動的精英有三千多人，全部打扮成洞庭幫徒眾的樣子，就在那分舵裡等著屈彩鳳上鉤呢。」

李滄行聞言道：「那麼，洞庭幫自己來了多少人，楚天舒來了嗎？」

鳳舞搖搖頭：「楚天舒帶著大隊人馬去了東南，現在還沒回到這裡呢，我剛剛接到的消息，他好像在黃山那裡停留了下來，天狼，你說得不錯，他應該是打起了三清觀的主意，這次順道就在偵察呢。」

李滄行眉頭一皺：「如果要偵察，他自己帶上幾個高手就行，用得著這麼多人一起留下嗎？」

鳳舞笑了笑：「你啊，聰明一世，糊塗一時，現在他就可以把人手潛伏下來，讓那些高手以雇工、行商的身分在黃山附近的城鎮，比如山腳下的黃龍鎮裡先行潛伏下來，以後再一批批地暗中派人過來，比如這回先盤下幾家店鋪，下次來人就說是招夥計，這樣就不會惹人懷疑，不然要是攻擊時一下子來個幾千人，那怎麼可能不打草驚蛇呢？黃山的三清觀畢竟是我們錦衣衛的據點，我們只要通知官府出面，排查這些閒雜人等，就能化解他們的這一輪攻勢了。」

李滄行點了點頭：「原來如此，那楚天舒這回就不管這巫山分舵了嗎？」

鳳舞秀目中水波流轉：「反正無論結果如何，楚天舒嘛，都要把這巫山分舵給交出去的，不是交給屈彩鳳，就是交給峨嵋派，對他來說，沒有太大區別，也許屈彩鳳奪回了這裡，有了個固定的據點，不用他到處尋找，還是件好事呢。天狼，你不是跟我說過麼，安營紮寨的屈彩鳳並不可怕，反而居無定所，行蹤飄忽的流寇才是最讓人頭疼的。」

李滄行嘆了口氣：「我以前是這樣說倭寇的，你倒好，直接把這話拿來套到屈彩鳳的頭上！只是如果楚天舒這次不消滅掉屈彩鳳，以後也難了，這麼重大的事情，他完全袖手旁觀，到底是為的什麼？」

鳳舞的表情變得嚴肅起來，「天狼，你真的想不到嗎？這次如果是留峨嵋和華山的人在這裡，那就會讓屈彩鳳再次跟這伏魔盟結仇，能消滅掉最好，消滅不掉也能讓屈彩鳳平空多些敵人，而且給這二派兩個大分舵的承諾也可以不認帳，對楚天舒是有益無害的，要是能讓伏魔盟持續追殺屈彩鳳，屈彩鳳自然沒有組織力量反攻他洞庭幫的能力，這和被消滅了也沒啥區別，楚天舒就可以舒舒服服地轉過來和魔教，或者和你黑龍會放手一搏了。」

李滄行點了點頭：「原來如此，這些盟友間的算計和陰謀，我是不願意多想的，鳳舞，你還真是深諳此道啊。」

鳳舞眼中閃過一絲失望，螓首低垂，幽幽地嘆了口氣：

「我知道我以前欺騙過你，傷害過你，你是再也不肯信我了，我再怎麼解釋，再為你做什麼事你也不肯原諒，可是天狼，請你相信我，這次我再也不會欺騙你，我和我爹都是真心實意地想跟你合作，不會再像以前那樣對你，就當是贖罪，請你給我個機會，行嗎？」

李滄行以前何嘗想不到這其中的曲直，就是想借機諷刺一下鳳舞，出出自己這些年來的惡氣，可看到她這樣淚光閃閃，受盡委屈的樣子，心中又有些不忍，本想上前扶住她，說些讓她溫暖的話，可一想到此女以前一向擅於在自己面前演戲，又猶豫了起來，也不知道這回是真情所至，還是另有所圖。

李滄行冷冷地說道：「好了，不用多說了，你確定展慕白和林瑤仙都在巫山分舵裡嗎？」

鳳舞抹了抹眼淚，說道：「不錯，他們二人是輪流帶人值守，今天應該是展慕白守衛大殿，怎麼，你想見他們？」

李滄行點了點頭：「好極了，先見展慕白，有華山一派的支持，大事即可底定，鳳舞，你留在這裡，我去會會展慕白。」

鳳舞急忙伸出手：「哎，你說過以後有什麼事都會帶我一起去的。」

李滄行微微一笑：「剛才我見屈姑娘的時候，你也沒跟來呀。」

鳳舞急得一跺腳：「你，你壞死了，這兩件事能一樣嗎？我，我只不過是給你充分的時間和空間，讓你和那屈彩鳳，和那屈彩鳳……」

說到這裡，她收住了嘴，像個情竇初開的小姑娘似的，低頭只顧擺弄起自己的衣角來。

李滄行嘆了口氣：「你想多了，我跟屈彩鳳只說正事，沒聊別的，不然我也不會這麼快就回來，鳳舞，這點我早就跟你爹說得清楚，跟屈姑娘我只是生死之交的朋友，絕無男女之情，而對你的承諾，我也自然會做到。」

鳳舞眼中閃過一抹喜色，抬起頭，水汪汪的大眼睛看著李滄行：「天狼，我信得過你，其實我也不敢奢求你會愛上我，只願能這樣陪在你身邊，我就很滿足了，只是你這回沒有帶斬龍刀和莫邪劍，展慕白畢竟是絕頂高手，身邊又有大批護衛，你就這樣去見他，我怕你會有危險。」

李滄行有些感動，鳳舞雖然欺騙過自己，但對自己的安危一向是真心關切的，這種感情溢於言表，絕非作偽，他也有些自責，自己對這姑娘是不是太絕情了一點，要成就霸業，以後少不得陸炳的支持和幫助，至少對鳳舞老是這樣冷嘲熱諷，也非大丈夫所為。

於是李滄行笑了笑，道：「不用擔心，這回我有這個。」

他不知道從哪裡摸出了一把古色古香的寶劍，即使劍身藏在刀鞘中，那股強烈的劍意仍然能讓鳳舞感同身受。

鳳舞驚道：「這，這不是爹的東皇太阿劍嗎？」

李滄行微微一笑，「嗆啷」一聲，寶劍出鞘，劍身如一泓秋水，照亮了整個山洞，而隨著李滄行內力的震動，低沉的劍吟之聲在這水洞的洞壁與瀑布的水面上來回反射，震得人耳膜鼓蕩。

第七章

火中取栗

展慕白搖搖頭：「沒有人會為他人做火中取栗的事，
當年滅魔大會，如果不是許諾攻下魔教黑木崖，
將魔教的多年藏寶，武功秘笈，神兵利器，
還有他們各地的分舵一一分配，
中原正派也不會這麼積極。」

李滄行手裡持著寶劍，眼睛仔細地凝視著劍尖的七彩流光，讚道：「果然是柄絕世的名劍，而且這劍裡的劍靈被你爹暫時封閉了，我可以放心使用，鳳舞，這回我還得多謝謝你爹呢，不僅讓我扮成他，還肯以名劍相贈。」

鳳舞的鼻子抽了抽：「你，你又占我爹的便宜，上次他給了你一把莫邪，這回又給你這把東皇太阿，這可是他年輕時就用的兵器呢。」

李滄行一想到那把莫邪劍，氣就不打一處來，冷冷地說道：「別提莫邪劍了，**你不知道那是你爹對我的試探嗎？**」

鳳舞眨了眨大眼睛，疑道：「試探？怎麼個試探？是試你有沒有本事駕馭劍靈嗎？」

李滄行突然想到自己是桂王的事，當時連陸炳也無法肯定，所以才會以莫邪劍相試，知道此事之後，他應該也不太可能跟鳳舞說，以陸炳的心思深沉，許多事情只是讓鳳舞去執行，而不會告訴她原因，**只怕鳳舞至今還不知道自己的真正身世呢。**

想到這裡，李滄行笑了笑道：「是啊，那個莫邪劍靈很凶，我差點被反制了，如果我變成殺神，你爹會救我嗎？」

鳳舞微微一笑：「我爹當時就潛伏在附近，真有事的話，我們父女會聯手助你脫困的，不要老把我們想得這麼壞，我爹哪捨得失去你呢。」

李滄行點點頭，岔開話題：「這回我手上有東皇太阿劍，即使不用斬龍刀法，而是改用兩儀劍法或者其他劍法，展慕白也是留不住我的，你如果真要幫我，就在這裡好好等我吧。」

鳳舞嘴角勾了勾，凝眸不語。

李滄行道：「怎麼，你爹要你繼續監視我嗎？」

鳳舞咬咬牙道：「不錯，他是給我下了這個指令，現在你已經不是我們錦衣衛的人了，就算你以前在錦衣衛的時候，他也一直要我監控你，天狼，這件事我不想騙你。」

李滄行先是有些不高興，後來一想，鳳舞現在對自己如此坦白，不惜把陸炳的任務也直言相告，倒是有些感動起來了，因而和顏道：「謝謝你告訴我，這麼說來，如果這次我私會展慕白，卻不告訴你談話內容的話，你爹會怪罪你，是吧？」

鳳舞幽幽地道：「怪就怪吧，我以前騙你太多，現在只想贖過，你既然不想帶我一起去見展慕白，肯定是有什麼不想讓我爹知道的事，我又何必自討沒趣呢。」

李滄行柔聲道：「也不是想瞞你，只是展慕白有些秘密不足為外人道，我需要用這些秘密來逼他就範，鳳舞，我以前逼你太凶，這些年我仔細想想，確實有不當之處，同樣的，我也有些事情需要留在心底，就算我們以後真的成了夫妻，也給各自留點空間，好嗎？」

鳳舞臉上閃過一片紅暈：「我知道我配不上你，我早已是殘花敗柳，以前又騙過你，你不趕我走，我已經是謝天謝地了，天狼，你去吧，我會想出一個說詞來應付我爹的。」

李滄行道：「不用這樣，等我和展慕白談完後，我們一起定個說法，這樣才不會讓你露餡啊。」

一個多時辰後。洞庭幫巫山分舵。

此時已是三更天，這裡與其說是一個江湖門派的分舵，不如說更像一處大型的山寨，寨門前點著火把，堆著火盆。

火苗在冬夜的寒風中被吹得搖搖晃晃，即使如此，圍著火盆烤火的十幾名統一褐衣打扮的持劍弟子們，仍是盤膝打坐，借著火堆的溫暖而功行周身。

兩個站著護法的年輕弟子，披散著頭髮，一邊抱著手中的劍，一邊不停地雙腳在地上踢來踢去，以免下肢給凍僵。

其中一個看起來只有二十出頭的弟子搓著手，道：「師兄，你說咱們華山弟子在這裡守了兩個多月了，人毛都沒見一根，那賊婆娘是不是不來了？」

另一個看著約莫二十七八歲年紀的弟子臉一沉，輕聲喝道：「噤聲，掌門說過，咱們現在都是巫山的人，千萬別提華山二字。」

年輕弟子不服氣地道：「提了又怎麼樣，你聽，這鬼天氣凍得連鳥獸都不叫了，又怎麼會有人偷聽呢，這兩個月，渾身上下都要弄成這種山賊模樣，真讓人受不了，我上山以前是個打柴的，本以為習武修道能過上好日子，這下可好，又回到以前了。」

那年長弟子不禁也發著牢騷：「可不是麼，雖然華山丟了，但在恆山上也是好吃好喝，現在門派正處危難之機，那英雄門隨時都可能會打過來，真不知道掌門師叔怎麼想的，這時候還有心思來這鬼地方伏擊什麼賊婆娘。」

年少弟子悄悄地道：「我聽別的師兄說，掌門答應這事，是因為洞庭幫的楚幫主說了，不僅會和我們聯手對抗英雄門，幫我們奪回華山之地，還會把衡山派那個給魔教占了多年的原總舵讓給我們，這樣一來，我們在南邊也有地盤了，實在不行也可以撤到衡山，暫避一時。」

年長弟子連忙捂住那年少弟子的嘴：「你小聲點，這些事情怎麼可以亂說，要是讓峨嵋派的那些尼姑們聽到了，還不鬧死啊。」

年少弟子說得起勁，把年長弟子的手從嘴裡拉了下來：「哼，峨嵋派也是無利不起早，沒好處的事怎麼會幹呢，聽說這巫山分舵，以後就歸了她們呢。」

年長弟子的眼中閃過一絲懷疑的神色：「此話當真？我怎麼沒聽說過？」

年少弟子微微一笑：「我妹妹就入了峨嵋，是她告訴我的。」

年長弟子歪了歪嘴：「你什麼時候又有過妹妹了，我怎麼不知道？再說，你妹妹為啥不來我華山派，卻要去那峨嵋？」

那年少弟子嘆了口氣：「本來我們兄妹父母早亡，為了混口飯吃才加入華山，那時候先掌門司徒大俠正廣招人手，我就進了華山，妹妹則去了恆山分舵，可她天資不行，怎麼學也學不來咱華山的劍法，後來楊女俠說，我妹妹的天資適合於劍術，內力並非所長，讓她去峨嵋學劍也許更好點，所以就把她弄去了峨嵋，若不是這回正巧我們兩派一起來這巫山，我這輩子還不知道能不能見到她呢。」

年長弟子哈哈一笑，一拳錘在年少弟子的胸口上：「劉師弟，想不到你居然還有個峨嵋的好妹妹，等你藝成出師了，叫她幫忙介紹個峨嵋的好師妹跟你成親啊，你也老大不小啦。」

劉師弟不好意思地抓了抓頭：「現在師門蒙難，我劉雲松受了華山派這麼多年的恩惠，怎麼可以一走了之呢，不滅了魔教和英雄門，我這輩子都不會走的。」

一個尖細的聲音遠遠地傳了過來：「很好，有這股氣勢很不錯，咱們華山派只要這股氣不散，早晚都會東山再起的。」

這下子，連剛才在地上打坐運功的華山弟子們也都紛紛睜開眼睛蹦了起來。只見一身勝雪白衣，豐神俊朗的展慕白在十幾名弟子的簇擁下飄然而至。

今天他一襲上好的白色勁裝，頭髮梳得十分整齊，臉上淡淡地施著脂粉，遠不像前一陣被英雄門俘虜時的那般狼狽，楊瓊花則是一身綠色勁裝打扮，眉目如畫，戴著一方青色頭巾，緊跟在展慕白的身邊。

剛才對話的那兩名弟子，年長的名叫張長山，年輕點的則叫劉雲松，都是拜入華山派十餘年的弟子了，也親歷過落月峽之後華山派的一連串征戰，所以才會在這寒夜中被派到寨門這裡值守。

兩人說話時聲音極低，可是展慕白自從練了天蠶劍法後，大大地刺激內力的修煉，紫雲神功也被他練到八成左右，這種程度的對話，在他幾十丈的距離聽來一清二楚。

張長山和劉雲松二人正要拱手向展慕白致意，只覺眼前一花，一道白色的身影不知何時欺近到二人面前，「劈哩啪啦」幾聲，如爆脆豆，張長山挨了六巴掌，劉雲松也挨了四巴掌，二人的臉頰都高高地腫了起來。

劉雲松畢竟年輕，捂著腫得老高的臉頰，不服氣地道：「掌門，弟子不知為何挨打。」

展慕白「哼」了聲：「你們在這裡是值守，不是亂嚼舌頭的，更不該隨便非議幫中和友幫大事。」

劉雲松自知理虧，低下了頭，不敢再言語。

展慕白看了一眼張長山：「你身為師兄，理當勸導師弟們盡忠職守，恪守本分，卻被好奇心所驅使，跟個村婦似的打聽起東家長西家短，我打你幾巴掌，是為了讓你長點記性，以後不要做這些有損門派清譽的事情，更不要背後議論幫中長輩和友幫人士，明白了嗎？」

張長山和劉雲松以及在場的幾十名弟子紛紛拱手稱是。

楊瓊花輕輕拉了拉展慕白的袖子，這一對「情侶」相識多年，早已一個眼神，一個小動作便能心意相通，展慕白乾咳了一聲：「好了，你們也在這裡站久了，回去休息吧，王學起。」

跟著展慕白的一個三十左右，英氣逼人的劍客拱手行禮道：「學起在此，掌門有何吩咐？」

展慕白道：「你帶師弟們繼續守在此處，注意一舉一動，風雪滿天，正是偷襲的好機會，張長山，帶師弟們回去後，叫下一撥的呂鳳山他們兩個時辰後過來接替王學起，記住，以後再不許亂嚼舌頭，再犯的話，可就不是幾個耳光這麼簡單了。」

張長山連聲稱是，把一個銅鑼交給王學起，然後招呼起師弟們列隊回去，王學起等人則各司其職，站在寨門附近，睜大了眼睛，盯著漆黑的山道。

展慕白則和楊瓊花繼續前行，一腳深一腳淺地踩在雪地裡，二人心有靈犀地繞開各種崗哨，拐進寨外一片陰暗的小樹林裡。

展慕白回過身，直視楊瓊花，不滿地道：「師妹，剛才為何要阻止我繼續教訓這幫小子？」

楊瓊花輕聲回道：「師兄，華山派現在正值立派以來前所未有的慘境，連祖傳的華山之地都失陷了，這時候還沒有散去，跟著我們一起撤到恆山的弟子，可都是忠心耿耿的，不要為了這點小事責罰他們。」

展慕白怒道：「我們華山的事情什麼時候跟你峨嵋又扯上關係了，是不是剛才聽到峨嵋派得了更多的好處，你才不想讓我聽到？」

楊瓊花臉上現出委屈的神色：「師兄，怎麼我來華山這麼多年了，你還是說這種話，自從大漠回來之後，你就一直對我這種冷冰冰的態度，我究竟做錯了什麼，惹得你這樣生氣？」

展慕白一張俊美的臉在月色下顯得鐵青一片，重重地「哼」了聲：「做了什麼你自己最清楚，用得著我多說嗎？」

楊瓊花眼中泛起絲絲淚光：「師兄，我都跟你解釋過一萬次了，我和天狼是清清白白的，什麼也沒有發生，他那樣也只不過是為了迷惑對手，你究竟要怎麼樣才肯信？如果我對你不是癡心一片的話，又怎麼會甘心孤身冒險入大漠去找人救你呢？」

展慕白咬牙切齒地道：「哼，自古美女愛英雄，我展慕白就是個失敗者，連狗熊都算不上，不僅救不了師父師兄，連華山也守不住，還當了敵人的俘虜，我這樣的人，你怎麼可能看得上？那個天狼，有勇有謀，武功又高，你願意跟他也是再正常不過，楊瓊花，你本來就是峨嵋的人，並非我華山派人，我展慕白無福消受，不管你跟天狼那天是真還是假，以後都不必跟著我了。」

楊瓊花哭得如帶雨梨花，一直搖著頭，銀牙已經把朱脣咬得鮮血淋漓：「慕白，你怎麼可以，怎麼可以如此絕情？我對你的這片真心，這麼多年以來，難道你一直視而不見嗎？」

展慕白突然吼了起來：「見到了又如何，楊瓊花，我告訴你，我根本不愛你，我的心早就在落月峽跟著我師妹一起死了！」

一個冷冷地聲音傳了過來：「展慕白，想不到你堂堂掌門，竟然如此欺負一個癡心女子，實在叫人齒冷。」

楊瓊花和展慕白雙雙臉色一變，剛才二人只顧著大聲爭吵，對外界的警戒程度下降，居然沒有發現到林中還有人，不過，此人能瞞住二人的耳目，也足見是絕頂高手了。

展慕白和楊瓊花幾乎同時寶劍出鞘，森寒的劍氣和明亮的劍身一下子照亮了這陰暗的樹林，展慕白厲聲喝道：「什麼人，再要裝神弄鬼，休怪展某不客氣了！」

李滄行臉上戴著半年前在大漠時的那個面具，緩緩地從一棵松樹後走了過來，看到二人，輕輕地說了句：「二位，別來無恙！」

楊瓊花眼中現出一絲喜色，收起了劍，抱拳行禮道：「天狼大俠，你怎麼會來這裡？」

展慕白冷冷地「哼」了一聲：「你在這裡，他當然屁顛屁顛地千里而來嘍。」

楊瓊花急得一跺腳：「師兄，你！」

展慕白心中妒火中燒，雙眼血紅：「我怎麼了，噢，我妨礙了你們談情說愛，好，我走便是！」說著一揮袍袖，轉身欲走。

李滄行哈哈一笑：「展大俠，怎麼大漠一別，你氣量卻越來越小了，有朋自遠方來，你就是這樣報答你的救命恩人的？」

展慕白恨恨地道：「我也幫你召來了楊總督的兵馬，你的救命之恩，我已經報過了，當時你也說過，你我之間從此兩清，怎麼，你這次來，又是想索恩的？」

李滄行搖搖頭：「上次的事確實已經兩清了，這次前來，是想跟展大俠談一樁新的合作，此事對華山有百利而無一害，還請展大俠能賞臉移步一敘。」

展慕白冷冷地說道：「天狼，我知道你跟那屈彩鳳的交情，你既然知道我們在此地駐守，想必是來幫你那姘頭求情的吧。」

楊瓊花小聲地道：「師兄，說話不要這麼難聽嘛，天狼大俠他畢竟……」

展慕白厲聲打斷了楊瓊花的話：「畢竟什麼，畢竟睡過你是嗎？」

楊瓊花悲鳴一聲，淚如泉湧，轉頭飛奔而去，很快就跑得人影不見了。

李滄行嘆了口氣：「展兄以這樣的方式氣走楊女俠，看來是想跟在下好好聊聊是吧。」

展慕白冷冷地說道：「師妹沒你這一肚子壞水，做事衝動而單純，三十多歲的人了，仍然跟小姑娘似的，我不能讓你胡言亂語，教壞了她。」

李滄行微微一笑：「那你還說那些話氣她做什麼，讓她走就是。」

展慕白冷笑道：「師妹掛念我的安危，不是這樣狠狠傷她，用不了多久，她又會跑回來，到時候只會誤了你我談的事，你有話就說吧，這回你是代表屈彩鳳來的嗎？」

李滄行笑道：「展兄，我剛才就說過，今天來此，是跟你做一樁大大有利於華山派的交易的，在做這個交易之前，我先問一句，你就真的這麼信楚天舒？」

展慕白點點頭：「只我華山派一派的話，他確實可以翻臉不認帳，但現在畢竟伏魔盟還在，上次為了倚天劍之事，他已經得罪了峨嵋，這回是一個難得與我們修好的機會，要不然伏魔盟和魔教同時對他下手的話，即使是洞庭幫也無法抵擋，於情於理，我都看不出他有什麼詭計可施。」

李滄行正色道：「楚天舒應該不會騙你，但對你們華山派來說，這樣真的好嗎？一南一北，同時處在對抗英雄門和魔教的最前沿，任何一處受到強敵的攻擊，另一處都很難救援，天下沒有白吃的午餐，楚天舒自己獨當衡山一面都非常吃力，換了你們守那裡，又能撐得了多久？」

展慕白眼中寒芒一閃：「這個道理我自然清楚，不過楚幫主也承諾過會派精英助守衡山，加上我們的身後還有勢力擴展到巫山的峨嵋和武當，並不是孤軍奮戰，至於北邊的恆山，現在也有少林的僧兵助守，英雄門除非全力南下，我們是可以守住的，現在我在英雄門中也有內線，若是他們大舉行動，我們自然會收到消息，到時候集結伏魔盟之力，與之大戰。」

李滄行嘆了口氣：「如果我是你，就不會在這種時候，為了貪圖這點小利，再去得罪屈彩鳳，展兄，你就真的跟她不能化解當年的仇恨嗎？」

展慕白眼中殺機一現：「天狼，不要以為你救過我一次，就可以左右我的思想，當年的落月峽之戰，我跟魔教和巫山派早已經是不共戴天之仇，此仇不死不休，你不用多言，也不要企圖做和事佬。」

李滄行搖搖頭，眼中流露憂傷的神色：「巫山派已滅，屈彩鳳數萬手下死於一夜，當年你華山派也有參與，應該也算報過仇了，冤冤相報何時了，這樣無休止地打下去，不停地增加仇恨，對你真的好嗎？」

展慕白冷笑道：「我想放下仇恨，賊婆娘願意嗎？當年她逃得一命，如果識相的話就應該苟延殘喘，我們自然也不會趕盡殺絕，可是現在她回來重投魔教，擺明了就是想跟我們伏魔盟為敵，跟這種人，我又怎麼可能手下留情？天狼，你該不會也跟她一起投入魔教了吧？」

李滄行道：「我要是跟她一起進了魔教，那就跟你是死敵了，那我做的第一件事就是把你的秘密給公諸天下，讓你沒臉見人。」

展慕白氣得尖細的嗓音一震：「你敢！」

李滄行揚眉道：「我這人做事沒什麼敢不敢，只有會不會，你跟我打過交道，應該知道這點。這次我也帶了一幫兄弟進入中原，準備在東南一帶立足，以後還希望能得到展兄和伏魔盟的多多關照，今天我來這裡，就是跟你商量此事的。」

展慕白吃驚地張大了眼睛：「什麼，你也要進軍中原？」

李滄行點點頭：「我本就是出身中原名門正派，這幾年我在塞外休養生息，就是為了積蓄力量，有朝一日好重回中原，向我的仇人復仇，又怎麼可能一輩子都在塞外做個殺手呢！」

展慕白冷笑道：「我早就看出你並非池中之物，絕沒有那麼簡單，這回你終於自己說出來了，不過，我知道你以前是錦衣衛的人，後來又跟屈彩鳳搞到了一起，聽說以前在東南一帶跟倭寇的關係也亂七八糟的，從你在大漠中展開的武功來看，那刀法邪門得很，絕非我名門正派的弟子，至少我伏魔盟四派中，絕沒有這樣凶狠殘忍的刀法，倒是那屈彩鳳的刀法跟你有七八分相似，說，你是不是巫山派或者魔教的人？」

李滄行微微一笑：「我若是你們的敵人，為何要救展兄，又為何不把你的那個秘密公之於世呢？」

展慕白咬牙道：「你們魔道之人，陰險狡猾，最善於蠱惑人心，我之所以要師妹走開，就是不想她聽了你的那些鬼話上當。武當的徐師兄就被你的那個姘頭所惑，差點身敗名裂，而你嘛，哼哼，沒準是想施恩於我，然後通過我來打入我們伏魔盟內部，以達到你不可告人的秘密，對不對！」

李滄行嘆了口氣：「展兄對我的誤會太深了，看來只有一個辦法能讓你相信我的身分，那就是……」

李滄行話音剛落，突然手腕一抖，全身上下運起屠龍戰氣，金光籠罩了全身，背上背著的東皇太阿劍清吟出鞘，一下子握到了手中。

展慕白周身紫氣也開始瀰漫，凌虛劍出鞘，就像一團紫光握在手中。

這柄凌虛劍乃是春秋時期的名劍，一代相劍大師楚人風鬍子曾點評此劍劍身修頎秀麗，通體晶銀奪目，不可逼視，青翠革質劍鞘渾然天成，嵌一十八顆北海「碧血丹心」，雖為利器卻無半分血腥。

只見飄然仙風，果然是名器之選，劍雖為凶物，然更難得以劍載志，以劍明心，鑄劍人必為洞穿塵世，通天曉地之逸士，雖為後周之古物，沉浮於亂世經年，然不遇遺世之奇才，則不得其真主。

凌虛劍在秦漢之後失蹤千年，展慕白也是半年前回恆山時，偶然在一秘洞之中得到，以他充滿邪氣的那套天蠶劍法和玄門正宗的紫雲神功，這一正一邪兩大功力並行，不可思議地馴服了這劍中的千年古靈，方為己用，這次他之所以信心滿滿地率部南下，也是自恃神劍之利，想與天下英雄一較短長。

可是李滄行卻沒有一點攻擊的意思，展慕白全神戒備，目光犀利如電，看著李滄行正在用東皇太阿劍拉出一個個或快或慢的劍圈，腳下踏著武當正宗的九宮八卦步，手中劍走風雷，光環奪目，正是武當派的不傳之秘：**兩儀劍法**！

李滄行行劍如行雲流水，腳下片片積雪空中亂舞，渾身的金氣竟然把不少雪花凝固在空中，這極寒的內力，足以讓人咋舌，而在林中的劍舞，又是如此的美妙，動若脫兔，靜若處子，快時迅若風雷，慢時如挽千鈞，非登峰造極的劍術大師不能如此。

一套兩儀劍法使完，李滄行以最標準的兩儀送客式作為收尾，向展慕白單掌行禮：「展兄，對在下的出身，還有疑問嗎？」

展慕白冷冷地說道：「天狼，你若是使武當的太極劍法，我也許還能信，可是你這兩儀劍法，偏偏是徐林宗當年曾經傳授給屈彩鳳過，此事盡人皆知，那屈彩鳳把兩儀劍法傳給你，以你的武功，學成此劍法，可是一點也不奇怪。再說了，你剛才用的並非武當的純陽無極內功，而是以其他的心法驅動，雖然步法和劍法都是武當招數，可這並不能證明你出身武當！」

李滄行沒料到展慕白居然連兩儀劍法也不相信，收劍入鞘，沉聲道：「你要如何才肯信？」

展慕白冷笑道：「你若是殺了屈彩鳳，把她的頭提來，我就信你，怎麼樣！」

李滄行再次感知了一下林中百步之內，絕無第三個生人靠近，於是說道：「展兄，看來只有把在下的身分向你公布了，希望這能取信於你。」

展慕白面無表情地說道：「你不就是以前的錦衣衛天狼麼，還能是誰？」

李滄行看了一眼遠處的巫山派大寨，指了指巫山派後山的那座山峰，說道：「展兄可曾記得，當年和峨嵋派聯手進攻巫山派時，你和司馬大俠曾經繞道後山想要偷襲，結果上官武和冷天雄他們在下面埋伏，若非有人提醒，只怕當時你們二位已經戰死於此了。」

展慕白臉色大變：「你是？」

李滄行又緩緩地說道：「展大俠還記不記得，落月峽大戰前，你跟一眾華山弟子來我武當時，在下曾經親自接待，接引過岳千愁岳先生？」

展慕白的聲音微微地發抖：「難道，難道你是失蹤多年的李……」

李滄行一把扯下臉上的面具，露出了本來面目：

「展師弟，在下正是李滄行！」

展慕白驚得連退兩步，張大了嘴，失聲道：「怎麼會是你？這些年江湖上一直在找你，你怎麼會進了錦衣衛？」

李滄行一聲嘆息，戴回了面具，雙目炯炯道：「現在展兄可肯信我的話了？」

展慕白定了定神，警覺地看了一下四周，冷笑道：「你在我面前暴露身分，有何企圖？當年我認識的李滄行，是個一心堅持正道的武當俠士，而你自從離開峨嵋之後，就自甘墮落，先是加入錦衣衛，後是與屈彩鳳勾結，這些也是我親眼所見，你還能否認嗎？」

李滄行坦承道：「這些都是事實，只不過我當年離開武當，是奉了紫光真人的命令，潛入各派想要查探陸炳派入的臥底，如果你不信的話，可以向峨嵋派的林掌門、柳女俠、湯女俠她們求證。」

展慕白聽了說道：「此事我日後自當查證，可即使如此，你後來加入錦衣衛，也是不爭的事吧，難道你進錦衣衛也是為了臥底查探？難道你和屈彩鳳勾結在一起，也是為了我們正道武林出力？」

李滄行正色道：「展大俠，我不想一一解釋這些年來我的經歷，時間也不允許，進錦衣衛，是為了繼承我師父的遺志，做個造福蒼生，有益於國家的人，可是陸炳卻背叛了我，所以我後來退出了錦衣衛；至於對屈姑娘，我一開始也是和你一樣，必欲除她而後快的，可是跟她接觸多了，我卻發現她並非魔教那樣窮凶極惡之人，當年在落月峽也是被人利用，受人蠱惑，當年毀滅巫山派的時候，你和司馬大俠也看到了她的派中多是孤兒寡母，可見她的本性並不是壞人。」

展慕白道：「我可以勉強相信你所說的，當年我們消滅巫山派時，看到那些孤兒寡婦灰飛煙滅，也多少有些於心不忍，所以後來我們伏魔盟才停止了對屈彩鳳的追殺，只是這回，她又重回中原，還歸附冷天雄，成了魔教的人，這是她自尋死路，不是我們對她苦苦相逼。」

李滄行微微一笑：「屈彩鳳那是暫時想要借魔教的勢力發展自己，而冷天雄也想靠她拉攏綠林各派為己所用，上次巫山派的毀滅，屈彩鳳的仇人是嚴世蕃和洞庭幫，所以她即使想重建巫山，也絕對不會和你們伏魔盟為敵，這一點，我可以保證。」

展慕白沉吟半天，點了點頭：「好吧，看在你是李師兄的份上，又曾經救過我，這回我就信你一次，不過，我跟洞庭幫有約在先，若是不告而別，會壞了兩家的關係，你可以讓那屈彩鳳來假裝攻擊我們這裡，做做樣子，到時候我們也算是盡了對洞庭幫的承諾，可以得到我們事先約定的利益了。」

李滄行高興地說：「那就太感謝展大俠了，明天我就會讓屈姑娘來做這事，切記，此事保密，只要展大俠一人知道就行。」

展慕白收劍回鞘，說道：「天狼，你為什麼這麼多年一直不回武當？」

李滄行心中一痛，嘆道：「**武當已經不是當年的武當了**，物是人非，有太多的誤會，現在徐師弟在那裡做得很好，小師妹也很好，我若是回去，只會把一切都弄得很糟糕，還是算了。」

展慕白卻道：「可是我看沐姑娘一直都在找你，還多次託我們幫忙打聽你的下落呢。」

李滄行嘆了口氣：「時間長了，她自然也就會放下了，現在她很好，我也很好，就這樣吧。哦，對了，展兄，有件事情我覺得有必要解釋清楚，在大漠的時候，楊女俠跟我只是演戲給赫連霸他們看，真的是清清白白，你莫要誤會。」

展慕白苦笑道：「誤會不誤會，又能如何？你也知道我的秘密，瓊花是個好姑娘，只可惜我跟她有緣無分，倒是你，要是能跟她成了一對，也還不錯，其實你不用解釋，我看到了瓊花手上的守宮砂，就知道你跟她是清白的。」

李滄行微微一愣：「守宮砂？那是什麼？」

展慕白眨了眨眼睛：「你都幾十歲的人了，不會連這個都不知道吧。」

李滄行對這些男女之事一竅不通，又沒有娶妻，是以在這方面跟白癡無異，他茫然地搖了搖頭：「原來在武當的時候，沒人跟我說過這個。」

展慕白哈哈一笑：「你師父還真是正道君子啊，大概是準備讓你娶妻前才會告訴你這個，也罷，這守宮砂乃是用來標記未婚女子貞操的標誌，如果用朱砂餵養壁虎，壁虎全身會變赤。等到壁虎吃滿七斤朱砂後，把壁虎搗爛成粉，然後用其點染處女的肢體，顏色不會消褪。只有在發生房事後，顏色才會變淡消褪，是以稱其為『守宮砂』。」

李滄行咽了一泡口水：「真有這麼靈？」

他回想起以前跟沐蘭湘練劍時，確實見她左臂之上有過一點朱砂，原來還以為是痣，還奇怪師妹為何痣跟別人顏色不一樣，而鳳舞和屈彩鳳的手臂上就沒這東西，原來還真是這麼回事。

展慕白神秘地一笑：「這個盡人皆知的事，想不到你卻不知道，看來你真應該早點娶個老婆了。」

李滄行搖了搖頭：「師仇未報，哪敢言家！展兄，**我跟你一樣，今生的死敵就是魔教和嚴世蕃父子**，這回來東南的目的，也是為了建立自己的勢力，這些年來我在錦衣衛裡出生入死，報仇之事卻遙遙無期，讓我明白了一個道理，靠著朝堂和官府，那些人是隨時會變卦的，為了自己的利益，隨時都可能和嚴氏父子合作，自然也不可能消滅這對狗父子所支持的魔教，我只有掌握自己的力量，不再受制於人，才可能做到這點。」

展慕白嘆了口氣：「天狼，這個道理我最有體會了，我和司馬師兄天天做夢都想殺上黑木崖，親手斬下冷天雄的頭顱，為師父師娘和師姐報仇，可是光憑我們兩個人，還是勢單力薄，於是我們轉而經營門派，招收更多的弟子。

「可要養活這麼多人，離不開朝中重臣的支持，原以為這些清流派的大臣跟嚴黨不共戴天，自然會全力支持我們對付魔教，可惜這些大臣們也都各自心懷鬼胎，跟嚴黨也是鬥而不破，時鬥時和，還經常勒令我們不許向魔教尋仇，上次滅巫山派，居然還讓我們跟嚴黨合作了一回，要不是為了數千弟子的生計，我早就不聽他們的了。」

李滄行點了點頭：「所以要打倒魔教，只能打倒他背後的嚴世蕃，我們以前想得太簡單了，這嚴世蕃勢力通天，連東南的倭寇，也跟他是一夥，這回我直接在東南開宗立派，就是想接收他這條線路，一旦沒了東南沿海的收入，嚴黨勢必惱羞成怒，到時候會命令魔教拼命反撲的，那時候我們再設下埋伏，消滅魔教，也就是順理成章的事了。」

展慕白眼中閃過一絲喜色，轉而又想到了什麼，搖了搖頭：「可是福建一帶有莆田南少林，他們會這麼輕易地允許你們在浙江福建開宗立派？只怕不容易吧。跟少林寺我打了多年交道了，對於勢力範圍，他們是寸土不讓的。」

李滄行微微一笑：「所以我今天來找展兄的目的，一是前面所說的屈彩鳳之事，第二件嘛，就是一個半月後在莆田南少林的武林大會，希望你到時候能賞臉參加。」

展慕白微微一愣：「什麼武林大會？」

李滄行壓低了聲音，低聲道：「我們準備在福建一帶誘倭寇深入內地，然後再聚而殲之，這些倭寇一旦正面作戰失敗，就會化為小股，分散逃竄，想要抓住是很困難的，所以我和福建主管軍事的戚將軍商議，讓南少林以召開武林大會的名義，引江湖群豪齊聚莆田，然後趁機消滅倭寇。」

展慕白搖了搖頭：「不，天狼，沒有人會為他人做火中取栗的事情，就算是我們這回來幫洞庭幫，人家也是許了實實在在的好處的，當年的滅魔大會，如果不是許諾攻下魔教的黑木崖總壇後，將魔教的多年藏寶，武功秘笈，神兵利器，還有他們各地的分舵一一分配，中原正派也不會這麼積極。**要再搞一次那種規模的武林大會，沒有滅魔的名義或者巨大的現實好處，不會有人聽你的**，就算是你出身的武當派，徐林宗也不會做這種事，這是其一。

「這第二，若是各派精英盡出，老家可就空虛了，現在比起當年，又多了個塞北的英雄門虎視眈眈，我們華山派的祖傳之地都沒有恢復，卻要不遠千里地到那南少林，只為打什麼倭寇，這種捨近求遠之事，就算有現實的利益，只怕也難以說服弟子們進行，我展慕白個人也是不願意的。再何況，要做這種事情，往往得要武林盟主的號令才行，當年武當山上爭奪正道聯盟盟主之事，我想天狼你不會忘掉吧。**伏魔盟這些年來都沒有一個明確的盟主，這次大會又由誰聯絡主持？**

「第三嘛，就是這種聯絡之事，時間不短，天狼，你當年也跑過，應該深知各派都要通知本幫的俗家弟子前來應戰，四派間首先要達成共識，這種書信往來和齊聚商議就要幾個月的時間，再加上召集俗家弟子的時間，只怕沒有半年的時間不能成行，聲勢搞得這麼大，即使是倭寇，也不可能不知道。如果他們知道南少林來了這麼多人，只怕早就嚇得不敢進攻了。」

李滄行默默地聽完展慕白的話，笑道：「展兄可真的是心思縝密，乍聽此事就能把這其中利害想得這麼清楚，天狼實在是佩服。」

展慕白淡淡地一笑，摸了摸自己光滑的下巴：「當掌門當久了，總得從全域來考慮，怎麼，天狼大俠對這些事情已經有對策了？」

李滄行正色道：「第一嘛，大義的名分是要有，不瞞你說，我出發前，已經讓戚將軍跟清流派的重臣打招呼，讓徐閣老修書各派，請伏魔盟各派派出精銳弟子和高手，齊聚南少林，商討如何對付我這個新崛起的黑龍會。有徐閣老的親自下令，想必你們也不用費時費力地四處聯絡與商議了，各派可以自行決定。」

展慕白搖搖頭：「天狼，你想得可能有點簡單了，即使是徐閣老下令，沒有好處的事情也是無人願意做的，最多只是派一兩個高手帶幾十個弟子去應付一下，你的黑龍會現在和中原各派無怨無仇，我們的首要敵人是魔教和屈彩鳳，扔下他們，跑到福建去開會對付個黑龍會，這實在有些說不過去。」

李滄行微微一笑：「你聽我說完，剛才你說到好處，我告訴你，這回我們剿滅倭寇，尤其是前一陣攻下了倭寇首領毛海峰盤踞了多年的橫嶼島，那裡的銀兩財寶，加起來足有上千萬兩，我私自留下了四百萬兩，如果這次伏魔盟能夠來開這大會，每派一百萬兩，權當見面禮。」

展慕白每年從清流派大臣那裡得到的銀子也不過二十多萬兩，一聽到李滄行出手如此大方，笑得眼睛都瞇成了一條縫：「這怎麼好意思呢，不過如果有重金相贈，確實可以讓各派動心。只是這才解決了第一個問題，我們的人來倒是可以，但若是無功而返，只怕你這錢花得也心疼吧。」

李滄行的眼中冷芒一閃：「我既然要打這一仗，就一定是做好了萬全的準備，人不需要太多，但要各派的精英高手，尤其是輕功卓絕，長於追殺的弟子，各派出個五六百名這樣的弟子即可，用不著大張旗鼓地把下山多年的俗家弟子們召集過來，我想展大俠和其他三派，像你們這次來巫山派這樣，出動個千把人，應該是隨時可以的事吧。加上南少林本身的兩三千僧兵，數量上是足夠了。」

展慕白點點頭：「可這樣一來，各派的精英盡出，內部可就空虛了，少林武當家大業大，也許還好點，可是我華山派，少掉幾百精銳高手，若是此時英雄門來攻，只怕連恆山都守不住了。還有那個盟主問題，又如何能解決呢？」

李滄行微微一笑：「英雄門那裡，我會請求錦衣衛派高手暫時助守恆山，這次大漠之行，赫連霸和俺答汗君臣之間已經生出了猜忌，從今以後，英雄門這個半官方的蒙古門派也會作為一個純粹的武林門派，開始進入中原，你的擔心確實有道理，但是蒙古勢力進入中原，本身就會引起皇帝的警覺，我會讓陸炳派人先纏住他們，讓他們無暇來攻你的恆山。」

展慕白冷笑道：「天狼，你是不是太高估自己力量了？陸炳是什麼人？他會因為你以前在錦衣衛待過，就聽你的話？我不信！」

李滄行笑道：「這次我來幫屈彩鳳脫險，就是靠了陸炳的力量，你若是不信，明天打起來的時候一看便知，還有，我這柄東皇太阿劍，就是陸炳的佩劍，江湖人盡皆知，現在到了我手上，不是最好的證明嗎？」

展慕白沉吟片刻，道：「好，就算這事你能解決，那盟主之事，你又準備怎麼辦？大家是看著徐閣老的面上才到南少林的，名義上又是對付你們黑龍會，到時候就算人齊了，你也指揮不動，還不是白搭？」

李滄行笑說：「誰當盟主其實並不重要，伏魔盟多年來四派都是各行其是，貌合神離，也應該趁這個機會決定出一個盟主了，到時候你們可以像上次武當大會那樣比武奪帥，現在各派的掌門都是年輕一輩的人，少林派前年由智嗔大師接任方丈，武當峨嵋二派更是早早地由徐林宗和林瑤仙執掌，論起武功，展兄不會輸給這幾位，如果能比武奪帥的話，也可以集中四派之力，重新奪回華山啊。」

展慕白冷笑道：「你真能捨得武當派？天狼，展某不是傻瓜，現在以我們華山派的實力，連其他三派的一個分舵都及不上，更別說連華山老家都丟了，哪還能跟其他幾派平起平坐？就算是論武功，我的天蠶劍法比起其他幾位，除了林掌門外，對上智嗔和你的徐師弟，都沒有太大的勝算，只怕我忙乎了半天，也不過是為他人作嫁衣罷了。」

說到這裡，展慕白的眉頭一挑：「而且，**這次會盟之事是你提議的，你天狼大俠到時候會不出面？不來比武奪帥？**」

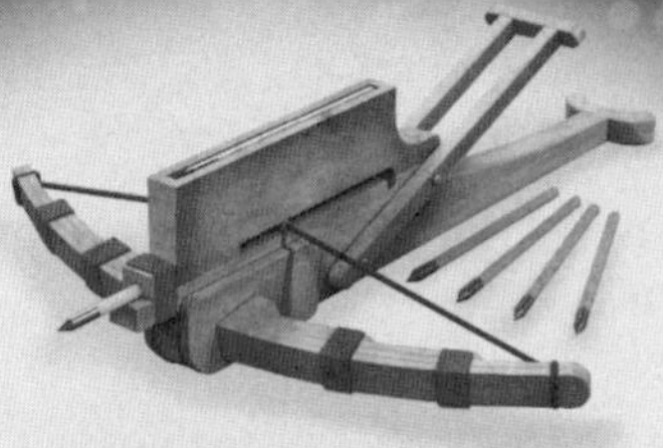

第八章

三國奇劍

李滄行雙目炯炯，緊跟著說道：
「如果我告訴你，李沉香手中的那把看似像倚天劍，
實際是三國時曹操用過的青釭劍，你會作何感想？」
林瑤仙驚得臉色煞白，倒退了兩步，
失聲道：「你，你休要胡言！」

李滄行平靜地說道：「此次會盟，對我而言只是為了平倭，我黑龍會從頭到尾並不打算加入伏魔盟，也不想爭你們伏魔盟的盟主，再說了，這回是以商量如何對付我們黑龍會的名義而召集開會的，雖說這樣主要是為了瞞住嚴世蕃的耳目，但我畢竟是名義上要對付的對象，能化敵為友就不錯了，哪會奢望奪這個什麼盟主呢？展兄，你該不會是對自己的武功信心不足，怕勝不過其他幾位吧。」

展慕白俏臉一紅，沉聲道：「當今世上還沒有能讓我展慕白害怕的人，有什麼信心不足的！也好，天狼，這回我信你一次，如果徐閣老的傳書真的到了，那我展慕白就帶著這手下的人，去莆田南少林。只是我們要先回恆山，再去莆田，這一路要走幾千里，是不是太長了點？」

李滄行微微一笑：「展兄勿慮，這回巫山事畢之後，你們可以去那楚天舒許諾給的衡山分舵，藉口要經營新分舵，短暫停留，很快，徐閣老的書信就會分別送到各派，自然也會到你展兄的手上。」

展慕白皺了皺眉頭：「那若是這回沒有抓住或者殺死屈彩鳳，楚天舒以此毀諾怎麼辦？」

李滄行笑道：「這也簡單，你們到時候就先到武當，只說商議奪回華山派之事，那消息肯定也會傳到武當的。」

展慕白一咬牙：「好，那就依你，天狼，四百萬兩你可要準備好，別的都好說，就是這真金白銀的好處不能少，若是失了信義，只怕你以後在東南一帶也無法立足了。」

李滄行道：「放心吧，這點錢我早就準備好了，此外，我還會再給南少林一百萬兩銀子，換取他們與我們的相安無事。對了，林掌門最近在哪裡？我今天不敢深入大寨，碰巧看到了你才一路跟來的。」

展慕白冷冷地說道：「她們峨嵋都聚集在寨中的西邊，我們跟她們是輪班巡守寨門，今天正好是我們當值罷了，林掌門應該是在這處廂房裡。」

他說著，在雪地裡簡要的畫了地形圖，把林瑤仙所在之處以及峨嵋派有崗哨巡邏的地方都做了說明。

畫畢，展慕白道：「天狼，你準備把自己的身分向林掌門透露嗎？」

李滄行搖頭：「今天向展兄透露，是不得已而為之的，我的身分還請展兄代為保密，尤其是對武當派，對林掌門，我只會以黑龍會主天狼的名義跟她進行交涉，林掌門心存俠義，我想她是不會拒絕我的。」

展慕白冷冷地道：「那你好自為之吧。」

他白色的身影突然一動，快如閃電，一下子就消失在茫茫的林海之中。

李滄行嘆了口氣，拉上蒙面的黃巾，喃喃地自語道：

「瑤仙，多年不見了，你還好嗎？」

半個時辰後。

一前一後兩道身影從分舵中勢如閃電般地追來，前面的是一身黑色夜行衣的李滄行，後面則是一身勝雪白衣，作道姑裝扮的林瑤仙。

在漫天的風雪中，二人的身形如流星閃電，瞬間就能奔出幾十丈遠，這份功力，讓人咋舌不已。

李滄行今天用的是在峨嵋所學的輕功蓮花飛渡，也正因此，才吸引林瑤仙一路追下。

沒有驚動旁人，他的腳下功力幾乎用了十成，卻無法甩掉林瑤仙哪怕半步，反倒是讓這位峨嵋掌門把二人間的距離從十丈左右縮短到了四五丈遠，在進林子的時候，林瑤仙猶豫了一下，可是又咬了咬牙，繼續追了下去。

差不多跑到剛才與展慕白談話的地方後，李滄行方才停下腳步，負手而立。

林瑤仙緊隨而至，在他身後兩丈左右的距離按劍而立，沉聲道：「尊駕是何人，為何深夜引我至此？」

李滄行回過頭，仔細地看著這位一別多年的佳人。

十餘年不見，當年那個出水芙蓉般的絕世佳人，風采依舊，髮如烏雲，在頭上挽了個髻，一襲如雪的白衣，襯托出她那如畫般的眉目，眉間一點朱砂，一如她的紅脣嬌豔欲滴。她雪白粉嫩的肌膚，要比這三尺白雪更加皎潔。晶瑩如玉，佳人天成，也許是對林瑤仙最適當的形容。

她的左手持著一柄天蠶絲織就的拂塵，右手則按在當年自己用過的紫劍劍柄上，渾身上下騰起了淡淡的白氣，做好戰鬥的準備。

李滄行拉下面巾，金鐵相交般的聲音從他的喉底發出：「林掌門，別來無恙嗎？錦衣衛總指揮使陸炳，這廂有禮了。」

林瑤仙眉頭一皺，似乎有些意外，收起渾身的戰氣，左手仍然倒持著拂塵，行了個稽首禮：「陸大人，貧道有禮了。」

李滄行今天早早地打定了主意，以真面目與展慕白見面，為的是取信這個自信敏感，內心深處卻又深深自卑的傷根之人，但對峨嵋派的這些故人，尤其是對當年曾深愛過自己的林瑤仙，絕對不可以暴露出身分，以陸炳的面目與她作交涉，應該是最好的方式。

李滄行裝出陸炳的口氣：「林掌門，今天引你前來相見，是有一件要事相商，還請林掌門能行個方便。」

林瑤仙一揮拂塵，淡淡地說道：「陸總指揮，有什麼話您可以通過安排在我們峨嵋的手下來通報，又何必多此一舉呢？我峨嵋這些年來一舉一動，你都瞭若指掌，不知又有什麼地方做得不對，惹得朝廷不高興了？」

李滄行心知林瑤仙還是沒有放下當年「畫眉」許冰舒被陸炳派去臥底，最後被迫自殺的恨意，他作出歉意之狀，道：「林掌門，當年的事已經過去很多年了，本官對那件事也很後悔，只是食君之祿，自當忠君之事，皇上需要掌握江湖上各大門派的動向，本官也只能出此下策，還請林掌門能見諒一二。」

林瑤仙冷冷地道：「陸總指揮，你是官，我們是民，民不與官鬥，當年你挑起落月峽之戰，又在各派內部安置臥底，這些事情我們都可以不計較，只是我想提醒你一句，現在我們都只是本分過日子，沒有互相串聯，對朝廷構成威脅，而朝中的大臣也對此非常清楚，不知峨嵋派還有什麼做得不對的，還請大人明言。」

李滄行哈哈一笑：「峨嵋派這些年做得很好，所以我們也從不找你們麻煩。」

林瑤仙點了點頭：「既然如此，那我想我跟大人就沒什麼好說的了，這回我們在巫山派設伏，也是想要伏擊前巫山派首領屈彩鳳等人，據情報說，她已經潛回中原，重招舊部了，怎麼，陸大人也是為此事而來嗎？」

李滄行正色道：「不錯，本官正是為了此事而來，林掌門，請你不要對屈彩鳳出手，放她一條生路。」

林瑤仙臉色微變，聲音也提高了：「陸大人，屈彩鳳不是聚眾謀反，對抗朝廷的反賊嗎，你作為錦衣衛總指揮使，職責和任務不就是捉拿這樣的反賊？就是**當年我們各大門派安分守己，你都要派出臥底四處打探，怎麼，這回碰到真正的反賊，你卻反要網開一面？**」

李滄行微微一笑：「林掌門，請不要激動，我這樣做，當然是有目的的。」

林瑤仙沒好氣地說：「目的？**你的目的就是養寇自重，留著屈彩鳳繼續跟洞庭幫作對，這樣也符合你一貫的擾亂江湖的政策，對不對？**」

李滄行搖搖頭：「沒有這麼簡單，洞庭幫崛起得太快太凶，不僅對朝廷，也對你們伏魔盟的各派構成了威脅，難道你就這麼甘心看著洞庭幫的楚天舒一舉消滅屈彩鳳，盡吞湖廣荊湘之地，然後再四處擴張嗎？」

林瑤仙面無表情地道：「陸大人，林某不才，但有一點還是知道的，楚幫主一心只為了消滅魔教，對別的都不感興趣，屈彩鳳跟他是死敵，現在更是加入了魔教，那也是我們所有伏魔盟各派的敵人，你這回前來，明著說是要我們對屈彩鳳手下留情，實際上是想讓我們給魔教以喘息之機，對吧。」

李滄行微微一愣：「魔教沒有遭到什麼損失，何來喘息之機的說法？」

林瑤仙的瑤鼻中，不屑地「嗤」了一下：「陸總指揮，當著明人不用說暗話，林某雖然不才，但也有自己的眼線和情報，四年前東南一帶的倭寇首領汪直和徐海被你們錦衣衛誘騙上岸，加以殺害之後，東南一帶的倭寇餘黨就和小閣老嚴世蕃，還有魔教勾結到了一起，獨霸海上的商路，這點你要否認嗎？」

李滄行沒有想到林瑤仙對於這東南之事也如此清楚，沉聲道：「此事你又是從何得知的？」

林瑤仙冷笑道：「你手下那個名氣很大的錦衣衛天狼，看不慣你後來投向嚴世蕃和魔教，背信棄義地誅殺汪直徐海一夥的行為，所以叛出錦衣衛，前一陣在塞外大破英雄門，聽說又重新回了中原，是不是？」

「是有此事，林掌門是不是以為我們錦衣衛也跟魔教勾結，所以對我們的話不願意相信？」

林瑤仙點點頭：「鐵證如山，連你的手下都不願意和你一條心，你又如何能說服我們呢？消滅魔教是我們峨嵋無法更改的目的，所謂正邪不兩立，落月峽一戰又是如此的血海深仇，若不能報，林某枉披人皮。這一點，陸大人不用枉費心機了，屈彩鳳，這個魔教的走狗，我們必殺之！」

李滄行嘆了口氣：「林掌門，**這些都是楚天舒跟你說的吧，此人連倚天劍都不肯歸還你們峨嵋，說的話你就這麼信得過？**」

林瑤仙柳眉一動：「陸大人，我知道你跟楚幫主都是朝廷的人，而且一向不和，他對魔教有切齒之恨，必欲滅之，你就要來個反其道而行之，變著方兒要幫魔教，你們官府的爭鬥，我們江湖人士不管，但我們江湖的事情，也請你少插手的好，不然給人參上一本，說你私通反賊，只怕連嚴世蕃也不會為你說話的。」

李滄行心中一動，**林瑤仙又是如何知道楚天舒的朝廷身分？**剛才和展慕白的對話，他倒是好像對此一無所知，於是追問道：「楚天舒跟你說過什麼了嗎？」

林瑤仙道：「陸大人，你們錦衣衛跟東廠向來誓不兩立，這點江湖人盡皆知，當今皇上信任你們錦衣衛，可是換了一個皇上，就未必還會這樣了，你跟東廠鬥得太凶，當心自己不留後路，以後連累你的整個組織。陸大人，你是聰明人，不需要我多提醒了吧。」

李滄行心下雪亮，看來楚天舒上次在林瑤仙上門索劍的時候，也把自己的身分向林瑤仙挑明了，借此獲得林瑤仙的信任，若非如此，這回峨嵋派恐怕也不會這麼痛快地一叫便到，大概除了楚天舒本人就是岳千愁，當年為練天蠶劍法不惜傷根入宮的事沒有透露外，其他的都跟林瑤仙說了，峨嵋派在朝中一向沒有勢力，能搭上東廠這根線，自然是求之不得。

李滄行沉聲問道：「楚天舒把他是東廠廠督的事也跟你說了？」

林瑤仙道：「當然，楚幫主奉了皇上的密令，就是要消滅魔教，嚴世蕃父子在朝中一手遮天，黨羽遍及天下，皇上對他們早就不滿了，而你多年來見風使舵，一次次地為虎作倀，投向嚴世蕃，姑息魔教，所以皇上自然不可能用你來對付魔教，只能另起爐灶，讓楚幫主做這件事，可笑你陸總指揮，一輩子揣摩上意，苦心經營，卻連皇上的真實想法都不知，呵呵。」

李滄行反問：「那你今天為何要告訴我這些事情？」

林瑤仙微微一笑，嘴邊現出一個酒窩：「因為我們是民，大人是官，江湖事江湖畢，我們只想對付魔教和屈彩鳳，為師父報仇，為門派雪恥，而陸大人一心為國，我們也不願意你這一世英名送在嚴世蕃和魔教身上，早日抽身而退，尚可青史留名，保全家族。」

李滄行的濃眉一挑：「這麼說來，**你們是非殺屈彩鳳不可了？**」

林瑤仙毅然決然地道：「不錯，屈彩鳳跟我們峨嵋派的仇恨，遠遠地超過其他各派，當年她誣衊先掌門曉風師太殺了她師父，還率眾從後偷襲，致使我們聯軍在落月峽慘敗，事後又咬著我們峨嵋派不放，在川中一帶連年廝殺，我們峨嵋派戰死在巫山派手下的弟子，數以千計，早已經是不死不休的血仇了，這回為了不讓有人從中作梗，我們連離此最近的武當派都沒有叫，這用意陸大人不會不明白吧。」

李滄行終於明白了為何這回楚天舒沒有叫武當派，一定是怕武當的徐林宗像上次毀滅巫山派那樣，暗中放走屈彩鳳，他的眉頭一皺：

「林掌門，上回你也參與了消滅巫山派之事，應該看到屈彩鳳並非那種十惡不赦的女魔頭，她的山寨裡大多是那些孤兒寡母，並不是山賊土匪，你們上次已經殺了幾萬這樣的可憐人，要說報仇，也應該算報了，這回又何苦趕盡殺絕呢？」

林瑤仙聽到孤兒寡母的時候，臉上先是現出一絲不忍的神情，但聽到最後幾句話時，卻又變得冷酷無情地道：「可是這回屈彩鳳帶來加入魔教，攻擊巫山的，總不會是什麼孤兒寡母，老弱病殘了吧。」

李滄行笑道：「林掌門，你跟屈彩鳳也是交手多年了，以你對此女的評價，她是一個有勇無謀，衝動易怒之人，會為了一點小利，就陷自己於危險嗎？」

林瑤仙秀目波光閃閃：「自然不是，雖然彼此為敵多年，立場對立，但在貧道看來，屈彩鳳武藝高強，心胸開闊，足智多謀，在當今武林眾多門派的首領之中，也算是一流人物，可謂巾幗不讓鬚眉，並非愚蠢之人。」

李滄行順勢道：「這就是了，楚天舒應該跟你們說過，這回屈彩鳳重回中原，現在雖然號稱加入了魔教，但帶來的弟子仍然是她以前在南方七省綠林中各分寨的老部下，魔教中人並沒有給予她人員方面的支持，而且，她這回直接奔著巫山派分舵而來，即使一時偷襲得手，也不可能長久立足。

「這個據點孤懸於你們峨嵋，武當，洞庭幫三家敵對勢力之間，魔教現在丟了湖南的衡山分舵，就連廣東分舵也很難保住，根本不可能救援屈彩鳳。林掌門，你覺得以屈彩鳳這樣的聰明人，為何會做這樣的事情？」

林瑤仙秀眉深鎖，搖了搖頭，看得出她在認真地思考李滄行的話，她緩緩地說道：「這也是我一直疑惑的地方，也許屈彩鳳在巫山派留下了什麼重要的東西，需要她這樣不惜性命地回來取吧。」

李滄行仰天一笑，聲音如金鐵交加般的刺耳：「林掌門，你可要看清楚了，你們現在所處的是巫山派原來的分舵，原來屈彩鳳的總舵那裡早已灰飛煙滅，化為一片墳場了，那鬼地方連你們和洞庭幫也不願意去，即使她要找什麼東西，這會兒也應該在那裡翻找，還用得著多此一舉，來此與你們血拼嗎？

「再說，連本官都知道你們在這裡埋伏之事，以屈彩鳳的精細縝密，想必在動手之前早已探查清楚了，所以她遲遲不來此地，你們的伏擊計畫不可能成功，林掌門，你說是嗎？」

林瑤仙聞言道：「陸大人說得不錯，這個計畫從一開始我就不指望能一舉消滅屈彩鳳，但是你也知道，洞庭幫是我們伏魔盟各派現在需要正式面對的一大新興勢力，而且背後還有很深的朝廷淵源，這次人家誠心邀請我們援手，我們自然不能置之不理，不管屈彩鳳會不會來，我們都會在這裡留守的。」

李滄行冷冷地說道：「林掌門，如果我是你，就不會為了貪圖這巫山派之地，輕易地與洞庭幫結盟，楚天舒為人亦正亦邪，已經有些墮入邪道，為了向魔教出手，不擇手段，你可知這回他為了在東南一帶斷絕魔教和倭寇的聯繫，甚至願意和倭寇聯手，阻止朝廷官兵進剿倭首毛海峰？」

林瑤仙意外地「哦」了一聲：「竟有此事？我實在不知道，不過那是楚幫主的私事，即使如你所說，楚幫主也是為了斷絕魔教和倭寇的聯盟，雖然有失道義，但作為江湖爭霸的手段，也沒有什麼大不了的。他不是這些年一直在兩湖向來往的客商船隻徵收各種買路錢嗎？一開始也頗受俠道人士非議，可隨著他力量的越來越強，這種聲音也越來越小了。」

李滄行冷笑一聲：「想不到這麼多年不見，一向以俠道正義自居的林掌門，居然也變得如此勢利，不問是非了，跟倭寇合作與在中原內地收點商隊的買路錢能一樣嗎？」

林瑤仙粉面含霜，有些不高興了：「陸大人，你以前不也是跟屈彩鳳合作嗎？以前你去招安汪直和徐海的時候，不是也說這些人是被逼下海，情有可原，在內地則為山賊綠林，在海上則為倭寇海賊嗎？**為什麼你可以這樣長期幫助屈彩鳳，卻這麼不能容忍倭寇呢？**」

李滄行意識到林瑤仙的峨嵋派長期處在內地，沒有去過東南，對那裡倭寇橫行，殘殺百姓，攻城毀鎮的慘景並不清楚，嘆了口氣說道：

「林掌門大概是沒有去過東南吧，那裡的倭寇不是普通的海盜，之所以帶了一個倭字，就是因為這些海盜跟那些凶殘的東洋武士與浪人勾結，利用這些人的剽悍凶殘，加上內奸們對大明沿海情況的瞭解，合作起來到處打家劫舍，販賣人口，打得過就打，打不過就上船逃跑，不像屈彩鳳這樣，就守在巫山這裡照顧她那幾萬婦孺，所以朝廷對此一直非常頭疼，屢剿不滅。

「更糟糕的是，朝堂內部有人跟倭寇勾結，一直對他們提供方便，大軍進剿時的各種情況早早地就被倭寇知曉，或戰或逃，所以才會幾十年都無法根除這個心腹之患，本來三年多前我通過招安之法，好不容易穩住了倭寇，結果又被人從中作梗破壞掉，這才釀成今天的局面，林掌門，如果你有機會到東南沿海走一趟，就絕對不會說出剛才那樣的話，倭寇凶殘暴虐，見人就殺，沿海城鎮十室九空，和屈彩鳳這樣劫富濟貧的綠林豪傑根本就是兩回事。」

林瑤仙若有所思地道：「那是貧道剛才失言了，倭寇的凶殘狠毒我也有所耳聞，不過楚幫主說，這次他到了東南一行後，發現倭寇狡猾多詐，而且本性凶殘，不值得作盟友，所以也就斷絕了跟他們的合作，陸大人，楚幫主這樣迷途知返，難道不比屈彩鳳這樣執迷不悟要來得強嗎？」

李滄行冷笑道：「他哪是不想跟倭寇結盟了！他是在橫嶼島上被我以前的部下天狼所新創的黑龍會所敗，被迫退出東南沿海的。」

林瑤仙秀眉微蹙：「哦，這個什麼天狼我聽說過，好像非常了得，以前也是陸大人的左膀右臂，後來聽說跟屈彩鳳有私情，因為巫山派被毀一事上，大人不肯幫他，所以才一怒退出錦衣衛，可有此事？」

李滄行做出一副痛心疾首的表情：「唉，林掌門，傷心的往事不用再提，天狼是我花了半生心血培養出的最優秀的殺手，想不到卻跟我分道揚鑣，實在是可惜，這回他回到中原，在東南一帶想要建立自己的勢力，所以今天我來這裡，正是想跟林掌門商量一下，以後能不能合作對付這個天狼！」

林瑤仙微微一笑：「這麼說來，這些傳言是真的了，只不過你陸大人和那天狼的關係，應該是昔日的主人和叛徒的關係，你錦衣衛要清理門戶，是你們錦衣衛的家事，又與我們峨嵋有何關係？跟我們今天在這裡伏擊屈彩鳳又有什麼關係？」

李滄行打了個哈哈：「林掌門，當年那天狼背叛我，就是因為我沒有聽他的話，坐視巫山派被滅，他跟那屈彩鳳確實關係不一般，雖然一直否認是情侶，但最後居然為了這個女人背叛我，實在出乎我的意料之外，這回他和屈彩鳳幾乎同時現身中原，我覺得事情沒有這麼簡單。」

林瑤仙眼中閃過一絲疑慮：「照陸大人的意思，**屈彩鳳真正投靠的不是魔教，而是天狼了？**」

李滄行點點頭：「有這個可能，天狼新入中原，想要開宗立派，東南的浙江與福建二省多年來一直受倭寇之亂，所以正邪各派也都沒有精力在那裡擴張，只是現在倭寇之亂眼看就可以徹底平定，到時候無論正邪各派，都會打起這東南之地的主意，那裡不比內地，不僅出產絲綢茶葉，物庶民豐，還可以做海外的貿易，每年能得到的收益遠遠大於其他的省分，這回魔教和洞庭幫都被天狼的黑龍會趕出了東南，但若是伏魔盟和丐幫這樣的正道大派也要插手，只怕他應付不過來，所以他才借屈彩鳳把你們拖在這裡，給自己的經營爭取時間。」

林瑤仙頻頻點頭：「聽陸大人這一分析，確實有這種可能，只是這與我峨嵋派有何關係？我再說一遍，這是你們錦衣衛的家事，我們峨嵋派不會插手。」

李滄行微微一笑：「林掌門這次若能賣我一個人情，不對屈彩鳳狠下殺手，我陸炳自然會有所回報。」

林瑤仙正色道：「陸大人，你這話我聽得越來越糊塗了，第一，如果天狼是你的叛徒，屈彩鳳是他的同夥，你應該拿下屈彩鳳，以要脅天狼才是，為何要把屈彩鳳放走呢？第二，我峨嵋行事，一向俠義為先，絕不會助紂為虐，當年你派畫眉在我們峨嵋臥底多年，我們峨嵋對你陸大人從此再不敢言信，這個交易，我想峨嵋上下也無人願意和你們做的。」

李滄行搖了搖頭：「不，林掌門，我想這個交易對你們峨嵋是有利的，天狼重出江湖，目的不明，如果他真的是和屈彩鳳一夥，想要為她復仇的話，那當年參與過圍攻巫山派的所有名門正派，都有可能是他的敵人，現在你們伏魔盟對付魔教也不能說是穩占上風，北方又有新的英雄門崛起，占了華山，而司馬鴻大俠又不幸身死，這些年來你們伏魔盟一直貌合神離，如一盤散沙，即使是這次來巫山派伏擊屈彩鳳，也只有你們參與，甚至還要防著武當，我說得沒錯吧。」

林瑤仙冷冷地說道：「那是我們伏魔盟內部的家事，陸大人就不必操心了，也不用這樣費神挑撥，少林派在助守恆山，武當派也承諾會在奪回華山時助一臂之力，這些都是後話，至於這個天狼，暫時沒有跟我們宣戰，我們也犯不著主動招惹她，屈彩鳳現在加入的是魔教，這點鐵證如山，我等就是殺了屈彩鳳，這天狼也是無法直接為此指責我們的，若是他一意孤行，我們自當召集天下正道俠士，像對付魔教那樣將他消滅。」

李滄行笑道：「好極了，我在來之前，曾經聽到一個消息，內閣首輔徐階徐大人對你們伏魔盟已經下了命令，要求你們一個半月後，到福建莆田南少林召開伏魔盟大會，共議如何對付黑龍會之事。看來徐閣老想得比你們要深遠，早早地意識到了這個黑龍會的威脅。」

林瑤仙有些意外，低下頭來沉吟不語，一雙美麗的大眼睛光芒閃爍，久久才抬起頭來：「陸大人，我相信你說的話，徐閣老只怕是看出東南一帶平定倭寇在即，不想這裡出現新的門派來代替倭寇，控制朝廷的海外貿易，所以才要我們先下手為強，趁著這黑龍會尚未立足的時候，先除掉他們吧。」

李滄行微微一笑：「也許吧，東南一帶被嚴世蕃一夥控制了多年，國庫也因此常年收入銳減，徐閣老不希望打跑了魔教，又來個不受自己控制的黑龍會。」

林瑤仙嘆了口氣：「陸大人，**我還是有些想不通，於情於理，天狼是你錦衣衛的叛徒，要說對付，也應該是由你對付最合適，為什麼這樣的事你不自己做，卻要我們伏魔盟來做呢？**」

李滄行臉上裝出一副忿忿的表情，恨恨地說道：「這就是我今天要來找林掌門的原因了，這回朝廷不知出於何種考慮，沒有把對付天狼的任務交給我，大概是對我上次放他出塞，有些不滿吧。」

林瑤仙淡然一笑，月光的照耀下，美如天仙：「是麼？可我怎麼聽說一年前在塞外，陸大人可是跟這天狼聯手大破英雄門，還成功地救出了華山派的展師兄呢？看來陸大人已經早早地放棄前嫌，跟這個昔日的叛徒合作了嘛，皇上因此不讓你對付黑龍會，也是合情合理哪。」

李滄行嘆了口氣：「我很愛惜天狼的才華，而且當年他叛離錦衣衛，主要責任也在我，我曾經向他許諾過要保全屈彩鳳和汪直徐海，最後卻不得不執行朝廷的命令將他們消滅，他一時恨我也是應該，所以這回我想設法化解他的仇怨，將他重新收歸朝廷，畢竟人才難得，現在又是多事之秋，我已經漸漸老了，需要他這樣的後起之秀來繼續統領錦衣衛。」

林瑤仙搖了搖頭：「只怕是陸大人想要找個得力助手來幫你壓制洞庭幫的楚幫主吧，東南一帶的海外貿易利益是肥得流油，這點即使我這個身在峨嵋的女流之輩也知道，你錦衣衛如果直接經營東南，那會給皇上誤會有不臣之心，如果通過一個已經叛出錦衣衛，自立門戶的天狼跟你合作，那自然是最好不過，對嗎？」

李滄行哈哈一笑：「林掌門果然冰雪聰明，快人快語，所以我在這時候可不能得罪了天狼，如果這回我能幫他保下屈彩鳳，他自然會賣我一個人情，以後的事情就好商量了，你們如果這回助我，我自然也會給峨嵋派合適的回報，以表自己的感激之情的。」

林瑤仙眼中寒芒一閃：「這麼說來，陸大人今天來找貧道，是先禮後兵了？你既然已經出現在這裡，想必大批手下也已經趕到，屈彩鳳若是攻擊我們，你自然也會助她一臂之力了，對嗎？」

李滄行點了點頭：「不錯，但我也不會讓林掌門和展大俠為難，你們應該知道，我對伏魔盟各派一直景仰有加，以前也最多只是派了些探子臥底各派，可沒有真正地害過你們，這次我想收服天狼不假，但如果不是考慮到跟伏魔盟各派一直以來的良好關係，也用不著像現在這樣引出林掌門，單獨懇談，對不對？」

林瑤仙的柳眉一豎：「怎麼，陸大人還想在這裡把我們峨嵋華山兩派一網打盡嗎？那就要看你是不是有這個實力了，我峨嵋派向來堅守正義，寧為玉碎，不為瓦全，即使是你陸炳陸大人，也不可能讓我們屈服。」

說到這裡，林瑤仙意識到自己的語氣有點太過，稍稍一緩，說道：「貧道無意威脅陸大人，只是大人雖然權傾天下，也不能一手遮天，萬不得已的話，貧道只能求助於楚幫主，你們都是朝廷中人，我想你這樣為了維護一個錦衣衛叛徒，隨意地攻殺江湖正義人士的行為，讓皇上知道了，也不是什麼好事吧。」

李滄行深知林瑤仙的外表雖然柔美，但內心極為堅強，絕不是外力可以輕易屈服的，連忙擺了擺手：「林掌門誤會了，我的意思是，如果這次不要大規模流血，雙方各自點到即止，於人於己都是好事。」

林瑤仙不動聲色地說道：「怎麼個點到即止呢？」

李滄行笑道：「只怕屈彩鳳攻這巫山派，也是做做樣子，只是以此舉動向她昔日的部下們宣告自己又重出江湖了，勝敗並不重要，如果發現林掌門和展大俠早有埋伏，想必會一觸即退。」

林瑤仙的嘴角泛起一個酒窩：「然後我們就原地不動，看著她從容撤退，對嗎？」

李滄行聽出了林瑤仙的話外之音，搖搖頭道：「林掌門，你誤會了，也不能完全看著屈彩鳳來去自如，你可以率手下上前攔截，但是做做樣子就行了，到時候我會讓我的手下突然殺出，隔開你們兩邊，掩護屈彩鳳逃離，到時候你收手不打，想必楚天舒也沒辦法指責你了。」

林瑤仙那張美如天仙般的俏臉一變，收起了笑容，變得冷豔不可方物，淡淡地說道：「陸大人，你的主意打得可真不錯，把我們所有人都玩弄於股掌之間，**你是不是以為我們伏魔盟的各派都是你那些手下，任由你擺佈，隨便做你的棋子，你要我們做什麼，我們就得做什麼？**」

李滄行聽得出她話中的怒氣，這姑娘對錦衣衛一直心懷怨恨，今天自己這樣跟她說話，也許更加刺激到她了。

可是事已至此，李滄行也沒有別的退路，於是哈哈一笑：

「林掌門言重了，本官今天來與你是想好好商量，絕非命令，我剛才說過，會給你無法拒絕的好處，難道林掌門不想聽聽嗎？」

林瑤仙冷冷地說道：「不必了，我們峨嵋派身為伏魔盟四派之一，這種重大的事情都需要共進退，陸炳，你不要以為我不知道你的伎倆，想靠著這種辦法來收買我們峨嵋，你這主意恐怕是打錯了。」

李滄行緊跟著說道：「一百萬兩銀子的見面禮，林掌門意下如何呢？」

林瑤仙的眉頭一皺，搖搖頭：「陸大人出手還真是大方，一百萬兩確實不少，足夠我峨嵋派上下幾千人的數年用度了，可是我等自幼習武就不圖這些榮華富貴，我峨嵋派衣食無憂，可以自給自足，收起你的臭錢吧，如果你真要救屈彩鳳，帶著你的錦衣衛上來打過就是，我們峨嵋就是盡數戰死了，也不會有違俠義之道的。」

李滄行心念一轉，冷笑道：「林掌門，如果不是楚天舒以這巫山分舵之地相許，你們峨嵋會這麼賣力嗎？如果不是楚天舒肯把衡山分舵讓給華山派，展大俠又怎麼會棄恆山於不顧，傾幫中精英來這巫山呢？**在商言商，大家都是為了現實的利益，為何你能接受楚天舒的分舵之贈，卻不肯跟我合作呢？**」

林瑤仙搖頭道：「不一樣，跟楚幫主是各取所需的平等合作，陸大人，我承認這次我肯來，巫山派的分舵是個重要原因，即使楚天舒不開這個條件，只要能有機會殺了屈彩鳳，我也會義無反顧的。陸大人，**道不同不相為謀**，告辭了。」

林瑤仙轉身便要走，李滄行沒有料到會是這樣的結果，連忙說道：「不，林掌門，稍等一下，我還有話要說。」

林瑤仙站定了身子，冰霜風雪吹拂著她那一頭烏髮，她那甜美清脆的聲音隨著風聲傳了過來：「陸大人還有何見教，就請你長話短說吧，貧道還有要事在身，不能久陪。」

李滄行心下無奈，他來見林瑤仙之前，已經做好了最壞的打算，因為他深知這位峨嵋麗人外柔內剛，原則性極強，不象展慕白那樣可以輕易說動，還好，他今天還留下了最後一個殺手鐧。

李滄行開口道：「林掌門，一百萬兩銀子如果不能表達陸某的誠意，那麼倚天劍呢？」

林瑤仙嬌軀一震，轉過身子，杏眼圓睜：「陸炳，關於倚天劍，你知道什麼？又想說什麼？」

李滄行微微一笑：「林掌門以前一直用的是青霜劍，上次去洞庭幫向那李沉香討要倚天劍以後，就換回了這紫劍，想來是比劍不成，青霜劍被削斷了吧。」

林瑤仙咬了咬牙：「果然是天字第一號大特務，這件事都給你打聽到了，貧道無能，對不起祖師爺，沒本事奪回倚天劍，以後自當另想辦法，你難道有本事把李沉香手上的倚天劍奪回來嗎？哼，就算如此，我也不會跟你合作的。」

李滄行點了點頭：「本官讚賞林掌門的氣節，不過，人不可能一輩子靠氣節過日子，林掌門，**你這麼堅定地跟著楚天舒同進退，只怕也不僅僅是為了巫山分**

舵，更重要的是他向你做出了某種有關倚天劍的許諾吧。」

林瑤仙冷冷地「哼」了一聲，不置可否。

李滄行心下雪亮，看來自己的推測沒有錯，楚天舒是以倚天劍為條件，才讓林瑤仙如此相助，上次自己和李沉香談及倚天劍的秘密時，並沒有說過不向其他人透露這倚天劍之事，加上倚天劍本就是峨嵋的鎮幫寶劍，自己向林瑤仙說明，應該也不算違背與李沉香的約定。

李滄行笑了笑：「林掌門，那李沉香的來歷，你可知曉？」

林瑤仙點了點頭：「我當然調查過，李姑娘是崑崙派的得意高足，下山後就加入了洞庭幫，還認那楚幫主為義父，她的劍術我上次見識過了，確實極高，不在我之下，加上倚天劍之利，我輸得是心服口服。」

李滄行道：「林掌門，你覺得李姑娘身為崑崙弟子，為何要加入洞庭幫呢？那倚天劍在她的手裡，楚幫主又如何能把她的寶劍拿來給你？」

林瑤仙「哦」了一聲：「陸大人的意思是，楚幫主是在騙我？」

「有關倚天劍的事，我也略知一二，因為曾經與李姑娘有過約定，不能完全向林掌門言明，但有一點我可以告訴林掌門，這倚天劍並非楚幫主所有，李姑娘加入洞庭幫也是因為某種特殊原因，楚天舒並不能隨意指派和處罰的，更不可能把她的劍拿給你，如果林掌門真的這麼相信楚天舒，只怕將來會大失所望。」

林瑤仙冷笑道：「難不成還要我信你陸總指揮嗎？」

李滄行雙目炯炯，緊跟著說道：「如果我告訴你，李沉香手中的那把看似像倚天劍，實際上卻是三國時曹操用過的青釭劍，你作何感想？」

林瑤仙驚得臉色煞白，倒退了兩步，失聲道：「你，你休要胡言！」

李滄行冷笑道：「林掌門，你是峨嵋中人，又是掌門之尊，應該比外人更清楚這倚天劍的由來吧，當年郭靖大俠夫婦為保九陰真經與武穆兵法，熔化了玄鐵重劍，以上古名刀斬龍刀和名劍青釭劍為模，引刀劍中的靈魄鑄成了屠龍刀與倚天劍，所以倚天劍和那青釭劍長得一模一樣，林掌門，我說得沒錯吧。」

林瑤仙的額頭開始滲出幾滴香汗，雙目中幾乎要噴出火來，厲聲道：「陸炳，你還知道什麼，為什麼說倚天劍並不在李沉香的手上？」

李滄行嘆了口氣：「青釭劍世代在崑崙派保管，從未有人能降伏那劍中的凶靈，可這李沉香卻連逢奇遇，駕馭了這青釭劍，下山之後，楚天舒看她手中拿著極似倚天劍的青釭劍，幾番試探，就想出了這條計策，想以此來要脅和控制你們峨嵋派，林掌門，你上回跟李沉香交過手，應該知道她手中的劍是有劍靈的，能源源不斷地給李沉香提供力量，而倚天劍中卻沒有這麼強的劍靈，更不能把你的青霜劍一削兩段。」

林瑤仙咬了咬銀牙：「怪不得！上次交手時，我感覺與小時候跟師父持倚天劍時拆招完全不一樣，原來那劍是假的！」

李滄行微微一笑：「林掌門，你再想想，為什麼這麼多年，楚天舒從來不提把巫山派與衡山派相贈給你們伏魔盟，這回卻這麼好心呢？**他顯然是想要你們幫他洞庭幫看守後路，以一點眼前利益來換取和伏魔盟的暫時良好關係，以便專心對付魔教，等到時機成熟後，他就會想著獨霸武林，一統天下，到時候早晚還是要和你們開戰的。**」

林瑤仙一擺手，冷冷地說道：「陸大人，貧道很感激你告訴我這些事，茲事體大，貧道暫時不能答應你，回去後還要細想一下，這樣吧，明天午時，還是在這裡，貧道會給你最後的答覆，如何？」

李滄行點點頭：「那就一切聽林掌門的決定了。」

他心中長舒一口氣，**看來他已經在林瑤仙的心中埋下了一個伏筆**，以林瑤仙的心思縝密，顯然回去後一想就會想清這些事情。

自己在峨嵋待過一年，對峨嵋眾姝都視作姐妹，實在不希望跟峨嵋真的刀兵相見，把這仇結大，無論是屈彩鳳還是林瑤仙，傷到哪個，都是他心中所不願意的。

李滄行向林瑤仙一拱手，乾淨俐落地一轉身，抬腳準備欲走。

林瑤仙卻突然吃驚地睜大了眼睛，看著李滄行遠去的身影，春蔥般的玉指不由得捂在櫻脣上，幾乎要叫出聲來，一雙杏目中盈滿了淚水，她的心口劇烈地起伏，突然雙眼一黑，竟然就這樣暈倒在地。

李滄行卻沒有發現背後林瑤仙的變化，只聽到「撲通」一聲，身後的林瑤仙居然倒在地上，他猛的一回頭，臉色大變，連忙兩個箭步衝上前去，想要扶起雪地中的伊人。

林瑤仙突然鳳目一睜，左手箕張如爪，向李滄行的胸腹間六處要穴襲來，右手則是一招截手九式中的「飄雪穿雲」，直奔李滄行的面門。

李滄行萬萬沒有想到林瑤仙會突然對自己出手，剛才他只想把倒在地上的林瑤仙抱起，全身上下沒有一點防備，手剛剛觸到林瑤仙的肩頭就被攻擊。

她左手五爪透出一股森冷的寒氣，幾乎要凍住李滄行的丹田，隔了一尺遠，那陰寒之氣從李滄行的六處胸腹間的穴道進入，幾乎要凍結李滄行的血液。

李滄行武功之高，已經世所罕匹，即使是如此突然的變故，本能地便做出反應，全身的皮膚一下子繃緊，十三太保橫練瞬間把胸腹間的要穴封住，只剩下鋼鐵般的皮膚，他的右手則匆忙運起三成功力，使出黃山截梅手中的「如封似閉」一式，護住自己的面門。

以前在峨嵋的時候，他無數次地與林瑤仙拆招對抗，近距離應付這截手九式中最凶猛的飄雪穿雲，便以這招「**如封似閉**」的效果最好。

李滄行的左手，卻是在胸腹間使出了屠龍二十八式中的「**震龍飛鱗**」，左手向內迅速地畫出一個半圈，帶得林瑤仙的左手五爪向這圈中過來，然後猛的向外一推。

第九章

美人心計

李滄行摸向自己的臉，觸手處卻是一片冰冷，
再一看地上，那張面具已經被震得生生從臉上飛起，
難怪剛才臉上被寒風一吹這麼疼，他長嘆一聲：
「瑤仙，這一切都是你計畫好的嗎？
你就是想看我的真面目？」

這一招不求傷敵，只求把敵人貼身攻擊的招式通過這一震之力打回，拉開二人間的距離，以便反擊，本是屠龍二十八式中極少用到的自衛招式，想不到在這裡用上。

只聽「砰」地一聲，李滄行的雙手幾乎與林瑤仙的左爪右掌同時對上，事發突然，兩人用的功力都不足三成，可即使如此，也生生地把二人的距離震出四五丈遠。

林瑤仙的嬌軀在雪地裡畫出一條痕跡，向後被生生衝出兩三丈，一個鯉魚打挺蹦了起來，李滄行的胸腹還是挨了一爪，儘管有十三太保橫練護體，仍然打得他胸腹一陣翻江倒海，護著面門的右手也微微向下了一點。

「飄雪穿雲」的掌風透過他的右手掌，拂過李滄行的面門，讓他一陣子頭腦暈眩，人也感覺像是飛到了半空之中，身子向後一個空翻飛起，在空中翻出三個筋斗，又向後退出五六步，才勉強地站立在地上。

李滄行感覺自己的嘴角和鼻孔間有一股鹹腥的液體在向下流，他知道自己給林瑤仙打得有點內傷，而臉上也被寒風所吹，如同刀割一般地痛，可他現在來不及反應自己身體受的傷，厲聲喝道：

「林掌門，你什麼意思，為何要對我下手？」

林瑤仙秀髮上那個道姑髻被剛才震龍飛鱗的氣勁所震散，加上在雪地上的一陣滑動，這會兒烏雲般的秀髮完全披散下來，眼中淚光閃閃，一對俏頰已經起了兩片紅暈，嘴裡如同夢囈：

「李師兄，真的是你！」

李滄行一下子反應過來，摸向自己的臉，觸手處卻是一片冰冷，再一看地上，那張陸炳面具已經被震得生生從臉上飛起，難怪剛才臉上被寒風一吹這麼疼，這張臉已經戴了二十多年面具，甚至連真臉上也很少能感覺到人間冷暖了。

李滄行知道臉上在向外出血，再好的易容術也不可能讓面具破口出血，從這一點看，這是真面目無疑。

他長嘆一聲，道：「瑤仙，**這一切都是你計畫好的嗎？你就是想看我的真面目？**」

林瑤仙突然大哭起來：「李師兄，這些年，你跑到哪裡去了，你可知，師妹一直在等你？」

李滄行一時間不知道如何是好，只能沉默不語，看著林瑤仙淚如雨下，寒冷的天氣中，滴滴珠淚剛離開她的美目，很快就被凝結成了冰珠，就像晶瑩的珍珠一樣，讓人又愛又憐。

李滄行見林瑤仙哭得傷心，走上前去，低聲道：「瑤仙，你能聽我說嗎？」

林瑤仙突然縱身一躍，撲進了李滄行的懷裡，李滄行沒有料到這位外人看來潔白無瑕，冰清玉潔般的峨嵋掌門，竟然會做出這樣的舉動，一時間腳彷彿在地上生了根，想要伸手推開林瑤仙，卻被她的一雙玉臂緊緊地環著自己的腰間，哪還發得了力，只能站著任憑林瑤仙在自己懷中發洩。

良久，林瑤仙才停止了抽泣，李滄行的胸口已經被美人的珠淚弄得一片濡濕，即使透過兩層中衣與內衣，仍然能感覺到這珠淚的溫度，他柔聲道：「瑤仙，別這樣，有什麼話，咱們好好說，行嗎？」

林瑤仙鬆開了手，後退了幾步，拭著眼淚，一邊幽幽地說道：「這些年，你究竟去哪兒了？你可知道我一直在找你？」

李滄行嘆了口氣：「瑤仙，你知道的，我一直在喬裝打扮，想要破壞陸炳那個臥底各派的計畫，所以當年我才會離開峨嵋。」

林瑤仙抬起頭，月光下一雙水汪汪的大眼睛裡透出無盡的哀怨：「然後你就進了錦衣衛，化名天狼，繼續打探陸炳的虛實？」

李滄行微微一愣：「你怎麼會知道？」

林瑤仙道：「這些年我一直在懷疑天狼就是我的李師兄，天下哪有這麼巧合的事，你離開峨嵋不久，就出現一個武功如此之高，又特立獨行的錦衣衛天狼，我知道陸炳一直很欣賞你，想要把你收為己用，可是，師兄，你怎麼可以忘了師門的仇恨，忘了我們正道的俠義，助紂為虐呢！」

李滄行的表情變得嚴肅起來：「瑤仙，你應該知道我的為人，我怎麼可能助紂為虐，當年加入錦衣衛，一是因為紫光道長已死，沒人能證明我臥底各派的事，加上徐師弟那時候已經回了武當，我不宜再回去添亂，這叫有家難回。

「二是因為陸炳和我頗有淵源，當年他也曾向我許諾要和我聯手鏟平奸黨，澄清宇內，我那時候年輕不懂事，給他忽悠得一腔熱血，激動之下就入了錦衣衛。不過瑤仙，你應該聽說過我成為天狼以後做的事情，可有哪一件是有違俠義，不走正道的？」

林瑤仙朱唇輕啟：「李師兄，**難道你忘掉你師父的仇恨，轉而和屈彩鳳勾搭到一起，也是不違俠義的正道之舉嗎？**」

李滄行搖搖頭：「瑤仙，我知道你跟屈姑娘之間有很多的誤會，可是你為什麼不想想，一直以來要置屈彩鳳於死地的，不是嚴世蕃就是楚天舒，而我和徐林宗卻一直在維護她，你知道我不是那種會輕易被女色所迷的人，就不想想其中有什麼原因嗎？」

林瑤仙不服氣地說：「李師兄，我知道你又要說什麼屈彩鳳本性善良，在巫山派內收養了幾萬無家可歸的孤兒寡母，但這跟屈彩鳳當年偷襲我們正道聯軍，殺死我們眾多同道是兩回事，無論如何，我都不會忘了落月峽之仇，更不會忘了師父臨死前的囑託，一定要我向魔教和巫山派尋仇！」

李滄行厲聲道：「不是只有曉風師太一個人死在落月峽，我師父，還有眾多同道那一次也戰死了，但是瑤仙，**我們要復仇，首先得弄清楚仇人是誰！**」

林瑤仙冷笑道：「難道屈彩鳳當年沒有親自率領大批手下從後面殺出嗎？如果我們當年不是被前後夾擊，也不會輸得那麼慘！」

李滄行慨然道：「瑤仙，你以為當年屈彩鳳不從背後偷襲，我們就能贏嗎？整個大戰從頭到尾就是個巨大的陰謀，一隻看不見的黑手從一開始就操縱著伏魔盟的各派，讓我們集中實力攻擊魔教，然後又為魔教和巫山派早早地作好了應對，就是要正道武林在這一戰中傷亡殆盡。你想想看，連那林鳳仙都早早地知道我們組織了聯軍，為此還從各地召回人手，她又是怎麼知道我們正道聯軍行動的秘密？」

林瑤仙吃驚地睜大了眼睛：「你是說當年我們征討魔教本身就是個巨大的陰謀？不可能的，當時奔走各派的都是武林中的前輩長老，誰會這樣做？」

李滄行痛苦地回憶道：「一開始我以為是陸炳在搞鬼，加入錦衣衛的三個主要目的，一是為了請他幫忙探查紫光師伯之死，二是信了他所謂的保家衛國，做一番事業，三是也想查探一下當年的落月峽之戰，陸炳是不是幕後的黑手。」

林瑤仙道：「最後你確認當年的陰謀與陸炳無關？」

李滄行眼中閃過一絲憂傷：「從我多年的調查來看，確實是如此，陸炳是希望江湖正邪兩派保持平衡，分而治之，並不想消滅正道各派，這點我很確定，落月峽大戰最可疑的人，應該是原華山派的前輩長老，**一代劍俠雲飛揚**！聽說戰前的正道聯盟，是他奉了前內閣首輔夏言夏閣老之命來回各派促成的，但現在夏言已死，雲飛揚又失蹤多年，這其中的是非曲直，只怕也很難再論證了。」

林瑤仙若有所思地說道：「當年先師還在時，雲飛揚確實幾次來過峨嵋，勸說我們加入這滅魔之戰，只是此人在江湖上很多年都沒有消息了，有人說他當年死於落月峽一役，可我師祖卻不相信，她說雲飛揚武功蓋世，不可能在落月峽折掉的，而且此人整個戰役中都沒有出現過，也是反常的事。李師兄，聽你這麼一說，我越來越覺得此事不簡單了。」

李滄行點點頭：「此事只有暗地查訪了，瑤仙，我這次來見你，是有要事相商，剛才我以陸炳的面目來與你商量，你卻執意不從，這回你知道了是我，還會如此拒絕嗎？」

林瑤仙眼中閃過一絲難以形容的神色：「這麼說來，**你早就跟屈彩鳳約好了，讓她在這裡虛張聲勢，來吸引其他各派的注意力，以為你在東南的開宗立派爭取時間，對不對？**」

李滄行佩服地道：「瑤仙果然冰雪聰明，一猜就中，所以我讓屈姑娘在此只是佯攻，並不想讓她受到太大損失，當然，我也不希望瑤仙你有什麼損失。」

林瑤仙幽幽地道：「這麼說來，屈彩鳳加入魔教，也不過是你的……」

李滄行突然伸出手來，捉住了林瑤仙的手腕，林瑤仙的臉微微一紅，本能地想要掙脫李滄行的鐵腕，卻像是被一雙鐵鉗牢牢地鉗住，哪還抽得開半分。

李滄行顧不上手中這隻柔若無骨的玉腕，震起胸膜，聲音通過內力震入林瑤仙的耳邊：「瑤仙，茲事體大，你我還是用密語的好。」

林瑤仙也震起胸膜，暗道：「李師兄好生粗魯，我，我給你抓疼了。」

李滄行的手鬆開了一些：「瑤仙，對不起，剛才我一時情急才會用力，你聽我說，氣生丹田，行於帶脈，走中脘穴，上泉穴……」

李滄行把運氣傳音之法告訴林瑤仙，很快，她的聲音就能通過喉腔的震動，清楚地傳到李滄行的耳邊。

李滄行鬆開林瑤仙的手腕，密語道：「瑤仙當真好生聰明，一學就會。」

林瑤仙微微一笑：「想不到世間還有如此傳聲的方法，太厲害了，這是你在錦衣衛學的嗎？」

李滄行點點頭：「是的，瑤仙，以後你我若是有什麼密語要說，就用這種方式運氣說話便是，旁人聽不見，你要是與別人說話，就換一種運氣方式即可。」

林瑤仙笑道：「李師兄，你剛才還沒回答我問題呢，屈彩鳳加入魔教，是你一手安排的吧。」

李滄行正色道：「此事我對任何人都沒有透露過，也只有對你，我才說實話，不錯，在我入關前，就找過屈姑娘，她在塞外這幾年，念念不忘復仇之事，最大的仇家就是魔教的後臺嚴世蕃，又怎麼可能真心加入魔教呢？」

林瑤仙的秀眉微蹙：「難道嚴世蕃就不防著她？就這麼同意她加入？」

李滄行笑道：「嚴世蕃和冷天雄也並非鐵板一塊，冷天雄當年實力不足確實有賴於嚴世蕃的權勢，但這些年下來他羽翼漸豐，已經不太甘心再給嚴世蕃那樣驅使，他也知道彩鳳對嚴世蕃的刻骨仇恨，所以出錢給彩鳳，讓她召集舊部，一方面可以對付洞庭幫，另一方面也能讓嚴世蕃投鼠忌器，不敢背叛魔教。」

林瑤仙聽到「彩鳳」二字時，瑤鼻不自覺地抽了一下，等到李滄行說完，她才幽幽地說道：「想不到魔教和嚴世蕃之間也是如此勾心鬥角，這麼說來，你也是利用了他們之間的互相猜忌，讓你的彩鳳周旋其間，對嗎？」

李滄行從林瑤仙的話中聽出了一股濃濃的醋意，趕忙解釋道：「瑤仙，我跟彩鳳並無男女之情，只是生死與共的革命情感罷了，請你不要誤會。」

林瑤仙眼中透出悲傷的神色：「好了，李師兄，不用解釋了，**你的心裡，從沒有過我林瑤仙的位置，以前是你的小師妹，現在是你的彩鳳，我又算是你的什麼呢？**」

李滄行看到林瑤仙這種黯然神傷的模樣，心中十分不忍，但他知道，這時候千萬不可兒女情長，林瑤仙苦等自己多年，這實在出乎自己的意料，雖然他知道這位冰山美人對自己早已芳心暗許，可沒想到多年過去，林瑤仙卻一直沒有放下這段感情，對自己的愛意反而越來越深。

李滄行無奈地嘆了口氣：「瑤仙，你這又是何苦，你應該知道的，我心裡只有……」

林瑤仙馬上接話道：「只有什麼？只有沐蘭湘是嗎？李師兄，這麼多年過去了，你的沐師妹早已嫁為人婦，你自己也一直跟屈彩鳳出雙入對，你說你心裡只有沐蘭湘，跟屈彩鳳全無男女之情，讓人如何能信？」

李滄行閉上雙眼，緩緩說道：「瑤仙，不管你信或不信，我在你面前是不會說謊話的，當年我離開你就是不想傷害你，今天也是一樣。」

林瑤仙身子微微一晃，一張嘴，「哇」地一口鮮血噴出，落在雪地之中，李滄行一看，知她是急火攻心，連忙想要上前相助，林瑤仙卻一抬手，阻止了李滄行向前，冷冷地道：「李師兄，我懂你的意思，你放心！瑤仙不會纏著你不放，謝謝你能對我說實話。」

李滄行長嘆了口氣：「瑤仙，你是個好姑娘，我李滄行天煞孤星，害人害己，實在不值得你這樣錯愛，我沒有想到過了這麼多年，你仍然對我不能忘情，早知如此，今天說什麼我也不會在你面前出現，更不會暴露本來面目。」

林瑤仙道：「李師兄，不用說了，剛才你轉身離開的那一下，就跟當年你在小樹林裡離我而去時一樣，毅然決然，沒有半分猶豫，這個動作我印象太深，所以才一下子認出了你，繼而加以試探，只是不知道這麼多年來，你仍是心裡只有沐姑娘嗎，真的對其他女子都無動於衷？」

李滄行心下淒然，痛苦地喃喃自語道：「不錯，我也很想忘掉師妹，可是我做不到，瑤仙，我的罪過實在是太大了，等我報完仇之後，就會遠走天涯，或者是削髮為僧，也許只有這樣，才能絕了我的塵心凡念，讓心靈真正得到安寧。」

林瑤仙搖了搖頭：「李師兄，你為什麼這麼傻，沐姑娘雖已成了徐夫人，但我知道，她一直沒有忘了你，這些年也一直向我們打聽你的下落，你如果心裡真的有她，應該回頭找她啊。」

李滄行睜開眼睛，厲聲道：「不行，絕對不可以，武當派剛有點起色，我這時候只顧自己，出現在小師妹面前，也許會毀掉整個武當的安寧，這種事我絕對不可以做，絕對不可以。」

林瑤仙半晌無語，久久才輕嘆道：「李師兄，你是怕自己控制不住自己，會帶沐姑娘遠走高飛嗎？」

李滄行心如刀絞，痛苦地點點頭：「是啊，正因如此，我才不能害人害己，瑤仙，請你幫我保守這個秘密，好嗎？」

林瑤仙默默地點了點頭，道：「李師兄，還是說正事吧，你既然已經知道了我們在此設伏，為何還要讓屈姑娘攻擊？只是為了做給冷天雄和楚天舒看？而且我不明白，你為什麼這麼討厭楚幫主？再怎麼說，他也是跟魔教不共戴天的，而且這麼多年來，做的事情雖然手段狠辣，但並沒有跟我們伏魔盟為敵過。」

李滄行平復了一下自己的思緒，道：「對楚天舒的來歷，我是最清楚不過的，但我發過毒誓，不會把他的身分透露出來，我很清楚他為什麼這麼恨魔教，也知道他為了復仇吃了多少苦，以前的我，對他除了同情，更多的是敬仰，即使他跟嚴世蕃合作，毀了巫山派。

「可是這回不一樣，三年不見，我發現楚天舒的勢力擴展超乎了我的想像，甚至為了和魔教爭霸，開始無所不用其極，勾結倭寇，引外敵入侵這樣的事他也做，這實在不能不讓我改變對他的看法。

「在我看來，**也許有一股神秘可怕的勢力在與他合作**，想那李沉香，與身懷倚天劍的神秘人物交手，然後依其言加入了洞庭幫，這個帶著倚天劍的人為何要做這種安排？當年令師攜倚天劍斷後，最後戰死沙場，倚天劍也不知所蹤，瑤仙，你不覺得可疑嗎？」

林瑤仙吃驚地道：「李師兄，**你的意思是，那個拿了倚天劍的人，可能就是落月峽之戰真正的黑手？而你懷疑這個黑手跟楚幫主有關係？**」

李滄行虎目寒芒一閃：「目前沒有任何證據支持我的這個想法，但在我看來，楚天舒性情大變，心思深沉，做事不擇手段，這回以這巫山分舵和衡山分舵來誘惑你們對付屈彩鳳，所圖者並不是魔教，而是想向東發展，吃下黃山三清觀，加上他之前就想在東南二省勾結倭寇，建立自己的勢力，只怕有其不可告人的目的。」

林瑤仙皺眉道：「可是楚天舒分明就是東廠的首領，他只不過是個公公，又能折騰出什麼名堂出來？而且明明是皇帝對嚴世蕃的做法不滿，才會暗中讓楚天舒出宮來對付魔教的，這不就是陸炳天天掛在嘴上的那個平衡之術嗎？」

李滄行搖搖頭：「不，楚天舒我很清楚，他確實和魔教之仇不共戴天，但我現在越來越覺得，他當上一幫之主久了，對權欲的興趣越來越大，甚至超過了他對魔教的仇恨，也許是這幾年對魔教的廝殺損失太大，又沒有明顯的收穫，以後他可能會把主攻的方向從魔教那裡挪開，由你們峨嵋和華山二派給他擋在前面，承受魔教的攻擊，而他則轉而經營各地，壯大自己的勢力。」

林瑤仙思索道：「你說得或許有一定的道理，但至少到目前為止，楚幫主所作所為沒有什麼問題，你只憑自己的感覺就下這種結論，太武斷了點。」

李滄行嘆了口氣：「**這些年我在錦衣衛看到了太多這樣的事情，也親眼見到了權力是如何把陸炳這樣一個人給腐蝕的，所以我寧可把人想得壞一點**，免得到頭來自己沒有一點準備，措手不及，就像陸炳露出真面目背叛我時那樣，瑤仙，那種感覺真的太不好受了。」

林瑤仙真情流露地說：「李師兄，雖然我不知道你和陸炳之間究竟發生了什麼事，但我還是相信你，因為在我的心裡，不管過多久，你永遠是那個俠義，正直，值得依靠的李師兄！永遠是那個面對強敵，挺身而出，擋在我前面的李師兄！」

李滄行感慨道：「這些年我了解到一件事，**一個人再有抱負，沒有實力，沒有組織，還是不行的**，所以這回我重出江湖，拉了不少志同道合的好兄弟，在東南建立了黑龍會，就是想在驅逐倭寇之後，能在這一處開宗立派，站穩腳跟，瑤仙，這件事上，我希望你能幫我。」

林瑤仙質疑道：「李師兄，你畢竟是出身於武當，為什麼要自己出去建幫立派呢？只要跟大家說一聲，哪怕你不回武當，也可以在伏魔盟內部建立一個新門派的，就好比以前我們正道聯盟是五派，後來在落月峽一戰，衡山派盛前輩戰死，衡山派也就此滅亡，這回洞庭幫奪回了衡山派，我想你如果願意在這裡開宗立派的話，其他四派是不會有意見的。」

李滄行擺了擺手，道：「不可，一來當年的那個幕後黑手還沒有被查出，這種情況下我公開身分回來，以後想要再查，只怕是難上加難，而且當年紫光師伯被人下毒害死，死得不明不白，多年來徐師弟和沐師妹也沒有查出其中的原委，師門之仇未報，我就公然自立也不太合適。」

林瑤仙不自覺地捂住了自己的櫻口，道：「啊，這麼說，紫光師伯真的是給害死的？」

李滄行點點頭：「沒錯，徐師弟和小師妹當時就發現了這一點，但那時武當人心不穩，他們也只能選擇不聲張，先結婚以穩住武當，再暗中查探，這些年過去了，那個深藏武當的內鬼始終沒有行動，武當也難得有幾年的平靜，多少恢復了元氣，如果我這時候公然露面，只怕武當的安寧又不復存在。」

林瑤仙眉頭不覺地皺了起來：「李師兄，我記得你說過，這個內鬼當年在你的屋裡下迷香，害得你被趕出武當，你因為顧念沐姑娘和其他同門的安危才不敢回武當的，難道這麼多年了，這個內鬼還在？而且這個內鬼不是陸炳派的？」

李滄行嘆了口氣：「原來我以為內鬼是陸炳所派，結果加入錦衣衛後，陸炳才向我透露，**他在武當派的臥底不是別人，竟是我的師父澄光真人。**」

林瑤仙驚得幾乎叫出聲來：「這怎麼可能呢，怎麼會是澄光真人！」

李滄行一想到自己師父的犧牲，就淚光閃閃：「此事不會有錯，我師父當年和陸炳同出自錦衣衛，情同手足，我在錦衣衛看到了多年來師父與陸炳的通信，不會有假，這也是我最後答應陸炳加入錦衣衛的原因，陸炳當年執行那個青山綠水計畫，派人打入各派監視，目的並不是消滅各派，而只是起到監控的作用，這和皇帝一向的對正邪各派分而治之，一手掌握的理念相符合。」

林瑤仙嘆了口氣：「澄光真人在落月峽一戰中戰死，那他自然不可能是那個臥底了，對嗎？」

李滄行點點頭：「不錯，所以武當的內鬼另有其人，這人並不是陸炳所派，有自己更不為人知的目的，這些年他一直潛伏不動，我想是有更毒辣的計畫，如果我貿然現身，可能會讓這人狗急跳牆，傷及武當。所以我不能回去。」

林瑤仙點了點頭：「我明白了，你剛才說這是第一個理由，還有別的原因嗎？」

李滄行道：「第二，就是伏魔盟各派都要受到朝中清流派大臣的控制，接受他們的指令，比如這回，徐階徐閣老會寫信要求你們四派到南少林集中，共商對付黑龍會的事情，即使你心中再不情願，也不得不去，又如前幾年，當徐閣老下令你們暫時停止對魔教的攻擊，甚至來巫山派共滅屈彩鳳時，你們也只得依從，這種吃人嘴短，拿人手短的事，我是不想做的。」

林瑤仙幽幽地道：「師兄所言極是，我們各派的收入都有賴於這些朝廷重臣的香火錢和送子女上山學藝時的學藝錢，而且作為天下的僧尼道觀，都要在朝廷註冊，享有香火和免稅田，並不能像洞庭幫這樣經營產業，先祖師有遺訓，我等峨嵋弟子也不能走鏢或者看家護院來取得收入，因此我們的衣食來源都要靠著朝中官員，只要是不違俠義原則的事情，只能照辦。」

李滄行道：「這就是我現在不能回伏魔盟的原因，我要復仇，就不能受制於人，朝中的官員都是老油條，無原則立場可言，今天可以和嚴氏奸黨不共戴天，明天就會握手言和，就是陸炳，也是幾次三番地轉變立場，一切惟皇帝的意思行事，我受夠了這種鳥事，才會退出錦衣衛。

「所以我要在東南自立門戶，有自己的財源管道，這樣才不會受制於人，如果只是在這湖南衡山開派，來錢的管道不會比你峨嵋多出多少，到時候只能屈服於那些清流派的大臣。」

林瑤仙微微一笑：「李師兄是蓋世男兒，當不會受制於人，小妹就沒有這種氣度，也只能恭祝你一切順利了。對了，你剛才說會給我一百萬兩銀子的見面禮，這錢是你自己掙的嗎？」

李滄行點點頭：「這是我這些年來暗中經營的一些積蓄，也是這次起家時準備招兵買馬的資本，東南的戰事比預想中的要順利，浙江的倭寇已經被徹底平定了，福建的倭寇也指日可定，現在東南一帶前來投奔我們的江湖義士源源不絕，本來想要花錢招人的這些銀兩可以省一些出來，所以我把這錢拿出來以徐閣老的名義分給伏魔盟各派，就是想要這回大家能幫我一件事。」

林瑤仙的秀眉微蹙：「幫你一件事？跟倭寇作戰乃是兵家大事，又要我們這些武林人士做什麼？」

李滄行微微一笑，今天繞了大半天，終於能說到正事了，他看著林瑤仙美麗的大眼睛，密語道：「倭寇每次打輸了就化整為零，滿山遍野地亂跑，官軍數量本就不足，難以追殺，這些人上船逃跑後，又會捲土重來，所以沿海倭寇總是屢剿不絕，這回我們想要盡滅福建倭寇，就準備誘敵深入，引倭寇來攻南少林附近的興化府城，然後以大軍正面迎戰，倭寇戰敗後，各派的武林俠士再一路追殺，這樣就能將敵一網打盡了。」

林瑤仙笑了起來：「想不到李師兄多年不見，竟然已經深通兵法了，好，那我就迅速從峨嵋召集人手，趕赴福建南少林，以為援手。」

她說到這裡的時候，頓了一頓，幽幽地道：「若是，若是李師兄這回想要那屈彩鳳幫忙，看在並肩平倭，有利於國家的份上，我也可以暫時放下跟她的恩怨，滅了倭寇後再算帳。」

李滄行哈哈一笑，道：「林師妹果然是女中丈夫，深明大義，不過這回平定倭寇，不需要大軍，如果人太多了，倭寇聽到風聲，反而不會來，所以伏魔盟的四派，各自只需要帶幾百名精銳弟子就行，我看你這回帶了千餘弟子，從中挑出四五百輕功出色，長於追殺和結陣對敵的，就足夠了。」

林瑤仙眨了眨眼睛：「我雖然沒有倭寇交過手，但也知道他們人多勢眾，足有幾萬人，這麼一點人真的夠嗎？」

李滄行點點頭：「夠了，只要正面打敗倭寇，他們逃起來就如喪家之犬，沒了組織的敵軍，是不堪一擊的，四派的高手加上南少林的僧兵還有我黑龍會的人，一共也有不下七八千了，追個兩萬潰兵是綽綽有餘的啦。」

林瑤仙點點頭：「那就一切聽你的，不過……」

她突然想到了什麼，秀目中閃過一絲疑慮，「這次開會不是說要對付你們黑龍會嗎？又怎麼會和你們聯手，以追殺倭寇呢？」

李滄行嘆了口氣：「倭寇之亂，一半在於倭人凶狠善戰，來去無蹤，另一半在於國內總是有不法之徒對其通風報信，不僅有毛海峰這樣的漢奸敗類為其引路，更有像嚴世蕃這樣身居高位的內奸向其透露我軍的動向，所以這回在福建我們才主動撤軍，誘那毛海峰上當來攻，然後再盡出伏兵，正面打垮倭寇，倭人搶劫得手之後，戰意不高，打不了硬仗，只會帶著財寶到處逃跑，我們江湖人士，只負責追殺即可。」

林瑤仙道：「可是我一個人答應你也沒用啊，我相信到時候群豪們聽說倭寇犯境，會靠著一腔熱血去主動助戰的，但你說的這種開始按兵不動，最後再分散追殺，這需要組織和安排，誰來下這個令？」

李滄行正色道：「這個問題我也考慮過，到時候你們伏魔盟各派最好能決定出一個盟主，由他來安排追殺之事，至於我們黑龍會，到時候我會親自攜帶五百萬兩銀子現身現場，說明我天狼並無與伏魔盟為敵的想法，然後懇請各派出手相助，到時候你們已經有了盟主，我想他目睹了倭寇的凶殘與狠毒之後，又有重金相贈，應該不會不答應的。」

林瑤仙點點頭：「我明白了，李師兄，當年你全力助過我們峨嵋，這回我自當作出回報，只是其他幾派，你都打過招呼了沒有？」

李滄行苦笑道：「武當派那裡，我是無法出面的，不過徐師弟應是不會違背他父親的命令，一定會依言而行；至於少林那裡，這次武林大會開在莆田南少林，又涉及要公推伏魔盟盟主之事，少林有主場之利，應該也不會推辭，對你們和華山兩派，我正好借這次的機會打過招呼，就在你今天來之前，我也和展大俠說過此事了，他也已經答應啦。」

林瑤仙微微一笑：「展師弟最恨那屈彩鳳了，他也答應放過屈彩鳳嗎？」

李滄行笑道：「為了讓他收手，我可花了不少心思，現在華山派剛剛丟了華山總舵，恆山又朝不保夕，這回肯來這裡，主要也是圖的那衡山之地，現在他手下的精英弟子不多，也不願意血拼屈彩鳳，搞得兩敗俱傷。所以讓他就此撤出，他可是求之不得呢。唯一可能讓你們有損失的是，這回沒抓住屈彩鳳，只怕楚天舒會耍賴，不把這巫山分舵給你們了。」

林瑤仙灑脫地道：「不給就不給吧，本來我們也不是非常稀罕此地，不管展師弟圖的是什麼，這回我來這裡，主要是找屈彩鳳報仇的，既然他連她都可以放過，其他的也都無所謂了，李師兄，你說吧，明天怎麼辦？」

李滄行交代一番道：「明天晚上戌時，彩鳳會率眾從後山偷襲，到時候你們……」

與林瑤仙商定之後，李滄行轉身準備離去，林瑤仙突然說道：「李師兄，能稍等一下嗎？」

李滄行回過頭來，疑道：「瑤仙，還有什麼問題嗎？」

林瑤仙一動不動地盯著李滄行的臉，看得李滄行都有些不好意思了。

久久，她才幽幽地道：「這些年，你可真的是受了好多苦，可你的容貌一點也沒變，今天我一眼就認了出來，師兄，我知道你一直易容改扮，成天戴著面具的日子不好受，以後記得多刮鬍子，你看你雙頰不少地方都有些脫皮了。」

李滄行心中一熱，這麼多年過去了，林瑤仙對自己還真是體貼入微，這真是一個好姑娘，可惜自己對她從未動過心，也只能辜負她的情意了。

他點點頭：「瑤仙，謝謝，你也要好好的，不要委屈自己，明白嗎？」說完，他狠了狠心，扭頭飛奔而走，留下林瑤仙一人癡癡地看著李滄行遠去的背影，悵然若失。

李滄行為了怕鳳舞胡思亂想，在路上又新做了一個陸炳的面具戴在臉上，當他奔回黃龍水洞時，天色已經微微放亮了。

只見這裡空空蕩蕩，沒有一個人，他蒙著面巾，信步於洞內，雙眼中寒芒一閃：「出來吧，還準備給我個意外驚喜是不是？」

鳳舞就像一隻黑色的精靈，從水瀑後一閃而出，嘟著紅脣道：「你一夜風流快活去了，讓我在這裡等你，還這麼兇巴巴的，羞也不羞。」

李滄行不高興地說道：「鳳舞，你胡說些什麼，我出去辦正事，怎麼就叫風流快活了，你說我可以，可不要敗壞人家的名譽。」

鳳舞秀眉一皺，玉足一點地，跳到李滄行的跟前，雙手背負於身後，像隻小貓一樣地上下打量起李滄行，鼻子還不停地嗅來嗅去。

李滄行被她這個舉動弄得哭笑不得：「你做什麼啊？」

鳳舞氣呼呼地說：「哼，我分明就聞到一股幽幽的檀香味，只有峨嵋的道姑身上才會有，尤其是那個林瑤仙，好啊，怪不得你這麼久不回來，看來我果然沒有猜錯，你竟然，竟然……」

鳳舞越說越氣，竟然一轉身，話也不說一句了。

對鳳舞的無理取鬧，李滄行十分頭疼，只能壓下不耐，柔聲道：「你不要胡思亂想，我得把展慕白跟林瑤仙都給說服，這可不是容易的事。」

鳳舞回嘴道：「只要你把面具一摘，還有什麼不容易的？你在峨嵋時，林瑤仙對你早已芳心暗許了吧，哼。」

「你說對了，今天我真的在林瑤仙面前露出了本來面目。」李滄行也不隱瞞。

鳳舞聽了如遭雷擊，睜大了眼，露出不敢置信的表情，然後吼道：「天狼，你，你搞什麼鬼，你在林瑤仙面前暴露身分，是不是想娶她？」

李滄行嘆了口氣：「是她認出了我的身形，突然出手偷襲，我一時不防，面具才給她打了下來，並非我的本願。」

鳳舞咬牙氣道：「我就知道這小妮子心裡有你，你這人粗手大腳的，早晚會給她看出破綻！不行，這回她知道是你了，以後肯定會纏著你不放，天狼，你得想個對策，把她趕走才行。」

李滄行不悅地說：「鳳舞，林掌門跟我清清白白的，什麼事也沒有，她畢竟是峨嵋一派之主，不是什麼花癡，也不會把什麼小兒女的感情放在大事之前，你這樣說也太傷人了吧。」

鳳舞使性子道：「對，你的瑤仙妹妹是高貴仙女，我是一天到晚只會纏著你的花癡妒婦，哪能跟她比?!你去找你的瑤仙妹妹吧，再也別來找我。」說著，就要向洞外跑去。

李滄行一個九宮八卦步，擋在鳳舞面前，鳳舞幾次換方向想要衝出，都被李滄行搶先一步擋在前面，氣得她柳眉倒豎，杏眼圓睜，吼道：「讓開！」疾出一掌，結實地打在李滄行的胸口。

這一掌鳳舞含怒而發，用了七成的內力，李滄行沒有還手，直接運氣硬頂了這一下，正好打在林瑤仙今天打中他的胸腹相交的位置，打得李滄行悶哼一聲，倒退三步，只覺胸中一陣氣血翻湧，脣邊鼻孔也滲出絲絲血跡。

鳳舞在氣極之下出手，因而不小心動了真力，沒想到居然把李滄行打得吐出血來，一下子慌了神，連忙扶住李滄行的胳膊，哭道：「你這是怎麼了，我不是有意的，對不起，我真的不是有意的。」

李滄行忍著胸中的氣血翻湧，吃力地道：「這下，你出氣了沒？」

鳳舞大哭起來：「都怪我，都是我不好，是我亂發脾氣使性子，對不起，你不會有事的，你快坐下，我幫你療傷。」

李滄行依言盤膝坐下，從懷中摸出兩顆治療內傷的靈丹妙藥，一口吞下肚，金丹入口，自化瓊漿，感覺立即舒服許多，接著閉上雙眼，功行周身，丹田中產生的一陰一陽兩股真氣開始交匯，走遍他的奇經八脈，之前被鳳舞和林瑤仙先後擊中而入體的陰寒真氣，慢慢地從經脈和穴道的深處驅出，化為頭頂的絲絲白氣，很快便進入物我兩忘的境界。

功行三個周天後，只覺體內那種不適的感覺再也不見，他長出一口氣，從地上一躍而起，卻見鳳舞正怔怔地看著自己，一見李滄行醒來，粉白的雙頰上飛過兩片紅雲，連忙低下了頭，羞澀地道：「你醒了呀。」

李滄行見自己戴著的面具不知何時落到了地下，現在自己是以真面目出現，難怪剛才鳳舞一直盯著自己看，想來自己與鳳舞相識多年，她見到自己真面目的次數也是屈指可數，有這個機會能看到自己的原本面容，對她來說也相當的不容易。

李滄行把地上的面具收起放入懷中，道：「戴面具戴得太久了，我都不知道自己現在長成啥樣了，怎麼，我很難看嗎？」

鳳舞癡癡地望著他道：「不，天狼，你很英俊，不是像徐林宗、展慕白那樣的白面書生，而是很有男子氣概，英武過人的那種，我就喜歡這樣的。」

鳳舞意識到在一個男人面前這樣毫無遮攔地大談女兒家的心事，顯得太不矜持了，臉上紅暈更深，連忙收住了話，低頭擺弄起衣角來。

李滄行不禁摸了摸自己的臉，這十幾年來，他很少照鏡子，刮鬍子的時候也因怕人看到而草草了事，摸著自己的臉，手指劃過側臉和下頜，恍然悟到自己已近中年，不是當年那個青澀的少年了，自己顛沛流離多年，一直不能報仇雪恨，甚至連仇人是誰都不得而知，而自己所愛的，要麼求而不可得，要麼只能狠心斷情絕愛，終究只能孤獨終老，心中突然浮起一陣感傷，眼淚都要掉下來了。

鳳舞敏銳地感覺到李滄行神色間的變化，自責道：「是我有什麼話說得不對，讓你傷心了嗎？剛才是我亂發脾氣不對，可是，也請你體諒我一下，我知道你不可能喜歡上林瑤仙，可我就是不高興聽到你跟她在一起。」

李滄行看著鳳舞，眼中盡是對自己的愛戀，感動之下，忍不住把鳳舞攬進懷中，輕撫著她烏黑的秀髮，柔聲道：「你對我的心意，我怎麼可能不知道呢，我既然答應過你，和你重新開始，只要你不再騙我、害我，不再對我其他的女性朋友下毒手，我自然會依約而行，不會辜負你的，但是你這樣有事沒事地吃醋亂發脾氣，弄得我很心煩。」

鳳舞心裡像吃了蜜一樣甜，這麼多年來，這還是李滄行第一次這樣主動抱她，她依偎在李滄行的懷中，那濃烈的男子氣息盡入她的鼻中，而李滄行那雙孔武有力的臂膀和寬闊溫暖的胸膛，是她無數次夢想而不可得的，她感覺此刻她是全天下最快樂的女子了。

幸福來得如此突然，令她忍不住低聲囈語道：「**我，我這是在做夢嗎？天狼，你為什麼，肯接受我了？**」

李滄行喃喃說道：「我想通了，這些年我一直守著一個虛幻，不切實際的夢，結果只是讓自己陷入痛苦的深淵而無法自拔，鳳舞，你對我一片癡情，我豈會不知，你說得對，**追憶以前不如珍惜現在**，我答應你，東南消滅倭寇之後，我就娶你，你可願意嫁我？」

鳳舞激動地泣不成聲：「我願意，我願意！」

李滄行長舒一口氣，這一刻，他突然覺得多年來鬱結在胸中的一口氣一吐而盡，今天見了林瑤仙和屈彩鳳後，他意識到，**只有自己當斷則斷，才能讓這些花樣美好的女子得到解脫，不再苦等自己，這樣於人於己，也許都是最好的**

結果吧。

鳳舞抬起頭，一雙美麗的大眼睛掃視著李滄行的臉，輕輕地說道：「天狼，你為什麼見了林瑤仙後，突然就答應娶我了呢？」

李滄行沒有回答鳳舞的問題，卻反問道：「你先告訴我，你又是怎麼會知道林瑤仙一直鍾情於我，這麼多年都癡心不改的？」

鳳舞眼中閃過一絲慌亂：「這個還用得著說嗎，她當年就喜歡你，我爹都看在眼裡的，而且，她跟你在寒潭中肌膚相親，這些都是畫眉向爹爹稟報過的，我自然也知道。」

李滄行又問：「那你又是如何得知她現在還對我舊情未了呢？我離開峨嵋都十年了，你爹難道在峨嵋還有別的探子？」

鳳舞勾了勾嘴角：「這還用得著問嘛，這麼多年她既不嫁人又不入道，這不明顯就是在等你嘛，而且，沐蘭湘已經嫁人了，她自然認為最大的對手沒了，只要你重出江湖，就可以趁虛而入，你看，今天她果然就……」

說到這裡，鳳舞坐起了身，氣鼓鼓地扭過頭去。

李滄行心中釋然，看來他的決定是對的，娶鳳舞便能讓林瑤仙從此死心了，只是今天林瑤仙左手爪功突襲這招，他在峨嵋學藝時從沒見林瑤仙使過，這種招式陰寒歹毒，不像峨嵋的祖傳武功，林瑤仙怎麼會這樣的功夫，實在讓他有些奇怪。

鳳舞見李滄行沉吟不語，忍不住扭過頭來，好奇道：「你又在想什麼呀？」

李滄行道：「今天林瑤仙打落我面具用的一招，不是峨嵋派武功的路子，我完全沒有見過，那個招數陰狠歹毒，我被那一下打得陰風入體，還傷了內臟。」

鳳舞聽了，咬牙切齒地罵道：「好啊，她竟然用九陰白骨爪來打你。」

李滄行心中一動：「可是那九陰真經中的**九陰白骨爪**？」

這《九陰真經》是北宋年間的黃裳所創，黃裳，北宋延平人（今福建南平），狀元及第，原為文官，因校對《道藏》而悟通武學義理，及後黃裳被派遣消滅明教，官兵無能敗陣，黃裳不服，單人匹馬殺傷了明教多人，引來眾人上門尋仇，黃裳不敵逃去，家人盡數被殺。

為雪深仇，黃裳隱居四十多年，苦思破解敵人武功之道。四十餘年後重出江湖，此時仇家均已死去，餘下的一個少女也已年邁。黃裳有見於此，感慨萬分，遂將畢生所學寫成《九陰真經》傳之後世。

黃裳創立九陰真經後，將之藏於一個秘密所在，到了南宋末年，真經無意中重出江湖，引得各方高手你爭我奪，華山論劍也以九陰真經為獎勵，獎給天下武功第一高手。

第一次華山論劍，天下武功最高的東邪、西毒、南帝、北丐、中神通五人齊至，論劍多日，結果由全真教主王重陽技高一籌，奪得九陰真經，由此引出一連串的江湖恩怨。

多年之後，九陰真經為襄陽大俠郭靖所得，他靠此練成天下至高至強的武功，並以此武功和岳飛的兵書一起號召天下俠士守衛襄陽，抵擋蒙古南下。

襄陽城破前，郭靖將九陰真經和武穆遺書藏於倚天劍與屠龍刀中，倚天劍則被郭靖次女郭襄帶出，創立了峨嵋派。

一直到元末明初時，倚天劍與屠龍刀再次相遇，刀折劍斷，九陰真經重現於世，被時任峨嵋派掌門的周芷若所得，後來九陰真經又落入周芷若的愛人，魔教教主張無忌之手，張無忌攜美歸隱之後，九陰真經也從此下落不明。

九陰真經中所記錄的武功，歹毒殘忍，威力巨大，九陰白骨爪、摧心掌、白蟒鞭法、移魂大法都是頂尖的武學，但都失之殘忍邪惡，而且練法有傷天和，所以名門正派多對此視如洪水猛獸，周芷若雖然偷學過九陰白骨爪等招式，也並沒有留下這些武學的秘笈，供峨嵋後人所學。

但九陰真經在江湖上名氣過於響亮，自周芷若、張無忌之後，近兩百年來江湖上仍然不斷有人在尋找九陰真經的下落，是以李滄行一聽到這九陰白骨爪，馬上就反應過來。

鳳舞點點頭：「不錯，就是那九陰真經中的九陰白骨爪，天狼，你有所不知，當年峨嵋派周芷若學成九陰真經中的七成功夫，曾經在峨嵋派練功的秘地裡留下了這些武功的招式心法，那秘洞一直被歷代的護法長老所封禁，除非峨嵋將有大難，嚴禁任何人入內，秘洞的位置，也只有護法長老與掌門二人知曉，因此峨嵋的歷代掌門，如無意外，當在護法長老歸天之時卸去掌門一職，自己轉任護法長老，以保守這秘洞的秘密。」

李滄行長出一口氣：「這麼說來，了因師太就是這樣的護法長老了？」

鳳舞正色道：「這是畫眉在峨嵋潛伏多年後打聽到的，因為她是峨嵋的大師姐，有資格接任這掌門一職，若非曉風師太偏心，更喜歡林瑤仙與楊瓊花，峨嵋掌門必然會給畫眉所得，也省了我爹的許多安排了。」

李滄行追問道：「可是這九陰真經不是不讓掌門學習嗎，為何瑤仙最後又練了這門功夫？」

鳳舞嘆了口氣：「當年周芷若被張無忌一度拋棄，因愛生恨，在這種狀態下才練成了九陰真經七成的功夫，黃裳最早創立九陰真經，也是因為全家上下盡被仇人所殺，悲憤之下才能寫出此書，所以要練九陰真經，必須是處於極度的悲憤與傷心之中，對我們女子來說，若非為情所傷，又怎麼可能練成呢。」

李滄行無言以對，只有默然無語。

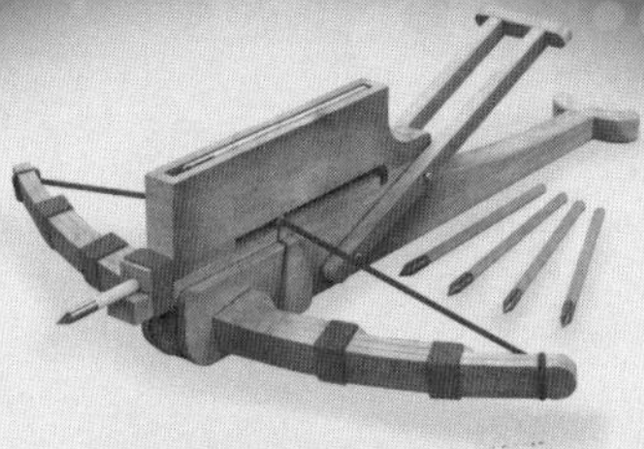

第十章

傷心回憶

鳳舞想到傷心往事，泣不成聲，身軀不停地發著抖。
李滄行緊緊地把鳳舞摟在懷裡，恨恨罵道：
「鳳舞，我一定要把嚴世蕃碎屍萬段，為你報仇！
對不起，都是我勾起了你傷心的回憶。」

只聽鳳舞繼續說道：「所以只能說誤打誤撞，機緣巧合，林瑤仙應該是苦等你多年，黯然神傷，加上峨嵋派苦苦對抗魔教與巫山派，傷亡慘重，即使她學會了幻影無形劍，自覺也不是冷天雄的對手，為了保護峨嵋，報得師仇，就學起了這九陰真經。想來應是如此吧。」

李滄行突然想到鳳舞剛才打自己的那掌，也是陰風逼人，只覺得五臟六腑無比的難受，和林瑤仙打自己一爪時的感覺倒有八九分相似，心中一動，臉上卻不動聲色，微微笑道：「你的武功似乎進步了不少，一掌能把我打到吐血，實在厲害，是什麼功夫呢？」

鳳舞連忙說道：「剛才是我不好，情急出手，不分輕重，你現在還好嗎？」

李滄行笑著擺了擺手：「我已經沒事了，對了，你打我那一下，跟以前嚴世蕃打我時感覺差不多，血液像要結冰，我是用了至陽至剛的天狼戰氣才排了出來，這又是什麼功夫呢？」

鳳舞低頭不語，一副欲言又止的樣子。

李滄行冷冷地道：「你說過以後任何事情都不會瞞我，現在我問你這武功從何而來，你都不肯告訴我，要我以後還如何信你？**鳳舞，想不到你仍然是這樣口是心非，看來我們沒有必要在一起了，你還是保留你的秘密吧。**」說到這裡，邁步欲走。

鳳舞連忙拉住李滄行，急道：「不，我不想隱瞞你，只不過……只不過我怕你聽了會生氣，所以才不敢說。」

李滄行正色道：「你瞞我，我才會生氣，據實相告，我只會高興，又怎麼可能生你的氣呢？」

鳳舞咬了咬牙，下定決心道：「好吧，既然你執意要問我就說，不過你得先答應我，無論我說什麼，你都不能生氣。至於我說完之後，你要何去何從，任憑選擇。」

李滄行點點頭。

鳳舞輕啟朱脣道：「你說得沒錯，**這武功正是嚴世蕃那終極魔功**！當年我爹知道嚴世蕃會此絕學後，有心得到此功法，與嚴家結親，一是為了結交嚴嵩，在朝堂上共同對付夏言，二來也存了讓我有機會偷學魔功，回來再教給我爹的想法，所以，我嫁給嚴世蕃後，不得不跟他雙修這終極魔功，以回報我爹。」

沒想到鳳舞當年受辱於嚴世蕃，居然還有這層因素，他的拳頭緊緊地握住，問道：「嚴世蕃甘願和你同享這終極魔功的心法招式？」

鳳舞幽幽地道：「終極魔功若是想要大成，必須陰陽合歡，男女雙修才行，嚴世蕃與我雙修，就得互相功行對方全身，可是他極為狡猾，寧可放慢進度，封閉自身經脈，不讓我的真氣經過他的周身經脈，完全只想以採補之法奪我陰元，以助他成功，這個惡賊……他…他不是人！」

鳳舞想到了傷心的往事，忍不住泣不成聲，身軀不停地發著抖。

李滄行看見鳳舞哭得如此傷心，緊緊地把鳳舞摟在懷裡，恨恨罵道：「鳳舞，我一定要把嚴世蕃碎屍萬段，為你報仇！對不起，都是我勾起了你傷心的回憶。」

鳳舞螓首埋在天狼的懷裡，喃喃囈語道：「天狼，你知道嗎，那是一段我永遠也不想再回憶的可怕經歷，嚴世蕃那個惡賊，為了防備我偷學他的功夫，每次同修之時，都要點我穴道，蒙我雙眼，用鐵鍊鐐銬把我鎖在床上，然後……一邊欺負我的時候，一邊……用烙鐵來燙我，用帶刺的皮鞭抽打我，逼我催動內力，每次我都給他折磨得死去活來……」

李滄行再也說不出話，將鳳舞抱得更緊了，他的牙咬得格格作響，對懷中的這個女子，再也沒有恨意與懷疑，只有無盡的憐愛。

鳳舞幽幽地道：「天狼，你知道我為什麼一見你就會喜歡上你嗎？因為你不僅有大丈夫的氣概，還肯保護我，這點我爹都做不到，他明知我在嚴府受苦，卻仍然逼我留在那裡，只有你，不顧一切地保護我，不求任何回報，從見到你的第一眼開始，我就知道，你是我今生活下去的唯一動力，離開你，我真的不能活。」

李滄行溫柔地說道：「鳳舞，有我在，以後再也不會讓別人欺負你，我不知道這些事，還亂猜你和嚴世蕃之間的關係，讓你受委屈了，我不會讓他再欺負你的，不管是嚴世蕃，還是你爹，都不能逼你做你不願意的事，好嗎？」

鳳舞感動地無以復加，良久才擦乾眼淚，說道：「我還沒有說完，那終極魔功本來我是不可能學到的，可是在嚴府裡，黑袍卻暗中教我口訣，後來我每次和嚴世蕃練功時，便暗中行氣，記住嚴世蕃功行時走過的路線，事後我再獨自修行，雖然沒有嚴世蕃效果明顯，但幾個月下來，行氣之法也算完全掌握了。」

李滄行奇道：「**這黑袍為何要幫助你？如果他把口訣和心法都告訴你了，你為何還要在那裡繼續受嚴世蕃的摧殘與折磨？**」

鳳舞嘆了口氣：「終極魔功的心法口訣極為歹毒邪惡，與任何一種武功心法都不一樣，只有與人雙修合練，才能掌握其行氣法門，黑袍和我都不肯與對方雙修，只有借助那嚴世蕃才能掌握修煉途徑，我學得此功之後，在黑袍的暗助下逃離了嚴府，回錦衣衛後，我爹才知道這邪功的秘密，他自然不可能從我這裡學到此法門，只能就此作罷。」

李滄行恍然悟道：「原來如此，所以他急著要我娶你，是想你教我學成此法？」

「不錯，我爹知道以他的武功要同時對付黑袍和嚴世蕃是不可能的，而且只有知己知彼，才能戰而勝之，所以希望你也學成終極魔功，以後對付嚴氏師徒就不在話下了。」

李滄行厲聲道：「不，這種歹毒邪惡的殘忍功夫，我就是死也不會學的。」

鳳舞春蔥般的玉指掩住了李滄行的嘴，說道：「天狼，你的天狼刀法難道不邪惡殘忍嗎？一出手就把人打得四分五裂，甚至把人活活地砍成一副骨架，這種武功難道就不邪惡、殘忍？」

天狼微微一愣，承認道：「天狼刀法確實殘忍，如果讓我今生學習，我也寧可不學，但這是前世的記憶，我想忘也忘不掉。」

說到這裡，他想到自己屢次給心中的殺神控制，熱血沖腦，不顧一切地大開殺戒，不由得心有餘悸，道：「我自己有時候也會被刀靈劍魄，或是天狼刀法所控制，不分敵我地大開殺戒，事後連自己都會害怕。等我報得大仇後，我願散去這一身邪惡歹毒的武功，不再流傳害人。」

鳳舞秀目流轉，搖搖頭道：「天狼，你應該知道武功本身沒有什麼正邪之分，那些只不過是道德君子們的胡說八道罷了，**一劍把人刺穿心臟，和一刀把人砍得四分五裂，何為正，何為邪？**」

天狼道：「可是我用起天狼刀法的時候，總是有控制不住的殺意，那些人的血噴到我的臉上，那種又鹹又腥的味道，讓我的殺心大起，無法控制，這難道不是邪功嗎？」

鳳舞微微一笑：「我想那是因為你的功力不到，還無法完全控制天狼戰氣的原因，而且，你的刀中那些邪惡的刀靈劍魄也會反過來影響你。只是天狼，你應該記住，**武功本身無正邪之分，是善是惡，端看用這武功的人做的事**。就好比你用天狼刀法來殺蒙古韃子，殺倭寇，就是正義的，即使手段殘酷了點。」

天狼心下稍寬：「你說得也有道理，但這終極魔功畢竟練起來的方式有傷天和，又怎麼能跟天狼刀法相提並論呢？」

鳳舞臉上飛過兩朵紅雲：「這個……我們成親之後，鳳舞願意……願意全力助你練成……」

她的臉臊得發熱，聲音也越來越小，李滄行捧起她的臉，見她嬌豔欲滴的紅唇輕輕地張合著，眼中盡是火樣的熱情，呼吸也變得急促起來，她閉上眼睛，分明是在引誘著李滄行品嘗自己。

李滄行鼻中鑽入若有若無的蘭花香，忽然，黑袍那張陰沉的臉在他的面前晃動，而鳳舞剛才打自己的那一掌，和以前黑袍與嚴世蕃跟自己交手時的感覺完全不一樣，只是陰氣入體時的感覺倒是有三分相似，念及於此，他沒有就勢吻下去，而是若有所思，沉吟不語。

鳳舞有些失望地睜開了眼，離開李滄行的懷抱，整理著自己的秀髮，哀怨地道：「你還是因為我以前的事，不願意要我嗎？」

李滄行忙道：「你多心了，我絕沒有這麼想，只是……」

鳳舞咬咬牙道：「只是什麼，這回你又想起哪位美女了，是沐蘭湘，還是屈彩鳳？或者……是林瑤仙？」

李滄行搖搖頭：「沒有，我是在想，黑袍為什麼要教你終極魔功，又助你逃離嚴府？他不是你爹的臥底，為何要做這些事？」

鳳舞心中暗罵李滄行不解風情，聳了聳肩道：「這只怕要問黑袍本人了，在我看來，黑袍跟嚴世蕃並不是一條心，助我逃出嚴府，也許是想向我爹示好吧。」

李滄行問：「那你爹有沒有跟你說過黑袍的什麼事？」

鳳舞搖搖頭：「沒有，我爹不是什麼事都告訴我，在我進嚴府以前，他只是把我當成一個屬下看待，每次只是向我發號施令，那次他把我送給嚴世蕃，我對他非常傷心絕望，本欲離開錦衣衛，漂泊天涯，過此一生，但後來他找到了你，也許他是無心插柳，可是，我一眼就愛上了你，天狼，你知道嗎，你是我留在錦衣衛，留在爹身邊的唯一原因。」

李滄行嘆了口氣：「既然如此，你為何不早早向我言明，卻多次助你爹來騙我，害我？」

鳳舞低下了頭：「來錦衣衛的，哪個不是衝著榮華富貴？一開始我對你沒那麼熟悉，以為你跟其他人一樣，也是衝著高官厚祿來的，但在京外你捉拿夏言那次，我意識到你跟別人不一樣，是真心的想要拯救天下的黎民百姓，所以才想法設法地跟著你，增加對你這個人的瞭解。

「後來我爹讓我緊緊地跟著你，監視你的一舉一動，所以我正好可以名正言順地待在你身邊。天狼，請你相信我，即使你去雙嶼島那次，我也沒有一點騙你的意思。」

李滄行想到往事，氣就不打一處來：「我最不能接受的，不是你背著我在島上偵察，而是你幫助嚴世蕃，你不知道我最討厭的，最想殺的就是嚴氏父子這對奸臣嗎？既然你可以不聽你爹的話，為什麼不對我說實話？大不了我帶著你遠走天涯就是了。」

鳳舞鳳目含淚，搖著頭：「天狼，**你怎麼這麼傻，能威脅到我的，又怎麼會是我爹，逼我跟嚴世蕃同船回去的，是那黑袍！**」

李滄行心中一驚，失聲道：「什麼？怎麼會是他！」

鳳舞將目光移向別處，不敢直視李滄行的眼睛：「他說，若是我不照他的意思，跟嚴世蕃合作，那就把我以前跟嚴世蕃的事都告訴你，他還說，要是你知道了我以前跟嚴世蕃練功的細節，一定就不要我了，還威脅說，如果我不聽話，他就要取你性命，你那時在島上受了傷，我怎麼敢冒險違抗他?!天狼，我真的是萬不得已，才跟他們一起回來的。」

李滄行撫著鳳舞的素手：「苦了你了，是我誤會了你，對不起，鳳舞，我真是該死，一直誤會了你對我的感情。」

鳳舞擦了擦淚水：「現在你都知道了，你說不喜歡我有事瞞你，我把一切都告訴你了，心裡悶了多年的事，也算是一吐為快，天狼，我知道你不會要我了，我只求你不要趕我走，讓我能陪在你身邊，我就知足了。」

李滄行扶住鳳舞的香肩，凝視著她的姣好容顏道：「鳳舞，你聽我說，你的事，我一點也不在乎，更不會因此而嫌棄你，你是個好姑娘，遵父命嫁入嚴府，並不是你的錯，嚴世蕃喪盡天良，摧殘你，早晚我會親手殺了他，為你報仇！我李滄行在此向天發誓，我的承諾不變，南少林伏魔盟大會之後，我一定會娶你。」

鳳舞聽了，動情地鑽入李滄行的懷中，幸福的淚水在她的臉上流成了溪流。

李滄行輕撫著她的後背，鳳舞的沖天馬尾拂著李滄行的鼻子，滿是少女的芬芳，讓李滄行心中生出萬千感慨，自己這些年過得也太苦太累，終於找到一個願意共度此生的女子，夫復何求。

溫存良久，鳳舞才抬起頭來，道：「天狼，我和我爹都會助你消滅嚴黨，消滅魔教的，你答應我，大仇得報之後，咱們就離開江湖，到一個別人都找不到我們的地方生活，好嗎？」

李滄行笑道：「怎麼，你捨得你爹嗎？」

鳳舞嘆了口氣：「**我爹的眼裡只有權勢，只有陸家的地位**，你如果想要消滅嚴氏父子，遲早會走上起兵的道路，但你本性良善，過於寬厚，為人君者不合適，就算你起事成功，也不會為新君所容，必要除你而後快，與其到時候被人所害，不如放下一切，不是更好嗎？幫完我爹這最後一次後，我也不想繼續留在這個沒有人情味的組織，天狼，你能答應帶我走嗎？」

李滄行點點頭：「好，就依你，報完仇後，我們就退隱江湖，再不管這些事情了。」

鳳舞臉上閃過一絲喜色，不敢置信地道：「你真的能捨下你的那些紅顏知己嗎？沐蘭湘、屈彩鳳、林瑤仙，她們都於你有恩有情，你捨得嗎？」

李滄行在鳳舞的臉上輕捏了一下：「她們又不是我的妻子，談何捨得不捨得？再說了，我跟她們都是有緣無分。」

鳳舞輕咬著自己的嘴唇：「其實，這個問題我早就想過，她們幾個都是好姑娘，對你也很癡情，你若是喜歡，就一併收了好了，我，我甘願做小的。」

李滄行正色道：「不，鳳舞，我說的是娶你為妻，不是讓你當妾，而且，小師妹已經嫁給徐師弟，跟我今生再無可能；屈姑娘要重建巫山派，而且她心中還念著徐師弟，不該為兒女私情所牽絆；至於林姑娘，我今天更是和她說得很清楚了，我一直視她為妹妹，並無男女之情。」

鳳舞搖搖頭：「天狼，你不瞭解女人的心思，**女人如果認定了一個男人，那不管這個男人怎麼想，都會不顧一切跟了他的**，比如沐姑娘，如果她知道你重出江湖，一定會不顧一切，和你重續前緣的。」

李滄行痛苦地道：「不，她不會的，就算她有這樣的想法，現在木已成舟，她若是真的扔下武當，想要跟我私奔，只會弄得武當大亂，我絕對不會做這種事的。」

鳳舞眼中閃過一絲難以言說的神色：「這麼說來，就算沐蘭湘現在求你，你也不會帶她走嗎？」

李滄行深吸一口氣，道：「是的，我不能為一己私欲任性行事。鳳舞，我之所以仍然要隱瞞我的身分，就是不想橫生枝節，這樣對大家都好。」

鳳舞追問：「那屈彩鳳呢，她可是對你一往情深，而且跟你同生共死，為了你的大業，更是重出江湖，再入中原，這樣癡情的女子，你捨得嗎？」

李滄行道：「彩鳳跟我是可以托付生死的至交，卻非愛侶，我跟她的性格都過於要強，在一起的時候總會吵架，而且她的眼裡揉不得半點沙子，若是我娶了她，那她一定容不下你。而且，說老實話，我不知道彩鳳的心裡究竟裝著的是我還是徐師弟，我已經被小師妹傷過一回，不想再傷第二回了。鳳舞，你為我的犧牲並不比她少，**如果兩人中間只能選擇一個的話，我最後還是選擇你。**」

李滄行這話是肺腑之言，今天借這機會正好一抒胸臆。

鳳舞心中竊喜，重新鑽進李滄行的懷中：「天狼，謝謝你，你對我這樣重情重義，我就是死一萬次也心甘情願了，只是……」

李滄行搖搖頭：「只是什麼？瑤仙嗎？我說過了，只當她是妹妹，並無……」

鳳舞捂住李滄行的嘴：「你既然答應娶我，我就是你未過門的娘子啦，別再天狼鳳舞的叫啦，這只會讓我想到冷酷無情的錦衣衛，以後我叫你狼哥哥，你叫我鳳妹，好嗎？」

李滄行哈哈一笑：「一切依你，鳳妹。」

兩人又在這黃龍水洞中相擁了一會兒，鳳舞這才依依不捨地從李滄行的懷裡起身，一邊整理著自己有些零亂的秀髮，一邊用起傳音入密，道：「好了，還是說正事吧，狼哥哥，你還沒說跟展慕白和林瑤仙談得如何呢。」

李滄行便把昨天晚上見面的情形簡要地向鳳舞說了，聽得她眉頭時而緊鎖，時而舒展，聽到最後，才道：「看來你若不是露出本來面目，林瑤仙還真不會聽你的。」

李滄行取笑道：「怎麼，我的鳳妹又吃醋了？」

鳳舞搖搖頭：「不是，我只是有點擔心，現在你跟展慕白、林瑤仙都公開了你的身分，就不怕有朝一日，他們把你的身分告訴別人嗎？尤其是沐蘭湘，若是她知道了天狼就是李滄行，只怕會不顧一切地來找你，你就算不想破壞她的家庭，也無法阻止這種事情的發生。」

李滄行正色道：「所以我跟瑤仙說，請她務必為我保守這個秘密，我想她也不會把此事對小師妹說的，這對她沒什麼好處。」

鳳舞秀目流轉道：「那展慕白呢？這個人陰陽怪氣，不男不女的，若說林瑤仙還會念著舊情，為你保守秘密，展慕白可未必會這樣打算，上次你在沙漠裡明明救了他，他還不領情，我想他知道你的身分後，遲早會向人透露的，如此一來，沐蘭湘來找你私奔，徐林宗自然顏面盡失，以後也不可能以盟主的身分來號令伏魔盟了。」

李滄行很有自信地道：「你錯看了展慕白，雖然他的器量不算很大，心胸也談不上開闊，但畢竟不是那陰險狡詐之人，而且，他還有個重要的把柄掌握在我手上，應該不敢隨便洩露我的身分。」

鳳舞聽了道：「上次在大漠，我就感覺你握有展慕白的什麼痛腳，要不然他怎麼會在你假裝欺負楊瓊花後，還肯心甘情願地為你給楊博大人送信呢，究竟是什麼把柄，能告訴我嗎？」

李滄行抱歉地說：「這事關人家的名譽，鳳妹，還請原諒我不能說。」

鳳舞吐了吐舌頭：「不說就不說，你說別人的事你不能透露，那你的事情總可以說了吧，你告訴我實話，你是不是有皇族的血統？」

李滄行愣住了，沉聲道：「鳳妹，你怎麼突然問這個？」

鳳舞的話，讓他確認了陸炳一直保守著自己是桂王的秘密，連鳳舞也沒有告知。

鳳舞聰慧地道：「其實我爹給你莫邪劍的時候，我就能猜到幾分了，那莫邪劍中的劍靈凶狠異常，當年被吳王強行逼著以身殉劍，怨念遠超過一般的劍靈，非龍血不能抑制，我爹手裡明明還有幾柄上古名劍，如果只是給你作為防身之用，他手中的東皇太阿、巨闕、湛盧等都可以給你，可偏偏給了你莫邪，我想他的用意就是想試探你是不是皇族血脈。」

李滄行不動聲色地說道：「這是你自己猜的，還是你爹跟你說的？」

鳳舞搖搖頭：「狼哥哥，我爹應該早就試出來了，嚴世蕃一直想置你於死地，我爹卻是全力維護，還有那個黑袍，他好像也想你跟他合作，我想這絕不僅僅是因為你的武功高，或者是腦子好，而是因為你這朱明皇室的血統吧。」

李滄行反問道：「鳳妹，你問我這些是為什麼呢，我是皇族也好，不是皇族也罷，這重要嗎？」

鳳舞道：「當然很重要，如果你真有皇室血統，那就可以起兵，自立為君！狼哥哥，我知道巫山派有個什麼太祖錦囊，以前我爹也叫我多方探查過此物，但自從你開始接近屈彩鳳後，我爹就停止叫我追查此事，如果我猜得不錯的話，我爹是想讓你持有太祖錦囊，加上你皇族的身分起兵奪位吧。」

李滄行不再隱瞞，點點頭：「你猜得沒錯，我確實是正德帝的遺腹子，我娘是蒙古大汗達延汗，也就是小王子的親妹妹，現在嘉靖皇帝的位置，本應該是我的，還有什麼問題嗎？」

鳳舞盯著李滄行：「所以你想起兵奪位，這就是你這回從塞外回來的目的，對嗎？」

李滄行笑了笑：「就在我這回來巫山前，你爹也問過了我同樣的問題。」

鳳舞的眼中閃過一絲緊張：「你願意跟我爹合作造反？」

李滄行搖了搖頭：「我暫時還沒有這個打算，但你既然說到了這個，我正好想問問，你爹為什麼要支持我？他跟嘉靖皇帝的關係非同一般，是喝著一個母親的奶水長大的，又幾次救過嘉靖，現在更是擔任左都督，三公三孤之職於一身，可以說恩寵無以復加，用得著這樣助我嗎？我就算當了皇帝，對他也不可能好過嘉靖吧。」

鳳舞幽幽地道：「狼哥哥，這就是我要向你問清楚此事的原因，我爹之所以不向我透露這件事，是因為他知道，我如果知道了你的身世，一定會全力勸阻你起事。」

李滄行大感意外，抓了抓腦袋：「鳳妹，這是什麼意思，難道你不想當未來的皇后嗎？」

鳳舞娓娓說道：「狼哥哥，你可能有所不知，我爹並沒有你想像中的那樣忠於當今皇帝，皇帝以前要他去監控朝臣，監控江湖門派，但暗中又派了東廠來監視他，這個皇帝連自己的親生兒子都不信任，又怎麼可能信得過我爹呢？

「這幾十年來，我爹一直是戰戰兢兢，如履薄冰，生怕皇帝一旦用不著他，就會找藉口要了他的命，我們陸家世代為官有八百多年，沒有一個人像我爹當的官這麼大，可越是如此，他就越恐懼，自古為鷹犬者，都沒有好的下場，我爹知道太多的秘密，將來絕不會被皇帝所容，所以他有異心再正常不過。」

李滄行聽了說：「所以你爹想用你來接近我，拉攏我，在適當的時機再把我是王子的身分公開，然後引誘我燃起奪位之心，跟他一起造反，事成之後，他就是權傾天下的國丈了，自然再不必擔驚受怕，對嗎？」

鳳舞點點頭：「三年多前，他以為你經歷了東南招安之事後，會變得冷血心硬，沒想到你為了徐海之事跟他反目成仇，更沒有想到黑袍會趁虛而入，將你的身世主動告訴你，讓他多年的謀劃幾乎毀於一旦。」

李滄行眼中寒芒一閃：「**他又是怎麼知道黑袍找過我？**」

鳳舞密語道：「你離開錦衣衛後就去了塞外，而且一直在尋找蒙古的黃金部落，若非你已經得知自己的身世，又怎麼會這樣？當時我暗暗查過你的下落，回來向他彙報，他卻沉默不語，只讓我留意你和黑袍間的接觸，原本我還一頭霧水，但剛才你一說自己的身世，我就全明白了。」

李滄行點點頭：「那從你的角度，你說不希望我順著你父親的意思，起兵奪位，又是為了什麼？」

鳳舞正色道：「因為你不是做皇帝的料，勉強為之，只會成為我爹或者黑袍手中的傀儡和棋子，甚至為了掃清他們登基稱帝的障礙，遲早會加害於你。

「狼哥哥，我不懷疑你的才能，不懷疑你可以號令天下，就算沒有太祖錦囊，你也可以推翻昏君，得登大統，但宮廷的權力鬥爭那麼複雜，就算你無意繼承王位，被權力所誘惑的我爹和黑袍也會想辦法除掉你，自立為君。」

李滄行說不出話來，他知道黑袍和陸炳確實是這樣的人，被權欲折騰得人都不正常了。

他嘆了口氣，說道：「你為了我，真的不惜背叛你爹嗎？」

鳳舞痛苦地閉上了眼睛，密語道：「這件事我從沒有和爹商量過，但我是他的女兒，很清楚他的想法，陸家從來沒有出過這樣官居一品的大官，所以也沒有人教他如何進退，他被嘉靖皇帝壓制得太慘了，每天都要小心翼翼地戴著面具，隱藏著自己的心性。

「這麼多年下來，他的心靈早已扭曲了，也喪失了一開始進入官場時的原則，做事開始不擇手段起來，**為了權力，他隨時可以跟嚴世蕃合作；為了權力，他也可以不講骨肉親情，犧牲我，利用我**，對我這個親生女兒尚且如此，更不用說對你了，如果他扶你登上了皇位，那他的欲望將無法抑制，一定會找機會殺了你，自立為君的。」

李滄行點了點頭：「所以你不想看到將來父女反目成仇，丈夫和爹相互攻殺的場面，希望我一開始就別答應你爹，直接就此放手嗎？」

鳳舞激動地道：「狼哥哥，我們現在就走吧，恩怨情仇不過是過眼雲煙，天下芸芸眾生自有命數，不是我們可以改變得了的；至於你師父的仇，這些年你殺了這麼多魔教中人，巫山派也毀滅了，當年殺你師父的那個老魔頭向天行也被你手刃，其實你早就報過仇了，冷天雄野心過大，想要扔開嚴世蕃單幹，也不會有什麼好下場，又何必為了這些仇恨，把自己也給搭進去呢？」

李滄行眉頭一皺，斷然道：「鳳妹，這事不必多說，男子漢大丈夫立於天地之間，怎麼可以不講恩仇呢？我師父不管當初懷了什麼目的上的武當，畢竟從小把我養大，這二十多年的養育之恩，早已經情逾父子，是冷天雄，是嚴世蕃，還有那個我現在還沒查出的幕後黑手策劃的落月峽之戰，向天行只不過是他們的一個殺人道具而已，元凶不除，我這輩子的良心都不會得到安寧的。」

鳳舞眼中閃過一絲失望，低下了頭：「那麼，就當是為了我，你也不願意放棄復仇嗎？」

李滄行冷冷地說道：「殺師之仇，對我來說就如殺父之仇一樣，不共戴天，鳳妹，如果現在有人殺了你爹，你能這麼灑脫嗎？」

鳳舞眼角滾下一滴晶瑩的淚珠，千言萬語，盡在一聲嘆息之中。

李滄行的手輕輕地放在鳳舞的肩頭：「我答應你，只要復仇成功，就會抽身而去，如果皇帝不來干擾我的復仇之事，我自然也不想起兵反他，鳳妹，我很清楚，戰端一開，四方豪傑並起，兵連禍結，天下的百姓將要受苦很多年，不到萬不得已，我也不會隨便興兵起義，那個皇位我還根本沒有放在眼裡呢。」

鳳舞搖搖頭：「我當然知道你並無權欲，但是黑袍和我爹不是你這樣的人，他們苦心籌畫多年，尤其是黑袍，只怕他的一生都是想著這件事，又怎麼可能輕易放棄呢，你是他們探求多年後才找到的最好的奪位工具，他們又怎麼可能容得下你說退就退？」

李滄行的眉頭一皺：「鳳妹，你告訴我，現在你爹和黑袍到底是什麼關係，他們已經正式聯手了嗎？」

鳳舞搖搖頭：「狼哥哥，我真不知道，這種事關謀逆的事，我爹是從不讓我參與的，要不然我今天也不會這樣親口問你了。」

李滄行點點頭：「我相信你爹不會這樣做，可是黑袍呢，他應該不僅僅是把你當成一個向你爹示好的工具吧，難道也沒有向你透露過什麼？」

鳳舞眼中閃過一絲恐懼的神色：「沒有，黑袍只是想藉由我來向我爹示好，因為以前他跟我爹沒有什麼來往，只有通過救我才能獲得我爹的信任，畢竟他是嚴府的總管啊，如果不救我的話，我爹很難會相信這個人。」

李滄行心想鳳舞也未必知道黑袍的真實身分，更不可能知道他通過澄光真人，和陸炳早早就建立起聯繫，於是換了個話題：「對黑袍這個人，你還知道多少？他如果和你爹一樣有著自立的野心，二人又如何能合作？」

鳳舞秀眉微蹙：「具體的事我也不太清楚，這只是我自己的判斷，嚴世蕃已經權傾朝野了，只不過嚴家父子並沒有篡位之心，只想作為權臣過此一生，所以黑袍才轉而尋求與我爹的聯手。如果不是他自己想要當皇帝，又為何要做這事呢？」

李滄行道：「可是連你都看出來的事，你爹又怎麼可能不知道？跟黑袍聯手，他就不怕自己奪位不成，反而替黑袍做嫁衣嗎？」

鳳舞語氣沉重地說：「我最擔心的也是這個，我爹權欲太重，已經讓他失去理智了，**他做的唯一正確的事，就是找到了你！**只是我怕他們一旦奪位成功，你就是他們第一個要清除的人，狼哥哥，我真的不想看到那一天，不如我們現在就放手，浪跡天涯，以免今後想走也走不了。」

李滄行笑道：「**想要別人害不了你，最好的辦法，就是掌握足以自保的力量，這也是我既不依附你爹，也拒絕黑袍的幫助，堅持要在東南建立起自己勢力的原因，**只有具備強大的力量，才能防止別人的暗害，消滅倭寇是第一步，接下來的就是與伏魔盟結好，威懾洞庭幫，全力對付魔教，一旦消滅了魔教，嚴世蕃沒了江湖上的力量作支持，到時候和你爹一起，在朝堂上扳倒嚴黨，也就不是太難的事情了。」

鳳舞質疑道：「你的想法是不錯，但你想過沒有，你走的是一條王霸之路，即使你不起兵，等你能建立黑龍會，結好伏魔盟，消滅魔教後，也差不多成為武林霸主了，到時候想金盆洗手，歸隱江湖，你的手下願意嗎？你的朋友理解嗎？真的能退隱得成嗎？」

李滄行劍眉一挑：「總會有辦法的，當年魔教教主張無忌，最後也可以攜美歸隱，我答應你，一切事畢後，會帶你到一個世外仙境，不問人間的恩怨。」

鳳舞知道說服不了李滄行，只能默默接受：「狼哥哥，無論你做什麼，我都會支持你的，我只有一事相求，還請你能答應。」

「你說吧，除了報仇一事，其他的我都可以答應你。」李滄行笑道。

鳳舞摸著臉上的面具，央求道：「這面具，我想到我們正式成婚時再摘下，可以嗎？」

李滄行心中暗道，也許是過去被嚴世蕃摧殘的經歷給她留下太深的陰影，久久不能走出，所以總不願意以真面目示人，李滄行憐惜地道：「我說過，這是你的自由，我不勉強，什麼時候你願意摘下來你再摘，我不會再提此事的。」

鳳舞感激地道：「謝謝，狼哥哥，謝謝你。」

洞外的陽光從藤條的間隙透了進來，在水洞的地面上灑下點點晨曦，李滄行想到晚上的行動，對鳳舞道：「以後的事情以後再說，先說眼下的，今天晚上咱們得聯合行動，把這戲給演好了才行，你的人都已經做好準備了嗎？」

鳳舞嫣然一笑，把外衣微微拉開，露出裡面一身土黃色，跟屈彩鳳手下巫山派徒眾們並無二致的衣服，說道：

「早就準備好了，兩邊開打後，我們就趁勢殺出，隔開兩軍，既然你已經跟展慕白和林瑤仙打好招呼了，那麼依言而行就不會有問題。」

李滄行沉吟了一下，突然問道：「你這裡有明確的消息，楚天舒和李沉香等人現在在哪裡？」

鳳舞道：「昨天夜裡剛收到的消息，他們還在黃山三清觀一帶。怎麼了？」

李滄行搖搖頭，臉色變得沉重起來：「如果你是楚天舒，現在會把主要精力放在三清觀，還是放在這裡？」

鳳舞秀目中光波流轉：「你的意思是，楚天舒會潛入此地，在三清觀那裡留人只是為了迷惑我們，或者說迷惑屈彩鳳？」

李滄行點點頭：「楚天舒此役的兩個想法，一是想試探我和屈彩鳳的關係，二是想要消滅屈彩鳳，兩個目的至少要達到一個，實在不能兼顧的話，也是以消滅屈彩鳳為首要目標。上次消滅巫山派總舵的時候，華山派和峨嵋派最後都沒有出死手，武當派更是出手救助了巫山派，所以我如果是楚天舒的話，一定不會把所有的希望寄託在他們兩派身上，而是要暗中埋伏，必要的時候親自收拾殘局。」

鳳舞笑道：「所以你找我們來，不是為了對付峨嵋和華山的人，而是為了防備潛伏在暗處的洞庭幫？」

李滄行正色道：「不錯，因此你們要扮成巫山派的弟子，以接應屈彩鳳，萬一到時候楚天舒率伏兵殺出，那我們就得上前迎住了廝殺，掩護屈彩鳳能平安撤出，如果楚天舒知道屈彩鳳有如此強的實力，只怕以後也不敢妄加生事了。」

鳳舞嘆了口氣：「狼哥哥，你其實非常聰明，可就是不願意算計自己身邊的人，做你的對手，真是件痛苦萬分的事。我明白你的意思了，現在就去準備，你趕快去找屈彩鳳，把這計畫跟她說了吧。」

李滄行笑道：「好，那咱們晚上見。今天晚上我跟你們一起行動，必要的時候，我會以你爹的面目示人。」

鳳舞微微一笑：「你這回記得把面具戴牢一點，不要隨便就給震掉打碎了。」

半個時辰後，水洞後的密道中，李滄行和一身紅衣、沒戴面具的屈彩鳳相對默然而坐。

屈彩鳳輕輕嘆了口氣：「想不到展慕白和林瑤仙也並不是傻瓜，各有自己的盤算，楚天舒這回只怕是要白白損失兩個分舵了。」

李滄行自從和鳳舞定情後，再見屈彩鳳時，心中總是有一絲歉意，甚至看她的目光也是躲躲閃閃，他打了個哈哈：

「只怕未必呢，楚天舒可是滑頭得緊，如果兩派沒有依約把你擒獲或者是擊殺，楚天舒可未必會兌現贈送分舵的承諾。」

屈彩鳳微微一笑：「你這麼護著我，他們兩個也願意？」

李滄行笑道：「我是以錦衣衛總指揮使陸炳的身分出現的，而且有徐閣老的密令，他們不敢不從。不過……」

屈彩鳳的好奇心被燃起了：「不過什麼？說話不要留半截嘛。」

李滄行道：「不過，真正能打動他們的，不是什麼徐閣老的密信，一來是我權衡利害，讓他們意識到洞庭幫也並非善類，一旦失去了你的制約之後，只怕會反過來對伏魔盟構成威脅。二來嘛，我說如果這次他們聽話，依令而行，事成之後到南少林開會，我會以一百萬兩銀子的重金相贈，這個才打動了他們。」

屈彩鳳冷笑道：「我說嘛，什麼名門正派，也不過是些唯利是圖的傢伙罷了，不過……」

她說到這裡時，似乎想到了什麼，鳳目微微地瞇了起來。

這回輪到李滄行生起好奇心了：「彩鳳，你剛才還說說話不要留半截呢，怎麼現在換了自己就不說清楚了？」

屈彩鳳眨了眨眼：「展慕白若是這樣要錢不要分舵，倒可理解，畢竟衡山與他現在的恆山相隔太遠，難以救援，又同在對抗強敵的最前線，與其要了個燙手山芋，不如變現來得實在，可是那個林瑤仙嘛……這小妮子我跟她打了十幾年交道了，性格固執得很，不是錢可以輕易收買的，要我看啊，她接受巫山分舵尚且在其次，想殺我倒是主要的，你說你用一百萬兩銀子能讓她就範，我總覺得不太可信。」

請續看《滄狼行》17 敵友難分

滄狼行 卷16 美人心計

作者：指雲笑天道
發行人：陳曉林
出版所：風雲時代出版股份有限公司
地址：10576台北市民生東路五段178號7樓之3
電話：(02) 2756-0949
傳真：(02) 2765-3799
執行主編：朱墨菲
美術設計：許惠芳
行銷企劃：林安莉
業務總監：張瑋鳳

初版日期：2021年07月
版權授權：閱文集團
ISBN ：978-986-352-996-5
風雲書網：http://www.eastbooks.com.tw
官方部落格：http://eastbooks.pixnet.net/blog
Facebook：http://www.facebook.com/h7560949
E-mail：h7560949@ms15.hinet.net
劃撥帳號：12043291
戶名：風雲時代出版股份有限公司

風雲發行所：33373桃園市龜山區公西村2鄰復興街304巷96號
電話：(03) 318-1378
傳真：(03) 318-1378
法律顧問：永然法律事務所 李永然律師
北辰著作權事務所 蕭雄淋律師

行政院新聞局局版台業字第3595號 營利事業統一編號22759935

定價：270元

國家圖書館出版品預行編目資料

滄狼行 ／指雲笑天道 著. -- 初版 -- 臺北市：風雲時代，2021.01- 冊；公分

ISBN 978-986-352-996-5（第16冊；平裝）

857.7 109020729